纪伯伦全集

先知

〔黎巴嫩〕纪伯伦 著
李唯中 译

النبيّ

中国经济出版社
CHINA ECONOMIC PUBLISHING HOUSE
北京

图书在版编目（CIP）数据

先知 /（黎巴嫩）纪伯伦著； 李唯中译 . -- 北京：中国经济出版社， 2024.5（2025.4 重印）

（纪伯伦全集）

ISBN 978-7-5136-7609-0

Ⅰ . ①先… Ⅱ . ①纪… ②李… Ⅲ . ①散文集—黎巴嫩—现代 Ⅳ . ① I378.65

中国国家版本馆 CIP 数据核字（2024）第 000327 号

策划编辑　龚风光
特邀策划　青崖白鹭
责任编辑　王　絜
责任印制　马小宾
封面设计　静　颐

出版发行　中国经济出版社
印 刷 者　三河市中晟雅豪印务有限公司
经 销 者　各地新华书店
开　　本　880mm×1230mm　1/32
印　　张　12.5
字　　数　276 千字
版　　次　2024 年 5 月第 1 版
印　　次　2025 年 4 月第 3 次
定　　价　48.00 元
广告经营许可证　京西工商广字第 8179 号

中国经济出版社　网址 www.economyph.com　社址 北京市东城区安定门外大街 58 号　邮编 100011

纪伯伦生平及著作

少年时代（1883—1894）

纪伯伦·哈利勒·纪伯伦于1883年1月6日生于黎巴嫩北部的一个名叫贝什里的山村。

父亲哈利勒曾是负责征收牲畜税的乡官。母亲名叫卡米莱，以精力旺盛、聪明干练闻名乡里，与哈利勒结婚之前，曾嫁给堂兄哈纳·阿卜杜·萨拉姆（客死巴西）。卡米莱曾随他去巴西，生下儿子布特鲁斯，之后嫁给一个亲戚——优素福·伊里亚斯·吉阿基阿。但此次婚姻一开始便不顺利，不到一个月时间，还未来得及判定它的价值，丈夫便撒手人寰。之后，她嫁给了哈利勒·纪伯伦，生下纪伯伦、玛尔雅娜和苏尔丹娜。母亲对纪伯伦的影响是巨大的。

纪伯伦5岁时，被送进距离贝什里很近的以赛亚修道院小学，接受读、写规则训练。使纪伯伦对文学艺术的爱好得以发展的是赛里姆·达希尔医生。这位医生逝世于1912年，纪伯伦曾以动情的言词哀悼他，文章发表在《西方明镜》上。他写道："雪杉青年逝去了。雪杉的儿女们，来吧，让我们用月桂树叶和玫瑰花做的尸床抬着他，遍游山谷和坡地吧！"

在故乡，纪伯伦在美丽的大自然怀抱里度过了快乐、多趣的时光。那里有黎巴嫩最神圣、最美丽、最引人入胜的风光；神杉和卡迪沙谷地的美景曾给予过他的心神和想象力以无数启迪，给他的文章言词与绘画色彩中注入了数不清的美。

波士顿的家（1895—1898）

纪伯伦刚满 12 岁，家庭生活便遭遇重大灾难。父亲被控侵吞所收税款，被投入监牢，财产被查封。

卡米莱竭力挽救局势，但毫无结果。1894 年，她带着四个孩子离开贝什里，前往巴黎，通过一位亲戚，要回了部分财产，继而从法国首都举家迁往美国。1895 年，纪伯伦一家到达波士顿，定居在华人区。

在波士顿，母亲和布特鲁斯经商，妹妹玛尔雅娜和苏尔丹娜则为邻居打工。纪伯伦进入一所平民学校，继续学习。一位英文女教师注意到了纪伯伦的天赋。纪伯伦的天赋也引起了艺术家法里德·荷兰德·戴伊的注意。戴伊接受纪伯伦成为自己的学生，并领他走上了艺术之路。

1898 年是纪伯伦在平民学校度过的最后一年。这一年，他结识了美国女诗人约瑟芬·毕布迪（约瑟芬·布鲁斯顿）。纪伯伦为她画了像，女诗人写信给戴伊说："这幅画像，对我来说是一桩幸事。"

在黎巴嫩希克玛学校（1898—1902）

为了满足母亲的愿望，同时也实现自己童年时代的梦想，纪伯伦于 1898 年回到黎巴嫩，进入著名的希克玛（睿智）学校读书。

纪伯伦在这所学校读书三年，受名师指导，掌握了阿拉伯语和法语。胡里·优素福·哈达德就是名师当中的一位。

纪伯伦在黎巴嫩期间，数次回故乡贝什里探望父亲，并结识、爱恋上了一位富家小姐。二人之间的爱情故事最后以他的中篇小说《被折断的翅膀》里的结局而告终。后来，有人问故事里的这段恋情是否就是他的亲身经历，纪伯伦说，小说中的人物和情节都是虚构的。

在贝鲁特，纪伯伦还结识了艺术家哈比卜·苏鲁尔（1860—1927）和曾于1943年担任黎巴嫩国家元首的阿尤布·塔比特（1882—1947）及苏尔丹娜·塔比特（一说，这位姑娘或寡妇，就是纪伯伦的初恋情人）。

返回波士顿（1902—1908）

纪伯伦打算离开黎巴嫩返美时，得到胞妹苏尔丹娜逝世的消息，立即动身，于1902年回到波士顿。

在这一阶段，纪伯伦经历一系列悲剧：同母异父的哥哥布特鲁斯于1903年（一说1902年）3月逝世，母亲逝世于1903年（一说1902年）6月。与此同时，他也迎来了命运的转折，首先结识了玛丽·哈斯凯勒（1873—1964）——他的终生好友。正是这位好友，将纪伯伦推向文学艺术成功之路，她的贡献是不可磨灭的。他还结识了艾敏·欧莱伊卜，艾敏办的《侨民报》为纪伯伦打开了通往阿拉伯世界的大门，使纪伯伦作为空前的诗人出现在阿拉伯世界。他的《梦幻》一文便是起步的星星之火。

1904年，纪伯伦在戴伊先生的关怀下举行了画展。在这个画展上，他遇到了玛丽·哈斯凯勒，并由她介绍认识了法语女教师米士琳。纪伯伦很喜欢米士琳，并为她画了肖像。

1905年，纪伯伦发表第一部作品《音乐》。

1906年，艾敏·欧莱伊卜为他出版《草原新娘》。

1908年，纪伯伦发表第三部作品《叛逆的灵魂》。

在巴黎（1908—1910）

在玛丽·哈斯凯勒的鼓励和资助下，纪伯伦前往艺术之都巴黎，并于1908年6月末到达。在那里，他眼界大开，见识了古典流派和新流派等各种艺术流派，并在高利扬科学院期间参观、研究了这些流派艺术。他还访问了许多著名画家，如罗丹、马尔席勒、毕鲁诺等，参观巴黎、伦敦的许多博物馆、古迹和美术馆，随行者有他的好友、希克玛学校的同学优素福·侯维克和艾敏·雷哈尼。

1909 年，纪伯伦获悉父亲去世。父亲去世之前，纪伯伦曾电视父亲安康。

1910 年春，纪伯伦展出画作《秋》。

1910 年 10 月 22 日，纪伯伦离开巴黎，在掌握了艺术秘密、身心饱受艺术熏陶之后，回到波士顿。

在波士顿创建金环学会（1910—1912）

1910 年 11 月初，纪伯伦到达波士顿，在那里参与了 1911 年成立的金环学会的创建工作。该学会的宗旨是让黎巴嫩、叙利亚侨民了解波士顿事件，支持他们举办的所有文化活动。

1912 年 5 月，纪伯伦见到金环学会邀请的客人、巴哈教领袖阿布杜·巴哈·阿巴斯。纪伯伦访问了他，并为他画像。

尽管有妹妹和玛丽·哈斯凯勒在波士顿，但纪伯伦住在那里并不开心，觉得想象力和抱负都受到了限制，于是决定迁往纽约。艾敏·雷哈尼已向他发出邀请。

在纽约度过的最后岁月（1912—1931）

在纽约居住期间，是纪伯伦居住时间最久也是创作最丰富的阶段。纪伯伦离开波士顿之后，便定居纽约。他这颗星已升起在文学天空。

作为文学家，纪伯伦用阿拉伯语和英语两种语言写作。玛丽·哈斯凯勒指导他用英文写作。他相继发表的作品如下：

《被折断的翅膀》	1912 年（阿拉伯文）
《泪与笑》	1914 年（阿拉伯文）
《疯子》	1918 年（英文）
《行列之歌》	1919 年（阿拉伯文）
《暴风集》	1920 年（阿拉伯文）
《先行者》	1920 年（英文）
《珍趣篇》	1921 年（阿拉伯文）
《先知》	1923 年（英文，这是纪伯伦最重要的著作）
《沙与沫》	1926 年（英文）
《人之子耶稣》	1928 年（英文）
《大地之神》	1931 年（英文，该作品在纪伯伦逝世前几天问世）

1920 年 4 月，纪伯伦与旅居纽约的阿拉伯诗人和文学家成立了以他为首的"笔会"。该笔会的宗旨是复苏、革新并发展阿拉伯文学，使之在生活中发挥积极作用。笔会成员有米哈依勒·努埃曼、伊利亚·艾卜·马迪和奈西卜·阿里杜等。

纪伯伦是一位伟大的爱国主义者。第一次世界大战期间（1914—1918），他积极参加了政治解放运动，并加入了救助难民委员会。

纪伯伦是个情感丰富的人，他与黎巴嫩籍、侨居埃及的女作家梅娅·齐雅黛（1886—1941）之间的情书往来达十五年之久（1914—1929）。

1929 年 1 月，纪伯伦举行庆祝会，纪念其在报上发表第一篇文章二十五周年（四分之一世纪）。许多阿拉伯人和外国人参加。

1926 年，纪伯伦因工作繁重，身体开始衰弱。但他并未在乎病痛。他决心已定，无论付出多大代价，也要完成自己的历史使命。就这样，疾病一天天侵入他的肌体，而他仍然沉湎于绘画和写作之中，直至 1931 年 4 月 10 日，他躯体中的生命火焰熄灭。但是，饱浸他的生命和精神、灵魂之油的火炬，却一直照耀着一代又一代人。

1931 年 8 月 21 日，纪伯伦被送回他所深爱的黎巴嫩，长眠在他故乡的马尔西克斯修道院，静赏大自然的美与静谧，分享着雪杉的不朽与盖努比谷地的圣洁。

纪伯伦逝世之后，他的英文作品《流浪者》和《先知花园》分别于 1932 年和 1933 年出版问世。他的许多遗作和手稿有待于收集、发表。因为他毕生沉醉于绘画和写作，并无其余爱好，故他的已知作品与此相比，就显得太少了。

译者序

东方出了纪伯伦（1883.1.6—1931.4.10），真是东方人的骄傲。

当年，罗斯福总统曾赞誉这位诗人、画家："你不仅是东方的风暴，而且给西方带来了鲜花。"

纪伯伦诞生的那片地域，是孕育宗教与走出先知的地方，是降予启示与传播箴言之地，人们无条件地将之视作精神的源泉和心脏。

纪伯伦少年时代随母亲逃难到大洋彼岸的美国落脚谋生，过着清贫生活；青年时代返回出生地黎巴嫩学习阿拉伯语及文化、宗教、哲学知识；后蒙爱才者资助，赴巴黎学习绘画，有幸就学于世界数一数二的美学大师罗丹门下，学成后到美国定居。这使他有机会接受阿拉伯、欧、美三种文化影响，加上他的天赋之才，巧妙地熔三种文化于一炉，在不懈的追求与探索中，形成了他自己特有的见解和文学鉴赏力，突破阿拉伯诗歌传统格律，开始写散文诗，开创了崭新的文风。纪伯伦的散文诗独具风韵。他的文笔轻柔、凝练、隽秀，宛如行云流水；词语清新、奇异、俏丽，色彩斑斓夺目；哲理寓意深邃，比喻别致生动，想象力无比丰富；加之那富有格调的天启预言式语句，还有那铿锵有力的音乐节奏感、运动跳跃感，构成了世人公认的独特风格，被誉为"纪伯伦风格"，给阿拉伯文学的发展带来巨大影响。黎巴嫩文学史家哈纳·法胡里说："纪伯伦不愧是海外文学的首领，也是阿拉伯文学中第一个采用水晶般的奇异风格的作家。"

纪伯伦主张："我们在绘画与写作时，应远离一切常见的平凡之物，以获得非凡的含义与色彩。"正是基于这一思想和观念，他不像一般作家和诗人那样因循守旧，他的作品抹去了时代痕迹，突破时空观念，因此具有超凡魅力。他所讲的是本质和根，是人类世代亘古不变的永恒话题。这样的作家仿佛神遣，人称“复活的先知”。

罗丹曾断言纪伯伦会是“伟大的艺术家”，也有人在纪伯伦的《珍趣篇》前言中写过这样的话：“纪伯伦获得法国艺术系特别文凭……被任命为法国艺术协会会员。他还获得英国美术家协会荣誉会员的称号。”然而，实际上纪伯伦并未受到他生活的那个社会应有的重视，既没有获得过上述荣誉中的任何一项，也没有得到那项文学上的最高荣誉。20世纪蔑视严肃和教诲，而纪伯伦是与它背道而驰的。

纪伯伦正值盛年，不幸被病魔夺去生命。逝世之后，他的灵柩覆盖着美国国旗，被运回黎巴嫩安葬。黎巴嫩建立了“纪伯伦纪念馆”，那里陈列着他的绘画和文学作品。

对于一个作家来说，无论生前身后，最大的荣誉莫过于拥有更多的读者。纪伯伦用阿拉伯文和英文两种语言写作，在阿拉伯文学中开辟了一片新天地。当他的创作由阿拉伯文转向用英文写作时，他的著作便不胫而走。他的名字首先闪光于美国，后到英国及讲英语的国家，接着传播到全世界。他的巅峰之作《先知》，既有深度，又富有文采，被译成54种文字，仅在美国的发行量就在百万册以上；如今已经成为孩子洗礼、青年婚礼仪式上被用来朗诵的经典之作。在他逝世60周年的1991年，美国华盛顿建成了“纪伯伦文化公园”，园内立有纪伯伦塑像，布什总统亲自为公园开园典礼仪式剪彩。

纪伯伦的散文创作可分为两个阶段：前期多用阿拉伯文写作，后期则用英文写作。

他用阿拉伯文发表的散文集有《音乐》《泪与笑》《暴风集》《珍趣篇》《集外集》《沙与沫》和《心声录》；用英文发表的有《疯子》《先行者》《先知》《沙与沫》《人之子耶稣》《大地之神》《流浪者》和《先知花园》。

纪伯伦的处女作《音乐》于1905年在纽约以小册子形式发表。只要一读到这篇散文，人们就立刻会被那流畅的文笔、艳丽的色彩、明快的节奏以及在描写、比喻上进行的创新的刻意追求吸引。纪伯伦竭力运用前人所不习惯的语词来表达他对音乐的感受。他把音乐喻为“灵魂的语言”，将曲谱比作“拂动情感琴弦的和煦惠风”，音乐是“临终者的躯体，既具有源自精神的灵魂，又有生自心田的意识”。他写道：

啊，音乐，灵魂和爱情的女儿！啊，爱情苦汁与甜浆的容器！啊，人类心灵的幻想！啊，悲伤之果，欢乐之花！啊，情感花束里散发出来的香气！啊，情侣的口舌，恋人间秘密的传送者！你能把思想与语言统一起来，你能把动人的美编织成情感。你是心灵的美酒，饮者可以升入理想世界的至高处。你是大军的鼓动队，你是崇拜者灵魂的净化者。携带着灵魂幻影的以太，慈悲、温和的大海，我们把自己的灵魂交给你，把我们的心寄存在你的深处，请求你把我们的灵魂和心带到物质以外，让我们看看幽冥世界隐藏的一切吧！

读到这些文字，即使你对音乐一无所知，也会感觉到自己好像饮下一杯刚刚酿好的甜酒；倘若陈放一段时间，其味道也便愈加香洌可口。

《音乐》是纪伯伦系列佳作的第一环。其后他陆续用阿拉伯文发表了《草原新娘》《叛逆的灵魂》和《被折断的翅膀》等小说。这些作品的基调是反对封建压迫，谴责宗教的虚伪和宗教人士的权势，反映了东方妇女低下的社会地位，以及被剥夺了自由的悲惨命运。但纪伯伦笔下的女主人公不甘受压迫折磨，个个具有反抗精神，敢于反对暴虐，反抗旧传统，努力争取自由，或者在斗争中死去。这些抨击封建礼教和专制暴虐的作品触怒了当局，因此，纪伯伦被以“叛逆分子”的罪名驱逐出黎巴嫩，并且被教会开除教籍。

自1903年至1908年，纪伯伦在《旅行家》杂志上以“泪与笑”为题，发表了60篇抒情散文，1914年以同名结集出版。这些精美的散文诗，无不闪烁着从纪伯伦心灵中迸发出来的智慧火花。毫无疑问，《圣经》的阿拉伯文和英文版本都给予了纪伯伦以巨大影响，这使他在阿拉伯文和英文作家群中独领风骚，曾被罗丹大师誉为“20世纪的威廉·布莱克”。1908年的前后几年里，纪伯伦的心情、思想及生活状态，都掩映在这部散文诗集中。这期间，他先后生活在贝鲁特、巴黎和欧洲若干名城，广泛接触了东西方文学作品，但病魔夺去了他妹妹、哥哥及母亲的生命，加之画展大厅起火使他的全部画作展品葬于火海，这频繁降临的灾难引起他对生活和事物的沉思，思路的轨迹全记录在他的散文诗集中。

纪伯伦作为一位具有独立风格和独特文风的艺术大师，能够超越传统的羁绊，挣脱宗教的束缚，以无比的忠诚和勇气面对人生，不回避人世间的悲剧，创造出融合着爱与美的艺术品献给人类。

歌颂美与爱是《泪与笑》的主题。在纪伯伦看来，爱和美是世界和谐的根源，他主张“把美当作宗教，把美当作神祇崇拜！因为美是万物完美的征象”。他劝告世人：“你们要相信美的神力！”因为“美是你们珍惜生命的开端，是你们热爱幸福的起源。然后，你们可以向她——美——忏悔！”因为“美可以把你们的心送到女人的宝座前……美可以把你们的灵魂归真返璞至大自然——那里本是你们生命的起源”。他还说：“只有在美中才有真理，那真理颠扑不破，毫无疑问：只有在美中才有光明，那光明驱散黑暗，使你们免受蒙骗。”

他反复歌颂美，把美比喻为“爱情的向导”“精神的美酒”“心灵的佳肴”“一朵玫瑰花”“幸福的家园”“姑娘樱唇上的嫣然一笑”“孩子回眸的笑眼”“夏娃的胴体”，能“给诗人以灵感”“为画家指南”，“是音乐家的导师”。

爱——对人的爱，对故乡的爱，对祖国的爱，乃至对全人类博大的爱，是纪伯伦散文作品的主旋律。纪伯伦认为“爱是最高形式的正义”。他写道：“人们追求冰冷的物质……我却寻求爱的火焰”“因为我发现，物欲能使人没有痛苦地死去，而爱却用痛苦使人重生”。

纪伯伦是一位伟大的爱国主义者，他的作品中闪烁着强烈的爱国主义光芒。他少年背井离乡，青年曾回国求学，后因发表《叛逆的灵魂》而被当局驱逐……虽然如此，他却时刻把祖国挂在心上，把祖国描绘成“您是我们心魂中的光与火，您是我们胸中跳动的心脏”。

纪伯伦身居西方，发现自己的祖国及祖国所在的东方与西方相比落后许多，心里极不平衡。他写道：“我怀念祖国，因为那里有壮丽山河；我热爱祖国的人民，因为他们过着苦难的生活。”出于对祖国和人民的热爱，他的内心充满矛盾，时而说“我曾为你们的屈辱、失意而黯然泪下”，时而又写道：“同胞们！我恨你们，因为你们不喜欢尊贵、富强。我鄙视你们，因为你们自卑自贱。”他之所以这样写，是因为他深感同胞安于传统，习惯于被剥夺了自由的生活。

可是，当第一次世界大战爆发，黎巴嫩人民身陷灾难之时，遥居海外的诗人心急如焚，立即动员海外侨民团体，带头为祖国募捐，并把自己对祖国人民的深情厚意倾注在作品中：“我的亲人死了，不是饿死，便是亡于刀剑。在这遥远的国度里，我却生活在自由、欢乐的人们之间。”“我的亲人死得真惨，而我却在这里生活得舒适安然。这是一幕永恒的悲剧，常在我的心灵舞台上重演。”“我没有能够与亲人一道同受饥寒之苦，没有跟着他们的队伍共赴灾难，而是幽居海外，生活宽裕悠闲。在这里，我远离祸殃和灾民，毫无引以自豪、炫耀之处，只有泪垂胸前。”

诗人明知“痛苦哀号”无济于事，只能挥笔抒发情思，以慰藉祖国和同胞：

倘若我是生长在祖国大地上的一个麦穗儿，那么，饥饿的儿童可以将我采摘，用我将死神之手推开。

倘若我是祖国果园中的一颗成熟之果，那么，饥饿的妇女可以拿我填充饥肠。

倘若我是飞翔在祖国蓝天中的一只鸟，那么，饥饿的男子可将我生擒，用我的躯体驱散他身上的坟茵。

诗人叹息道：

但是，事不随心，我既不是叙利亚平原上的麦穗，也不是黎巴嫩山谷中的熟果。这就是我的不幸，这就是我的无声灾难，它使我在自己的灵魂里变得渺小，在黑夜的阴影中变得卑贱。

诗人只能大声呼吁为灾难中的同胞募捐：“有人向你伸手，你就给他一分钱；这一分钱，就是一个金环，可把你与高尚人格紧紧连接。”

为了改变民族的命运，纪伯伦曾提出要进行革命。然而与此同时，纪伯伦摒弃一切人世权力，希望所有的国度和民族都消失，他写道：“别让我卷入政治和权势的纠纷，因为整个地球都是我的祖国，所有的人都是我的乡亲。”“而我认为自己既不属于任何一国，又不属于任何一地。”在纪伯伦看来：“人类本来就不够强，却把自己肢解得七零八落，岂不荒唐？地球本来就不够大，分成大大小小的国家，岂非太傻？”

由此看来，诗人心理上又有消极遁世的一面。

纪伯伦把他的爱国主义思想扩大到东方，表现了深刻的民族觉醒。他虽生活在西方，却一刻也未曾忘记东方。在经过一番精细观察和深入思考之后，他“感到吃惊的是东方人抱着自己的东西不放，哪怕是他民族习惯的阴影”。他痛感到东方的苦难原因，不只是来自外部，更重要的是在内部；不仅表现为物质上的贫困，更重要的是精神上的软弱和愚昧。

他指出：“西方人并不比东方人高贵，东方人也不比西方人低贱。”

但是，纪伯伦发现“东方人生活在已经逝去的舞台上，喜欢消极的、供消遣的东西，讨厌积极的、纯净的、能刺激他们，并且促使他们从充满平静美梦的沉睡中苏醒过来的原则和教诲”。

继之，纪伯伦一针见血地指出：“东方乃一病夫，遭到种种疾病侵袭，遇重重瘟疫骚扰，终于适应了久病，习惯了疼痛，不仅视痼疾和病痛为先天特性，且将之当作上好缺陷……”

他痛惜道：“东方的医生多，常守在病榻左右，为其病进行会诊。可是，他们只给东方开短效的麻醉药，只能延长病期，却不能祛病。”因此，他为东方“痛哭”“哀号”，并且借幽灵之口指出：“儿子的灾难就在父亲的赠礼之中。谁不拒绝父辈和祖辈的礼物，谁便永远是死神的奴隶。”所以，他主张给东方动手术，切除其病根，并决计以挖坟坑为职业，埋葬“人们住宅、法院和寺庙周围堆积的尸体”，以便为东方前进扫清道路。

纪伯伦热爱自由，他是自由的讴歌者，曾在《我的生日》《奴隶主义》《孩童耶稣与初生的爱情》《节日的夜》和《先知》等名篇中多次谈到自由，寻找自由，描绘自由，阐述自己对自由的理解与感受。他写道：“我爱过自由。越是看到人们受奴役、受蹂躏，我对自由就爱得越深；越是认识到人们服从的只是吓人的偶像，我对自由的热爱就愈加增长。”“我爱自由胜过一切，因为我觉得自由好像一位孤女，形影相吊，无依无靠；她心力交瘁，形销骨立，以至于变得好似一个透明的幻影，穿过千家万户，又在街头巷尾踯躅，她向行人打招呼，他们却置之不理。”

诗人认为自由是人类的至亲，早在两千多年前，各民族的祖先就对自由产生了“精神上的饥渴”。可是自由刚刚诞生，就被邪恶和愚昧势力杀害了，那是被钉在十字架上的形骸，被当作新的偶像崇拜，其实人们在崇拜屈辱和软弱。于是，自由的灵魂在世界上到处游荡，变成了异乡客、流浪者。也有人发现自由，并且高声呼唤自由，竭力歌颂自由，然而不幸的是，这个人被人们看作“疯子”，最后被迫害致死。

不过，自由被诗人看到了。纪伯伦写道：

在那里，我看到一个消瘦的人影，它凝视着太阳踽踽孤行。我问：

“你是谁？你叫什么名字？”

它答道：“我名叫自由。”

我又问：“你的子女何在？”

它说：“一个被钉在十字架上，一个死于狂症，一个尚未出生。”

话音未落，它便隐没在云雾之中。

这就是自由的身世、处境和遭遇。

究竟什么是真正的自由呢？

在纪伯伦看来，真正的自由是人性的升华，是人类自身中“无限性”的实现，是彻底摆脱物质羁绊的精神解放，任何来自外部的所谓自由，都是虚假的。

什么时候，人才算自由了呢？

“只有那求自由的愿望也成了羁饰，你们再不以自由为标杆、为成就的时候，你们才是自由了。”“如果你们的白天不是无所事、无所为，你们的黑夜不是无所思、无所忧，你们方能真正成为自由人。”

这些见地又何其耐人寻味！

1918年发表的《疯子》，是纪伯伦用英文写成的第一部散文集。1920年，纪伯伦又发表了《先行者》。黎巴嫩著名作家努埃曼（1889—1988）曾这样评论：“我偏爱《疯子》，因为它是单独的痛苦。至于《先行者》，则夹杂着失去了痛苦的痛苦，未臻于欢乐的欢乐。”

在这两部作品中，纪伯伦以诗的语言，通过一篇篇生动而深刻的现代寓言故事或散文诗，用明喻、借喻、隐喻及象征手法，表达了他对真善美理想境界的追求，同时对黑暗、愚昧、暴虐等种种社会弊病及丑恶现象进行了深刻批评和鞭挞，作品构思奇妙，语言辛辣，含蕴深广，富于哲理，读后发人深省，给人启迪。

1923年发表的《先知》是纪伯伦对人生、社会长期观察、思考、研究的成果，被誉为其创作的“巅峰”。就像尼采塑造了查拉图斯特拉那样一位先知，作为自己的化身一样，纪伯伦塑造了一位先知，名叫穆斯塔法，集诗人与启蒙者于一身，这里的先知就是纪伯伦的化身。

穆斯塔法在异乡的“奥法里斯城”等接他回故乡之“岛”的船，等了12年。当他登上城外的小山，透过薄雾，看到船驶近时，他便打开自己的心扉，让人们看他的矛盾心理。他喜欢这个异邦城市，这里的居民也非常喜欢他。居民知道他要离去，纷纷前来向他道别。他们一起来到圣殿前的广场上时，一位女预言家从殿里走出来，她的名字叫美特拉。

美特拉知道穆斯塔法决心返回故里，便要求他临行前谈谈“他所知道的生与死之间的启示”，于是穆斯塔法就人生的爱与美、婚姻与子女、罪与罚、法律与自由、理智与感情、善与恶、悲与欢、享乐与痛苦、友谊、宗教、死亡等一系列问题发表临别赠言，然后登船踏上回国征程。

只要了解纪伯伦，就不难透过穆斯塔法看到纪伯伦的生活、思想状况。那个“奥法里斯城”，无非指的就是纽约或者美国。那个女预言家，无非就是他的终生资助者玛丽·哈斯凯勒。那个他返回的故里之“岛”，当然也就是黎巴嫩。由于纪伯伦相信轮回转生说，因此他对奥法里斯的居民说他还要回来，以便完成死去的人还没有完成的生活进程；在这里，诗人为人们留下了想象的余地。

读到《先知》，我们可以明显看到纪伯伦受了尼采“超人”思想的影响。但是，纪伯伦“所用的手法几乎是全新的，他那美丽、协调、色彩雅致和匀称丰富的曲调，包含在精练的语言内，每一语句都跳动着生命的力量和断然的回答”。《先知》与纪伯伦的其他作品相比，“在精选新颖的比喻和创造隐喻，以及出色的转喻方面，显示了更高的艺术功力”（努埃曼语）。

在《先知》中，纪伯伦通过他的想象来俯视生活，他看到生活的本质，那就是爱。人不断地出生、吃喝、恋爱、结婚、欢乐、悲伤、死亡……所有这些问题，都可以在《先知》中找到答案。纪伯伦的许多独到见解和极富哲理的教诲，均可在《先知》里领略到。

从气质上看，与其说纪伯伦是诗人、画家，毋宁说他是一位思想家、启蒙者。《先知》道出了纪伯伦灵魂中的精髓，他对生活的最终答案，揭示了生活的本质和底蕴。

谈到“爱”，他写道：

爱，除了自己，既不给予，也不索取。
爱，既不占有，也不被任何人占有。
爱，仅仅满足于自己而已。

谈到“婚姻”，他写道：

要心心相印，却不可相互拥有。
因为只有“生命”的手才能容纳你俩的心。
要相互搀扶着站起来，但不要紧紧相贴。
须知神殿的柱子也是分开站立着的。
橡树和松树也不在彼此阴影里生长。

他这样谈“友谊”：

当你的朋友向你吐露心声之时，你既不怕坦诚地向他说“不”，也不会不肯向他说“是”。

当你的朋友沉默时，你的心仍然在倾听他的心声。

因为在友谊里，一切思想，一切愿望，一切希冀，均在毫无炫耀之中产生和共享。

……

你要把你灵魂中最美好的东西，留给你的朋友。

但又说：

你为打发空余时光而找的人，那算是什么朋友？

你要常找朋友共度生命的宝贵时光。

他谈“逸乐”：

逸乐是一支自由的歌，
但它并不是自由。
是你们的开花的愿望，
但却不是愿望之果。
是呼唤高和深，
但既不是深，也不是高。
是翅膀，却被关在笼中，
不是被围绕的天空。

他谈“劳作”：

劳作是眼能看见的爱。

如果你进行劳作时不是满怀着爱，而是带着厌恶心理，还不如丢下工作，到庙门去，等待高高兴兴劳作者们的周济。

他谈“施舍”：

向求乞者施舍，当然好，若向未开口的，而你早知道的饥馑者施舍，那就更好了。

对于乐善好施者来说，主动寻觅有待周济之人，较之施舍的快乐有过之而无不及。

纪伯伦写完《先知》，自感耗尽了自己的全部心血、全部思想、全部艺术。他曾对朋友说：

《先知》是一本奇书。我写出这本书，人们是多么高兴，但它还只是序言。我在这本书里谈了人与人之间的关系。今天，在我的脑子里有另外一本书，我将在书中谈人与自然界的关系，我将称之为《先知花园》。我还要在第三本书里写明人与上帝的关系，命名为《先知之死》。这样，这三本书就构成完整的一体了。

但是，《先知花园》还未动笔，纪伯伦先写成了《人之子耶稣》，于1928年问世。纪伯伦怀着爱与崇拜的心情来写耶稣。在他看来，耶稣是人类的典范，是通往远方的康庄大道。纪伯伦笔下的耶稣是个普通人，“相貌俊美”“四肢匀称”“目光深邃”“双目如蜜”“口如石榴心”“面似没有夜色的夜晚，又似没有白天嘈杂的白昼”，是位“赤鹿般的美男子”，是个像他那样的诗人，是个有感情的人、宽容的人，不分善与恶，不分信神还是不信神。他用散文诗写出的耶稣，不同于《新约》一些章节里表现出来的耶稣。诗中妙语连珠般的新奇比喻，令人过目就想背诵：

怀疑是痛苦，忘掉它，埋没它吧，因为它与信仰是孪生子。

黎明时分，她（耶稣的母亲）站在我们中间，她是旷野上一面迎风招展的大旗。

女人将永远宽厚地、摇篮般的存在下去，而绝不是坟墓。

1926年出版的《沙与沫》用阿拉伯文写成，由纪伯伦本人译成英文，并且增加了某些内容。那之中的一段段格言和警句，无不给人以启迪。

《大地之神》发表于1931年。这是一部用三种话音代表三位神灵的散文诗。

甲神说：

我的灵魂已厌恶一切存在，
我不伸手创造世界，
也不伸手抹掉已有世界。
倘若我能死去，我决不再活着，
因为世代重担压在我的肩上，
大海无休止的喧嚣，
掠尽我睡梦库中的宝藏。
我宁愿放弃原始目标，

像落日一样消隐；
我想根除自己的神性，
将我的死亡气息挥洒宇宙，
日后永不生存；
为从时间记忆步入时间空虚，
我甘愿就地自焚。

乙神是个玩世不恭之神，他以戏弄人们及其生活为乐趣。他说：

我要使人类之根保持对大地的思念，
将生存渴望植入人类之心，
喝令死神为人类端杯把盏。
我将给人类以友情；
那友情因痛苦而增长，
那友情因向往而高尚，
那友情因思念而加深，
那友情因首次拥抱而消亡。
我用白日神圣之梦束缚其夜晚，
我为其白昼注入夜晚的神圣梦幻，
继之使其日夜近似，一成不变。
我使其幻想像山顶兀鹰，
使其思想如同海上暴风；
然后给其慢手用于判断，
给其重脚用于思考。
赠之以快乐，令其在我们面前唱歌；

赋之以忧愁，让其到我们这里避难。
当大地因饥饿而高声求食时，
我使其成为卑贱者，
将其灵魂举到忍耐之上，
让其能够品味我们的明天。
我还要让其躯体滚上泥巴，
好让之不忘自己的昨天。
我们应如此统治人类，直到时光完结。

丙神看到山谷中有一对男女青年为爱情而唱歌跳舞，从那里观察到了生活的全部秘密。他想让甲、乙二神把目光转向那对青年男女，结果徒劳无益。不过，丙神终于成功了，乙神同意了丙神的看法：爱是秘密中的秘密，爱是权利中的权利。甲神徘徊于光明与黑暗之间。丙神用这样的话结尾：

我要站起来，把我的灵魂从时空界限中解放出来，
我要在那块没有人迹的田地里起舞，
舞女的脚将与我的脚一起移动，
我将在那个天堂里放声高歌。
人类的声音将和着我的声音颤抖，
我们将走向那遥远的晚霞，
也许将在另一世界的黎明中苏醒。
然而爱将永在久存，
手指不能抹掉爱的踪迹。
神圣熔炉闪烁着火光，
从那里升起的每柄火炬，都是炽热的太阳。

我们应该寻觅一个角落，在我们的大地神性里安睡，

把权力交给来日，交给人类的柔弱之爱。

《大地之神》是纪伯伦生前发表的最后一部作品。

《先知花园》是《先知》的续篇。主人公仍然是东方先知穆斯塔法，他乘坐等待了12年的那条船，告别“奥法里斯城”，在值得纪念的10月，回到自己出生的“岛”，与乡亲们久别重逢，分外亲切。他单独在父母长眠的花园里闭门沉思40天，然后会见童年伙伴及学生，就自然与社会、上帝与人类、小我与大我、智慧与愚昧、黑夜与白昼、言词与思想等人与自然之间的关系以及人类生活各方面的问题，回答了学生的提问。作者用“诗般的比喻、流丽的文词，讲了平易的道理，饱含着带有东方气息的哲理”“像一个饱经沧桑的老人，对年轻人讲些处世为人的哲理，在平静中流露着悲凉”（冰心语）。

病魔过早地夺去了诗人的生命，《先知花园》未能完成。出版者说：“《先知》发表后，纪伯伦即开始构思其姊妹篇。但《先知花园》尚未完稿，肺病就夺去了他的生命，仅留下数页草稿。出版者将纪伯伦原来用阿拉伯文发表的一些文章，如《硕果压魂》等，补续在后，编成一本50余页的小册子；那些文章本非为《先知花园》而写。虽然《先知花园》在创作思想与艺术表达方式上远不及《先知》，然而纪伯伦的精神、灵魂却贯穿在这本小册子里。我们不知道纪伯伦的在天之灵对这种编辑思想是否满意。”

当年，纪伯伦受教于罗丹门下，看见大师的名作《上帝之手》时，曾想：“是上帝创造了人类，还是人类创造了上帝呢？除了幻象和表现艺术，不存在造物主——艺术，艺术！它是生活，生活是它。一切事物都为了它。除此之外没有荣誉，除此之外没有美。”他对自己说：“这就是自豪——你要成为罗丹那样的人——被推崇，被尊重，艺术踪迹遍布四方，从彼得堡到悉尼，从东方到纽约，当人们言及艺术时，你的名字也会被提到，东方和西方的人们都会从

你这里领略一下生活的本质，并为你的才能祝福。”

时隔 90 年，纪伯伦的“预言”不是已经变成现实了吗？但他没有预言到——虽然当年他居住在波士顿又脏又臭的“华人区”，与中国孩子一道玩耍——在他诞辰 110 周年值得纪念的日子里，在东方的华夏大地上出现了“纪伯伦热”，这里的热血青年争相读《先知》《沙与沫》《泪与笑》等，出版了《纪伯伦全集》和许多精选本。这是阿拉伯国家中唯一有中译本全集的作家。我想，纪伯伦的在天之灵定会为“纪伯伦热”而感到欣慰。

有诗赞曰：

纪伯伦，

你是真理光芒之鸽，咕咕鸣啼在永恒田野的正义之树枝头！

你是生活禅房里那长明的真理烛光！

纪伯伦，

你是情感的栽培者，你是感情的种植者！

你在生活田野里栽下的你的精神脉搏已经发芽；你在岁月花园中种下的你的灵魂气息已经长叶。

上帝赋予你以智慧，生就你这位天才，赐宽恕予你。在圣徒眼里，你是圣徒；在挚友眼里，你是兄弟；上帝赐予你以雄心，你作为织工而来，在自己的织机上织出正直和善良。

出于嫉妒，死神敌视你，向你射出暗箭，有意将你暗杀。

像纪伯伦这样的天纵之才是不死的！

李唯中于晏如居

2023 年 1 月

先　知

目　录

先知

先知花园

先行者

人之子耶稣

先知

导读

李唯中

《先知》是纪伯伦的散文诗代表作。纪伯伦说，《先知》“是我思考了一千年的书”，“在来年，我将发表两部作品：一部诗集，一部寓言集。之后，我将专心写《先知》，我已有用阿拉伯文写的草稿，写作时我不过十六岁……在这部书里，记录下了我内心的暗在神圣……它深居我的心底，但我却不急于将之呼出……就让它存在那里吧！”（给玛丽·哈斯凯勒的信）“这本书现在充塞了我的生命，我睡觉时梦见它，醒来时想着它，吃喝时仍是它。”（1920年与友人谈话）纪伯伦20岁时，曾在波士顿把《先知》的阿拉伯文草稿读给他的母亲。母亲听后对他说：“孩子，太好了！不过还不到发表的时候。”又过了十年，纪伯伦发表了系列作品之后，用英语写出了这部作品的初稿。1921年春，纪伯伦累倒了，他带着《先知》的初稿去波士顿疗疾。他对友人说：“我怎么办呢？难道放弃写作、绘画？丢下《先知》？……它还是一个婴儿，是我的精神至今孕育最好婴儿。不能丢下，我将做到底，即使我的生命随之结束而结束。”

由此可见纪伯伦是用心血写成《先知》的。

纪伯伦身在西方生活，但他的心在东方，无时不在关注着自己的祖国和东方，哀其不幸，怒其不争。“我之所以为东方人哭泣，因为在疾病面前嬉笑是双料愚昧。”“我之所以为那可爱的国度哀号，因为在失明的受灾者面前歌唱是盲目呆钝。”“东方乃一病夫，遭到种种疾病侵袭，遇重重瘟疫骚扰。”“东方人沉睡在自己那柔软的病榻上。”纪伯伦深刻揭示了遍布东西方的奴性，指出：“人是生活的奴隶。奴隶主义使得人们白天充满屈辱、卑贱，黑夜饱浸血和泪水。”“奴隶主义是一个永恒的灾难，给人间带来了无数意外和创伤，就像生命、习性的继承一样，父子相传。”（《奴隶主义》）

他深刻地揭示了东方的沉疴之后，主张消灭奴性，恢复人性，做“掘墓人”，埋葬“腐烂发臭的尸首”似的“灵魂”，用“手术刀”切除痈疽，拔掉“龋齿”，做自由人。

如何才能成为真正的自由人呢？纪伯伦指出：

只有当你们的愿望化为自由，而不是你们的羁饰，不再把自由谈论为你们追寻的目标和成就时，你们才能成为自由人。

当你们的白天不无忧虑而过，你们的黑夜不无惆怅而去之时，你便获得了自由。

不如说当忧愁包围你们时，你们却能赤裸裸地毫无拘束地超脱之，你们才真正获得了自由。

——《先知·论自由》

纪伯伦很快发现了人类自身存在的“无限”即“神性”。他对奴性、人性和神性做了这样的诠释：

你们的神性自我像汪洋大海，永远一尘不染。

又像以太，只助有翼者高飞。

你们的神性自我也像太阳，既不识鼹鼠的路，也不寻觅蛇洞穴。

但是，你们的神性自我并不独自居于你们的实体之中。

你们实体里的，有一大部分是人性的，还有一部分尚未变成人性的。

那只是一个未成形的侏儒，睡梦中在雾霭里行走，寻求自己的觉醒。

我现在就谈谈你们的人性吧，只有它才晓得罪与罚，而你们的神性自我和雾霭中行走的侏儒，却全然不知。

——《先知·论罪与罚》

纪伯伦认为人类精神的发展是沿着奴性—人性—神性轨迹前进的，只有摆脱奴性，恢复人性，使人性升华，最终才能成为神性的人。他主张人类要做“有翼者高飞”，捕捉“天空中飞行的大自我和真自我”，以期获得神性，成为“神性的人”而永生：

汇入我的湖中的还有比笑更甜、比向往更美妙的东西。那就是你们内心中的“无限”；“无限”是巨人，而你们不过是细胞和组织而已。

是的，在这位巨人的歌喉里，你们的吟唱都是无声的搏动。你们与巨人结合在一起，才能显露出你们的巨大。

巨人用自己的力量将你们束缚在大地上，他的芳馨带着你们在天空翱翔，他的不停旋动使你们永远摆脱死亡。

——《先知·道别》

纪伯伦还为做神性的人指出了道路，那就是响应“爱”的召唤：

爱向你们示意，你们就跟他走，即使道路崎岖，坡斜陡滑。

如果爱向你们展开双翅，你就服从之，即使藏在羽翮中的利剑会伤着你们。

如果爱对你们说什么，你们只管相信他，即使他的声音惊扰你们的美梦，犹如北风将园林吹得花木凋零。

……

爱，除了自己，既不给予，也不索取。

爱，既不占有，也不被任何人占有。

爱，仅仅满足于自己而已。

——《先知·论爱》

还要坚持“美”的追求：

你们怎样去追寻美呢？假若美不作你们的路和向导，你们怎能找到美呢？

除了美编织你们的言语，你们又怎能谈论美呢？

——《先知·论美》

纪伯伦在《先知》这部垂世作品中塑造了一位东方智者的形象，以深邃的哲理散文诗论述了人类自古至今及未来所面临的爱情、婚姻、衣食、住行、悲欢、苦乐、善恶、劳逸乃至生死等种种实际问题，仿佛那位先知就是作者心目中的“神性的人”，作者也因此被誉为“超越人类和超越生命的巨人”。黎巴嫩人则自豪地称之为“我们的先知纪伯伦”。《先知》的巨大成功使纪伯伦登上了成就和荣誉的巅峰，令西方人五体投地。《芝加哥邮报》载文评论《先知》：“如果一个男人或一个女人读了这本书，不能安静地接受一位伟人的哲学，那么，这个男人或女人，就生命和真理而言，确已死亡。”美国前总统西奥多·罗斯福曾对纪伯伦说：“你是最早从东方吹来的风暴，横扫了西方，但它带给我们海岸的全是香花。”

《先知》写的是人与人的关系。《先知花园》写的是人与自然的关系，先知穆斯塔法接着回答人们有关人与自然之间关系的若干问题。纪伯伦早就打算写一本名为《先知之死》的散文诗集，借以阐述人与上帝之间的关系，构成“三部曲”，但未来得及下笔，疾病和劳碌便吞噬了这位天纵之才的生命，留下无法弥补的遗憾，也留给世人无限想象的空间。

毫无疑问，纪伯伦的作品为东方乃至全人类的精神文明宝库增添了珍宝。

纪伯伦的《先知》被世人誉为“散文诗”，文字具有热烈、清秀、绚丽的独特风格，意境、哲理深邃，西方人将之作为“小圣经”朗诵。人们在欣赏美妙文字的同时，也会使灵魂得到陶冶、净化和升华。

2022 年 12 月 20 日于晏如居

船的到来

年值韶华，被主所选、为主所爱的穆斯塔法，在奥法里斯城等了十二年，等待着他的船到来，以便载他归返他出生的岛上去。

在第十二年的四月，即收获之月的第七天，他登上城墙外的小山，放眼向大海望去，只见他的船披着雾霭驶来。

此刻，他的心境豁然开朗，欢悦之情远远地飞越大海。他闭上双眼，在灵魂的静殿中祈祷。

*　　*　　*

当他从小山上走下来，忽觉一阵忧思袭上心头，他暗自想：

我怎能心无惆怅，安然地走去呢？

我在这座城郭里度过的痛苦白天是漫长的，我所度过的孤寂之夜是漫长的。谁能够与自己的痛苦和孤寂毫无遗憾地分手呢？

在这条条路上，我撒下了多少精神的颗粒！

有多少我所喜爱的孩子，赤身裸体地跪在它的山丘之间！因此，我不能毫无负担、毫无痛苦地离开它。

今天，我脱下的不是一件外衣，而是用我们双手撕下的自己的一块皮。

今天，我不是把一种想法丢在了身后，而是丢弃了一颗用饥饿和干渴浸透的甜蜜之心。

*　　*　　*

但是，我不能再久留了。

呼唤万物前往的大海在召唤我，我必须扬帆起航了。

虽然我夜下的归思仍灼热似火，可如果再待下去，却要凝固、结晶、模化了。

我多么希望能够带走这里的一切，又有什么办法呢？

唇和舌是声音的双翅，而声音飞走时却不能带着双翅，只能独自去觅寻以太[1]。

如同鹰不能带着巢，只能独自飞过太阳。

*　　*　　*

现在，穆斯塔法行至丘山脚下，转身向着大海，看见他的船正向港口靠近，船头上站着来自故乡的水手。他向他们发出由衷的呼唤：

我的老母的孩子们，弄潮的英雄汉，你们有多少次航行在我的梦里呀！现在，你们在我苏醒时来了，而苏醒是我更深的梦境。

---

[1] 以太，19世纪物理学理论中认为普遍存在的物质，它在电磁波的传播过程中起媒介作用，与弹性物质（如空气）在声波传播中起的作用很相似。以太曾被假想为透明、无重量、无摩擦阻力，而且用化学物理实验都不能探测，并渗透所有的物质和空间。

看哪，我现在准备起航了。我的渴望风帆已经全部展开，正等待着风的到来。

我只求在这静静的空气中吸上一口气，

只要向这里的一切投上亲切的一瞥，

之后，我便加入你们的行列，成为一名水手。

还有你呀，宽阔的大海，不眠的母亲，

只有在你的胸膛里，江河和溪流才能找到平安和自由。

这条小溪仅剩下一次转变，之后在这林间只作一声低语，便奔向你那里，化作无边大洋中的一自由涓滴。

*　　*　　*

穆斯塔法正走在路上时，忽见远处有众多男女离开他们的田地和葡萄园，快步向着城门走来。他听见他们呼唤着他的名字，穿过田间阡陌，高声喧嚷着他的船来了。他自言自语道：

莫非离别之日正是聚会之时？

我的夕阳西下之时，果真是朝阳东升之时？

他们耕作之时丢下犁杖或者停下榨汁的轮子，我能给他们什么呢？我的心能成为一棵结满果子的树，以便采摘并分给他们吗？

我的愿望能像涌泉，以便斟满他们的杯盏吗？

我是可供上帝之手弹奏的琴，或是可让上帝吹奏的笛子？

我是探索寂静的人，在其中我能发现什么宝藏，并且满怀信心地撒播出去呢？

如果今天就是收获之日，那么，我曾在哪块土地上，又是在哪个被我遗忘的季节里，播下我的种子的呢?

假若那的确是我举灯的时刻，那么，灯里燃烧着的不是我所点燃的火焰。

我将举起我的灯，那灯空空无油，而且很暗。

夜下守护你们的人将为灯添油，也将为你们将之点燃。

*　　*　　*

这些都是穆斯塔法说出口的事情，还有很多话隐藏于他的心中，未能道出他深藏心底的秘密。

*　　*　　*

穆斯塔法进城时，众人纷纷迎接他，齐声呼唤他的名字。

长老们走上前，说道：

你不要急于离开我们!

你在我们生命的苍茫暮色中，曾像丽日一样悬挂中天。

你的青春华年曾赋予我们美梦联翩。

你在我们中间，既非客居，也不是异乡人，而是我们可爱的孩子，我们的灵魂对你情有独钟。

不要让我们因渴望见到你的容面而望眼欲穿。

*　　*　　*

男女祭司们高声对他说：

莫让海浪现在就把我们分开，不要让你在我们中间度过的那些岁月化为记忆。

你曾是一位神灵走在我们当中，你的影子曾是照亮我们脸面的光芒。

我们是多么深爱着你，虽然我们的爱默默无言，且又隔着薄纱；

然而它现在正高声呼唤你，希望它在你的面前能被撩开来。

爱总是这样，不知其深，除非到了别离的时辰。

*　　*　　*

另外一些人走来恳求、挽留。但是，穆斯塔法默不作声，然后低下头去。站在他周围的人们看见他泪流如注，直滴落在胸膛上。

穆斯塔法走去，众人随着他走向神殿前的宽大广场。

*　　*　　*

一位名叫美特拉的女预言家从神殿里走出来。

穆斯塔法用充满温情的目光望了女预言家一眼，因为她是他进城仅一天的时间里第一个向他走来并寻求他相信的人。

女子深情地问候他，然后说：

上帝的先知，极致境地的探索者，

一直眺望天际寻觅自己航船的人呀，

你盼望的船已经来了，你的启程已成定局。

你对记忆中的土地和强烈希冀中的故国是多么渴望眷恋！我们的爱是拴不住你的，我们的需要也留不住你。

但是，在你离开我们之前，我们请求你给我谈上一谈，用你的真理把我们武装一番。

我们将用这些真理武装我们的子女，他们也将把真理传给他们的子女，如此代代相传，永世不断。

你曾在孤独中关怀着我们的白日；你曾在苏醒中倾听我们睡梦中的哭与笑。

现在，我们请求你把我们的内心世界揭示给我们，把你所知道的关于生与死之间的学问告诉我们。

*　*　*

穆斯塔法回答他们说：

奥法里斯城的居民们，除了回旋在你们心灵里的那些东西，我还能谈什么呢？

论爱

美特拉说：请给我们谈一谈爱吧！

穆斯塔法抬起头来，望着众人，那里一片寂静，鸦雀无声。他用洪亮的声音说：

爱向你们示意，你们就跟他走，

即使道路崎岖，坡斜陡滑。

如果爱向你们展开双翅，你就服从之，

即使藏在羽翮中的利剑会伤着你们。

如果爱对你们说什么，你们只管相信他，

即使他的声音惊扰你们的美梦，犹如北风将园林吹得花木凋零。

* * *

爱为你们戴上冠冕的同时，也会把你们钉在十字架上。

爱能强壮你们的骨干，同时也要修剪你们的枝条。

爱能升腾到你们天际的至高处，抚弄你们那摇曳在阳光里的柔嫩细枝。

爱同样能沉入你们那伸进泥土里的根部，并将根部动摇。

*　　*　　*

爱把你们抱在怀里，如同抱着一捆麦子。

爱把你们舂打，以使你们赤体裸身。

爱把你们过筛子，以便筛去外壳。

爱把你们磨成面粉。

爱把你们和成面团，让你们变得柔软。

爱再把你们放在他的圣殿里的火上，以期让你们变成上帝圣筵上的神圣面包。

*　　*　　*

爱如此摆弄你们，为的是让你们知道你们心中的秘密。依靠这一见识，你们就能成为存在之心的一片碎屑。

*　　*　　*

如果你们心存恐惧，只想在爱中寻求安逸和享受，

那么，你们最好遮盖起自己的裸体，逃离爱的打谷场，

走向一个没有季节更替的世界：在那里，你们可以笑，但笑得不尽情；在那里，你们可以哭，但眼泪淌不完。

*　*　*

爱，除了自己，既不给予，也不索取。

爱，既不占有，也不被任何人占有。

爱，仅仅满足于自己而已。

*　*　*

当你爱的时候，你不要说“上帝在我心中”，

而要说“我在上帝心中”。

你切莫以为自己能够指引爱之行程。

爱会引导你，如果发现你适于引导。

*　*　*

爱除了实现自我，别无所求。

当你爱时，而且还要伴随着某些愿望，那就把这些作为你的愿望吧：

融化自己，变得像一条流淌的溪水，对夜色哼唱小曲；

感受过分温柔产生的痛苦；

接受由对爱的了解为你带来的伤害；

甘心情愿地任你的血流淌。

黎明即起，带着一颗生着翅膀的心，满怀谢意迎接爱的新一

天来临；

中午小憩，深深沉浸在爱的微醉之中；

黄昏回家，满怀感恩之情；

入睡之时，你的心为你心爱之人祈福，唇间哼吟着赞美的歌。

论婚姻

美特拉又问：夫子，关于婚姻，你有何论说呢？

穆斯塔法回答道：

你俩同生，相伴到永远。

当死神的双翼带走你的岁月时，你俩在一起。

是的，同样在默默思忆上帝之时，你俩也在一起。

不过，你俩结合中要有空隙。

让天风在你俩间翩翩起舞。

*　　*　　*

你俩要彼此相爱，但不要使爱变成桎梏；

而要使爱成为你俩灵魂岸边之间的波澜起伏的大海。

你俩要相互斟满杯子，但不要用同一杯子饮吮。

你俩要互相递送面包，但不要同食一个面包。

一道唱歌、跳舞、娱乐，但要各忙其事；

须知琴弦要各自绷紧，虽然共奏一支乐曲。

*　　*　　*

要心心相印，却不可相互拥有。
因为只有“生命”的手才能容纳你俩的心。
要相互搀扶着站起来，但不要紧紧相贴。
须知神殿的柱子也是分开站立着的。
橡树和松树也不在彼此阴影里生长。

论孩子

一位怀抱婴儿的妇女说：请给我们谈谈孩子吧。

穆斯塔法说：

你们的孩子并不是你们的，

而是“生命”对自身的渴望所生的儿女。

他们借你们来到世上，却并非来自你们，

他们虽与你们一起生活，却并不属于你们。

* * *

你们可把爱给予他们，却不能给予他们以思想。

因为他们有他们的思想。

你们能够庇护他们的身体，却不能庇护他们的灵魂。

因为他们的灵魂居于明日的华屋，那是你们无法想见的，即使在梦中。

你们可以努力以求像他们，但不要试图让他们像你们。

因为生命不能走退步，它不可能滞留在昨天。

你们是弓，你们的孩子则是从你们的弓弦上射出的实箭。

射手看见竖立在无尽头路上的目标，他会用自己的神力将你们的弓引满，以便让他的箭快速射至最远。

就让你们的弓在射手的手中甘愿曲弯；因为他既爱那飞快的箭，也爱那静止的弓。

论施舍

一个富翁说：请给我们谈谈施舍吧。

穆斯塔法答道：

当你把你的财产给人时，那只是施舍了一点点儿。

只有把你自身献给他人，那才是真正的施舍。

你所占有的岂不是惧怕明天需要它而保存起来的东西吗？

那明天，随从前往圣城朝觐时，把骨头埋在无人迹的沙土里的多虑的狗，又能储存下什么呢？

除了需要本身，需要还惧怕什么呢？

你的井水充溢时还惧怕干渴，那不是无法解救的干渴吗？

* * *

有的人家财万贯，却只拿出一星半点儿给人，

他们还自诩为施舍；他们心中暗藏的欲念难免要葬送他们的施舍善意。

有的人囊中羞涩，却慷慨献出全部。

他们是笃信生命及其丰富内存，因而他们的金库总也不空。

有的人乐于施舍，施舍之乐便是他们的报酬。

或者痛苦地施舍，在痛苦中净化自己的灵魂。

有的人施舍既不觉痛苦，也不寻欢乐，亦不知道施舍是一种美德。

有些施舍的人，就像山谷中的桃金娘，只管把芳香撒向天空。

上帝通过这些乐善好施者的手说话，透过他们的眼睛将微笑洒满大地。

*　　*　　*

向求乞者施舍，当然好，若向未开口的，而你早知道的饥馑者施舍，那就更好了。

对于乐善好施者来说，主动觅寻有待周济之人，较之施舍的快乐有过之而无不及。

你真有什么必须保留的东西吗?

终有一天，你的一切所有都要给人。

你现在就施舍吧！让施舍的时令属于你，而不属于你的继承人。

*　　*　　*

你常说：“我一定施舍，但只给那些配得恩施的人。”

但你的果园中的树木及你牧场上的羊群不这样说。

他们为了生存而施舍，因为守财导致灭亡。

毫无疑问，凡配得到白昼与黑夜的人，均应得到你所施舍的一切。

凡配从生活的大洋中饮水者，均配在你的小溪中灌满自己的杯子。

接受施舍的勇气、信心和慈善是一种美德，还有比这更伟大的美德吗？

你是何许人，竟敢要人们向你袒露心中隐私，抛弃狂傲外衣，让你看看他们的价值和无愧傲气？

还是首先审视一下你自己是否配做施舍者，是否配做施舍者的工具吧！

其实，生命是生命的施舍者，自以为是施主的人啊，你不过是个证人罢了。

* * *

你们，接受施舍的人们——你们都是接受者——你们不必过分感恩戴德；如若不然，会把轭加在你们和施舍者的肩上。

你们和施主理应一道飞升，否则那便是怀疑以慈善大地为母，以上帝为父的施舍者的慷慨仁义之情了。

论饮食

一个开饭店的老者说：请给我们谈谈饮食吧。

穆斯塔法说：

但愿你们能够依赖大地的芳菲而生存，就像攀缘藤萝那样依靠阳光的供养。

既然你们必宰牲而食，非从幼畜口中夺取奶汁解渴，那么，你们使之成为一种祭拜仪式。

让你们的餐桌成为祭坛吧！祭坛上那来自平原和丛林中的纯洁、清白的肴馔，正是为了使人变得更纯洁、更清白而牺牲的。

* * *

你宰牲时，心里要对它说：

“宰杀你的权力，同样也将把我宰杀；我的命运与你相同，都要走向死亡。

“把你送到我手里的法规，也将把我送到一只更强大的手里。

“你我的血，都不过是营养永恒之树的液汁。”

*　　*　　*

当你用牙咀嚼苹果时，心中要对它说：

“你的籽将在我的体躯中生存，

“你明日的蓓蕾将在我的心中开花，

“你的芳香将成为我的气息，

“我们伴随着四季一道欢乐。”

*　　*　　*

秋天，当你从你的葡萄园里采摘葡萄，以便将之送往榨汁酿酒时，你要对葡萄说：

“我也是葡萄，果实也要送去榨汁酿酒。

“像新酒一样，将被存储在永恒的桶里。”

冬天，当你咽吮酒时，你的心中要对每一杯酒唱歌。

让你的歌中充满对秋天、葡萄园及榨汁酿酒作坊的怀念。

论劳作

一个农夫说：请给我们谈谈劳作吧。

穆斯塔法说：

你劳作，为的是与大地及其灵魂一道前进。

因为松弛懈怠者将成为时节的陌路人，并会远离生命的队列，而生命的队列正在迈着庄重的步伐，昂首、顺利地走向永恒。

劳作时，你是一支芦笛，时光的低语在你的腹中变成了乐曲。

在万物合唱之时，你们当中谁愿意做一支哑然无声的芦笛呢？

* * *

你们常听人说，劳作令人厌恶，苦劳是祸殃。

我要对你们说，你们劳作之时，实现的是大地的深远梦想的一部分；而那梦想诞生之日，实现的责任就是你们的。

你们进行劳作时，就是实实在在地实践对生命的热爱。

通过劳作热爱生命，便彻悟到了生命的最深秘密。

当你们痛感生活的疾苦之时，会把出生唤作悲剧，把养身视为诅咒，并且写在你们的额上，那么，我要对你们说：只有用你额上的汗水，才能洗掉你们写在额上的字句。

*　　*　　*

也有人对你们说，生命是黑暗的，致使你们在过度疲倦之时，重复疲惫者们所说的那些话。

我要说，没有激励，生命的确是黑暗的；

不与知识结合，一切激励都是盲目的；

不与劳作结伴，一切知识都是无用的；

不与仁爱相配，一切劳作都是空虚的；

当你的劳作与爱相结伴时，你便与你自己、与他人和与上帝连在一起了。

*　　*　　*

怎样才是满怀仁爱地劳作呢?

那就是用从你心中抽出的线织布做衣，仿佛你所爱的人将要来穿。

那就是满怀热情地建造房屋，仿佛你所爱的人将要来住。

那就是满怀温情地播种，欢天喜地地收获，仿佛你所爱的人将要来吃。

那就是把你心灵的气息灌输到你所制作的一切之中去。

你当知道你的先人们都在你的周围看着你。

*　　*　　*

我常听见你们好像说梦话：

“雕刻大理石，在石头里寻找自己灵魂形象的人，要比耕夫高贵多了。

“撷取虹的色彩，在画布上绘人像的人，要比编草鞋的人高明多了。”

至于我，则要在正午完全清醒时说：

风同高大橡树的低声细语，并不比同大地上最小的草更温柔。

只有把风声变成柔美歌声，并且将自己的爱心加入其中的人，才是伟大的人。

*　　*　　*

劳作是眼能看见的爱。

如果你进行劳作时不是满怀着爱，而是带着厌恶心理，还不如丢下工作，到庙门去，等待高高兴兴的劳作者们的周济。

假若你无所用心地去烤面包，烤成的是苦面包，只能为半个人充饥。

假若你怀着怨恨榨葡萄汁酿酒，你的怨恨会在葡萄里渗进毒液。

你能像天使一样唱歌，却不喜欢唱，那就堵塞了人们的耳朵，使他们听不见白昼和黑夜的声音。

论悲欢

一个妇人说：请给我们谈谈悲伤与欢乐吧。

穆斯塔法说：

你们的欢乐，正是你们揭去面具的悲伤。

供你汲取欢乐的井，常常充满着你们的泪水。

事情怎会不如此呢？

悲伤在你们心中刻的痕迹愈深，你们能容纳的欢乐便愈多。你们盛酒的杯子，不就是曾在陶工的窑中烧的那只杯子吗？

使你们心神愉悦的那把琴，不是刀刻的那块木头吗？

当你沉浸在欢乐之中时，深究你的内心深处，就会发现曾是你的悲伤泉源的，实际上是你的欢乐所在。

当你沉浸在悲伤之中时，重新审视你的心境，就会发现曾是你欢乐泉源的，实际上又成了你的悲伤所在。

*　　*　　*

有人说："欢乐大于悲伤。"

另一些人说："悲伤更大。"

我要对你们说，悲欢是互相不可分离的。

悲欢同至，其一在与你同桌共餐，另一个则正睡在你的床上。

实际上，你们就像天平的两个盘子，悬在你们的悲与欢之间。

只有你们的心中空空时，那两个盘子才能平衡，你们的情况才会稳定下来。

当司库举起你用来称量他的金银时，你的悲与欢就不免要升或降了。

论房舍

一个泥瓦匠走上前来，说：请给我们谈谈房舍吧。

穆斯塔法说：

你在城中建造房舍之前，先用你的想象力在旷野建造一个草舍吧。

因为就像你黄昏之时有家可归一样，你那漂泊在遥远、孤独天际的迷魂，也该有个归宿之地。

你的房舍是你的更大的躯壳。

房舍在阳光下生长，静夜里入眠，且眠中不能无梦。你的房舍不做梦吗？不曾在梦中离开城市，走入丛林，或登上山巅吗？

*　　*　　*

但期我能把你们的房舍握在手里，就像农夫耕种一样，把你们的房舍撒在平原和丛林里。

愿谷地成为你们的街市，绿径成为你们的小巷，你们人人可穿过葡萄园去访朋问友，回返时衣褶间夹带着大地的芳香。

但此刻尚未到来。

你们的祖辈心存恐惧，因而把你们彼此聚集在一起。

这种恐惧必存在一段时间。

直到你们的城墙将你们的房舍与田地分隔开来。

* * *

奥法里斯城的居民们，请你们告诉我，你们这些房舍里有些什么东西？你们的门紧锁着，保卫的又是什么东西呢？

你们有和平吗？那不就是显示你们力量的温和动力吗？

你们有回忆吗？那不就是架在思想山峰间的闪光拱桥吗？

你们有美吗？那不就是把你们的心从木雕石刻天际引上圣山的东西吗？

请告诉我，你们的房舍里有这些吗？

或者你们只有舒适及对舒适的欲望？那种诡秘的东西，悄悄潜入你们的房舍做客，旋即反宾为主，继而成为家长。

嗨，他继之变成一个驯兽者，挥舞着钩和鞭，把你们的宏大意愿化为他手中的玩具。

是啊，他手柔如丝，心却如铁铸。

他为你们催眠，目的在于站在你们的床边，讥笑你那躯体的尊严。

他戏耍你们那健全的感官，将之像易碎器皿一样丢在鳍蓟刺间。

无疑，贪图舒适的欲望，熄灭了灵魂激情烈火，之后狞笑着走在送葬行列中。

*　　*　　*

你们哪，太空的女儿，平静时也安不下心来，

你们不会陷入罗网，也不会被驯服。

你们的房舍永远不会成为下抛之锚，而是挺立的桅杆。

你们的房舍不会成为遮盖伤口的闪光薄皮，而是保护眼睛的眼帘。

你们不会为了过门而收起翅膀，或因害怕碰着天花板而低头，或者担心墙壁崩裂坍塌而屏着呼吸。

不，你们不能住在死人为活人建造的坟墓里。

尽管你们的房舍富丽堂皇，但不应使之隐藏你们的秘密，或者使之居住在“天国”；因为你里面的“无穷性”，是住在天国里；那天国以清晨雾霭为门，以夜之歌及其寂静为窗。

论衣服

一位纺织工说：请给我们谈谈衣服吧。

穆斯塔法回答道：

你们的衣服遮住了许多美，却遮不住你们的丑。

你们在你们的衣服里，虽然可以寻到隐秘的自由，但却也发现了桎梏与枷锁。

我真希望你们多用皮肤而少用衣服去迎接太阳和风。

生命的气息隐藏在太阳光里，生命之手随着风移动。

* * *

你们当中有的人说：

“我们穿的衣服是北风织成的。”

我要说：“对的，正是北风。”

但它是用羞怯当织机，以柔弱肌肉作经纬，刚刚织完，便笑着跑向丛林中。

你们不要忘记，羞怯是挡住污秽目光的盾牌。

当污秽完全消失之时，余下的羞怯不就是心灵的桎梏和腐蚀剂吗？

不要忘记大地喜欢接触你们的赤脚，风渴望戏拂你们的长发。

论买卖

一位商人说：请给我们讲讲买卖吧。

穆斯塔法说：

大地贡献果实给你们，假若你们只知道摘满双手，你们也就不该要它了。

你们拿大地的献礼做交易，不仅得到富裕，且感到心灵上的满足。

假若你们不本着爱和公平进行交易，必将有人贪婪成性，有人饥饿潦倒。

* * *

大海上、农田中和葡萄园里的劳动者们，当你们在市场上遇见织工、陶匠和香料商时，要一道祈求大地的主神到你们中间来，圣化你们的天平和交易计量的核算。

你们不要让那些游手好闲的人参与你们的交易，因为他们会用花言巧语来骗取你们的劳动果实。

你们要对这些人说：

“和我们一起到田间，或同你们的兄弟一道去下海撒网吧。

“因为大地和海洋对你们像对我们一样慷慨。”

*　*　*

如果在那里见到了歌手、舞蹈家和吹笛子的，你们也要买他们的东西。

因为他们和你们一样，都要采集果实和乳香的；他们带给你们的虽是梦幻的织物，却是你们灵魂的衣和食。

*　*　*

你们离开市场之前，要留意不让一个人空手而回。

因为大地的主神只有在你们每个人的需求都得到满足时，才会安枕风翼进入梦乡。

论罪与罚

本城的一位法官走上前，说：请给我们谈谈罪与罚吧。

穆斯塔法说：

当你们的灵魂随风飘荡时，你们孤独，无人监督，不慎对别人犯下过错，同时也对你们自己犯了过错。

因为犯了过错，你们只有去敲天府圣门，不免受到怠慢，让你等上一时。

*　　*　　*

你们的神性自我像汪洋大海，永远一尘不染。

又像以太，只助有翼者高飞。

你们的神性自我也像太阳，既不识鼹鼠的路，也不寻觅蛇洞穴。

但是，你们的神性自我并不独自居于你们的实体之中。

你们实体里的，有一大部分是人性的，还有一部分尚未变成人性的。

那只是一个未成形的侏儒，睡梦中在雾霭里行走，寻求自己的觉醒。

我现在就谈谈你们的人性吧，只有它才晓得罪与罚，而你们的神性自我和雾霭中行走的侏儒，却全然不知。

*　　*　　*

我常听你们谈起一个犯了过错的人，仿佛他不是你们当中的一员，而是一个闯入你们天地的陌生人。

至于我，却要说那纯洁或善良者，超不过在于你们每个人心灵中的至纯至善。

同样，那恶劣或柔弱者，也不会低于你们每个人心灵中的极恶极弱。

正如一片树叶，只有得到整棵树的默许，才会枯黄。

就像那作恶者，如果不是你们大家暗中默许，他是不会作恶的。

仿佛你们行走在队伍中，都要寻找你们的神性。

你们既是路，也是行路者。

倘若你们当中有人跌倒，是为了后面的人而跌倒的，那便是告诫他们，让他们绕开绊脚石。

是的，他也是为前面的人绊倒的。他们虽然比他走得快，脚步也比他稳，却未曾挪开那块绊脚石。

*　　*　　*

我还有话对你们说，尽管我的话对你们的心说来很沉重：

被杀者对自己被杀，不能全然无辜。

被劫者对自己被劫，不能全无可责。

正直人也不能完全摆脱恶人犯的过错，清白人也不能完全摆脱罪人犯的罪过。

是的，罪犯常常是受害者的牺牲品。

更多的是被定罪的人往往替那些无罪的和未受责备的人担负罪责。

你们不能把公正与不公、善与恶分裂开来，因为他们同站在太阳面前，如同交织在一起的黑线和白线。

黑线断时，织工就要察看整匹布，也要察看织机。

*　*　*

假若你们当中有人要把一个负心妻子送上法庭，

那就让她把她丈夫的心也放在天平上称一称，并拿尺子将其灵魂量一量。

你们中谁想鞭打伤害者，就请先察看一下受伤害人的心灵。

你们中谁想以正义之名砍伐罪恶之树，那就用刀剜出树根仔细观察，他定将发现好根与坏根相互交织着。

探求公正的法官们哪，你们怎样宣判外表无辜、内藏罪心的人呢？

你们怎样惩罚杀人肉体而自己灵魂遭杀的人呢？

你们怎样控告那种行为属于欺骗和伤害，而实际上自己却受了委屈和虐待的人呢？

* * *

你如何惩处那些悔悟大于过错的人呢?

悔悟不正是你们所乐于奉行的法律所支持的公道吗?

但是，你们不能够把悔悟强加在无辜者的身上，也不能够从罪犯的心中将之剔除。

悔悟将在黑夜里自发呐喊，唤醒人们进行内心自检。

欲诠释公道的人们，若不在明光下细察全部行为，你们的愿望怎能实现?

只有在那里，你们才能弄明白，站着的和倒下的却是一个人，黄昏时分，在自己的侏儒性黑夜与神性的白昼之间站立着，也会晓得那神殿的角石，并不比殿基里的任何一块最差的石头高贵。

论法律

一位律师说：关于我们的法律，你有何见教呢？

穆斯塔法说：

你们乐于立法，但你们更喜欢犯法。

正像在海边玩耍的孩子，他们不断地用岸沙堆塔，然后又笑着把沙塔毁掉。

不过，在你们筑塔之时，大海又把更多的沙子推到岸边；

当你们毁掉沙塔时，大海也同你们一起欢笑。

是的，大海总是和天真无邪的人一起欢笑。

可是，对那些既不把生命看作大海，也不把人制定的法律视为沙塔的人，应当怎样呢？

对那些把生命看作石头，将法律视为能在石头上雕刻出自己形象的凿子的人，又当怎样呢？

对憎恶舞蹈家的瘸子，应当怎样呢？

对喜欢牛轭，甚至把林中麋鹿视作迷途、流浪的牛崽，又当怎样呢？

对年迈而无力蜕皮，却把除自己外的虫豸都斥为赤裸、无耻的老蛇，应当怎样呢？

对早赴婚筵、撑饱而去，却说“一切筵席都是犯罪、所有宾客都是犯罪”的人，又当怎样呢？

*　　*　　*

对于这些人，我除了说他们像别人一样站在日光里，而他们却背对着太阳，还能说什么呢？

他们只能看自己的影子，他们的影子便是他们的法律。

他们认为太阳只是影子根源吗？

在他们看来，承认法律只不过是弯曲着身子，在地上寻觅法律的影子吗？

面朝着太阳行走的人们，落在地上的影像能限制住你们吗？

随风游移的人们，风向标能为你们引路吗？

假若你们不在任何人的囚室门上砸碎你们的镣铐，那么，那种人制定的法律能来束缚你们吗？

你们纵情狂舞，只要不碰任何人的锁链，你们还怕什么法律呢？

假如你们脱下自己的衣服，不把它丢在别人走的路上，谁会把你们送上法庭呢？

*　　*　　*

奥法里斯的居民们，纵然你们能够抑制住鼓声，并能松却琴弦，可谁能命令云雀停止歌唱呢？

论自由

一位雄辩家说：请给我们谈谈自由吧。

穆斯塔法答道：

我们曾看见你们在城门前和自家炉火旁，对你们的自由顶礼膜拜，就像奴隶们，在暴君面前卑躬屈膝，为鞭笞他们的暴君歌功颂德。

在寺庙广场，在城堡的阴影里，我看见你们当中对自由怀着最强烈热情的人，他们把自由像枷锁那样戴在自己的脖子上。

我的心在滴血。因为只有当你们的愿望化为自由，而不是你们的羁饰，不再把自由谈论为你们追寻的目标和成就时，你们才能成为自由人。

* * *

当你们的白天不无忧虑而过，你们的黑夜不无惆怅而去之时，你们便获得了自由。

不如说当忧愁包围你们时，你们却能赤裸裸地毫无拘束地超脱之，你们才真正获得了自由。

*　*　*

假若你们不砸碎随你们苏醒的晨光而诞生，生命的太阳又将之加在你们身上的锁链，你们怎能超脱这些白昼和黑夜呢？

其实，你们说的那种自由，是这些锁链中最坚固的锁链，虽然链环在阳光下闪闪发光，令人眼花缭乱。

*　*　*

你们想成为自由人而要挣脱掉的东西，不就是你们自身的碎片吗？

如果那就是你们想废除的一个不公平的法律，但那法律是你们亲手写在你们的前额上的。

纵然你们烧掉你们亲手写的法典，倾大海之水冲刷法官们的前额，也无法抹掉那个法律。

假若那里有你们想废黜的暴君，也要首先看看你们在自己的心中为他建造的宝座是否已经毁掉。

一个暴君怎能统治自由和自尊的人们呢？除非他们的自由被专制，他们的尊严中包含着耻辱！

假如这就是你们欲摆脱的忧虑，那是你自选的，并非他人强加于你的。

假如这就是你们想驱散的恐惧，那是它的座位在你的心里，而不是握在你所怕之人手中。

*　　*　　*

说真的，在你们灵魂深处的一切事物，都是运动着的，包括期盼的与恐惧的，可恶的与可爱的，追寻的与回避的，几乎都是永恒相互拥抱着的。

这所有一切在你的灵魂里运动着，就像运动着的光与影，成双成对，互不分离。

阴影淡化消失时，留存的光则变成了新光的阴影。

你们的自由就是如此：当它挣脱了自己的镣铐时，它自身便变化为更大自由的镣铐。

论理智与热情

女祭司又开口说：请你给我们谈谈理智与热情吧。

穆斯塔法答道：

你的心灵常常是战场，你的理智、判断总在那里和你的热情、嗜好打仗。

我真想作为一个和平的调解人莅临你的心灵中，将那里相互对立、争斗的因素融合为彼此协调的一体，共奏同一支乐曲。

但我的愿望难以实现，除非你的心灵致力于和平，并且钟爱你心灵中的各种因素。

*　*　*

你的理智和你的热情，是你那航行在海上的灵魂的舵与帆。

一旦舵毁或帆破，海浪就会把船抛离航线，或使船漂泊在海面。

因为理智独自当权，就会变成禁锢你的力量；而热情，你们一旦听任之，便化为火焰，甚至自焚。

那么，就让你的灵魂带着你的理智飞至热情的最高点，直至引吭高歌。

让你的灵魂用理智引导你的热情，让它在每日复活中生存，像凤凰一样自焚，然后从灰烬中重生腾飞。

但愿你将你的判断和嗜好当作两位嘉宾对待，切不可厚此薄彼，因为如果厚待其一，便会失去两位嘉宾的爱戴与信任。

*　　*　　*

在山林中，你坐在白杨树荫下，享受着来自田野和草原的宁静与清凉，就让你的心反复默念："上帝之魂静息于理性之中。"

当风暴刮起，暴风撼动林木，雷鸣电闪显示苍天威严之时，就让你的心敬畏地默念："上帝之魂波动于理性之中。"

既然你是上帝天空里的一股气息，又是上帝森林中的一片叶子，你也应在理智中静息，在热情中波动。

论痛苦

一个妇人说：请给我们谈谈痛苦吧。

穆斯塔法说：

你的痛苦，是包裹着你的知识的外壳碎裂。

就像果核碎裂一样，以便将果仁露在太阳光下，因为你们的心须理解痛苦。

假若你的心能为每天绽现在你面前的奇迹而感到欢悦欣喜，那么，你便认为你的痛苦之妙并不亚于你的欢乐。

你就会像乐意接受你的田野上经历的春夏秋冬四季一样，乐于接受心上季节的变换。

你也就会泰然自若地站着守望你那悲凉的冬天。

* * *

正是你自己选择了你的大部分痛苦。

那是你心里的医生为医治你的病而给你的苦药。

因此，你要信从医生，放心地默默服下它。

医生的手尽管沉重而粗糙，但却由冥冥中的上帝之手在指引着。

医生带来的杯子，尽管会灼烧你的双唇，那却是上帝用自己的神圣眼泪和成的泥焙制成的。

论自知

一个男子说：请给我们谈谈自知之明吧。

穆斯塔法说：

你的心在默不作声中晓知日夜之奥秘。

但是，你的耳朵渴望听到发自你内心的知识之声。

你多么想用语言了解凭思想晓知的奥秘！

你多么希望用手指触摸幻想的赤裸躯体！

*　*　*

你想得多好啊！

隐藏在你灵魂中的泉水定会溢出，低声吟唱着奔向大海；你内心深处的宝藏定会呈现在你眼前。

不过，千万不要用秤去称量你那未知的珍宝，也不要用标尺杆或绳子去探测你那知识之渊的深浅。

须知自我就是不可丈量的无边大海。

*　*　*

不要说："我找到了真理。"

而要说："我找到了一条真理。"

不要说："我找到了灵魂的道路。"

而要说："我发现灵魂在我的道路上行走。"

因为灵魂行走在所有道路上。

灵魂既不在一条划定的路上行走，又不像芦苇那样生长。

灵魂像荷那样开花，花瓣不计其数。

论传授

一位教师说：请给我们谈谈传授吧。

穆斯塔法说道：

任何一个人都不能向你揭示什么，除非他在知识的拂晓里微睡时。

在神殿的阴影里，行走在弟子们中间的教师，他所传授的不是他的智慧，而是他的信仰和仁爱。

如果他真是大智者，则不会让你进入他的智慧之门，而只会把你引向你的心灵门槛。

* * *

天文学家也许向你谈他对宇宙的理解，但他不能把他的这种理解给予你。

音乐家也许会向你唱那韵律遍布宇宙的曲子，但他不能把他那听取韵律的耳朵和他应和韵律的声音给予你。

通晓数学的学者能向你谈度量衡的范围，可是，他不能引导你走入数学殿堂。

因为一个人不能把洞察力的翅膀借给他人。

正如上帝对你们每个人的认识是不同的，你们对上帝和大地秘密的理解也各不相同。

论友谊

一个青年说：请给我们谈谈友谊吧。

穆斯塔法说：

你的朋友是你的能满足的需求。

朋友是你的田地，你在那里满怀爱意播种，满怀谢意收获。

朋友是你的餐桌，是你的火炉。

因为你饥饿地奔向他，在他那里寻求安稳。

* * *

当你的朋友向你吐露心声之时，你既不怕坦诚地向他说“不”，也不会不肯向他说“是”。

当你的朋友沉默时，你的心仍然在倾听他的心声。

因为在友谊里，一切思想，一切愿望，一切希冀，均在毫无炫耀之中产生和共享。

你与朋友别离时，不要忧伤。

因为朋友的可爱之处在于，当他不在之时，你会觉得友谊更加清新，这正如登山者在谷地里望山峰，山峰显得更加分明。

除了加深神交，不要对友谊抱别的目的。

因为那种只探求揭示自身秘密的爱，并不是爱，而是一张撒下的网，只能网住一些无用的东西。

*　　*　　*

你要把你灵魂中最美好的东西，留给你的朋友。

朋友要知道你生命的落潮，你也要让他知道你生命的涨潮。

你为打发空余时光而找的人，那算是什么朋友？

你要常找朋友共度生命的宝贵时光。

朋友不是为了填补你心灵的空虚，而是为了满足你的需要。

要让友谊在温柔甜美中充满欢笑和同乐。

因为在润物的露珠中，心可以寻到自己的清晨，继而精神抖擞。

论说话

一位学者说：请给我们谈谈说话吧。

穆斯塔法回答道：

当你与你的思想之间发生争论时，你就要说话了。

当你无法在你的心的孤寂中生活时，你的生活便挂在你的唇上，发出声音，作为娱乐和消遣。

伴随着你的大多话语，思想半受残害。

因为思想是天空之鸟，在语言的樊笼里能够展翅，但却不能飞。

* * *

你们当中有些人，因怕寂寞，便去找贫嘴人。

因为孤独的寂静中，呈现在他们眼中的将是赤裸裸的自我，于是设法逃避。

你们当中有的人说话时，在不知不觉或不假思索中，揭示一条真理，而他们自己并不懂得它。

有的人把真理深藏心中，却不肯用话讲出来。

在这些人的胸中，心灵居住在韵律和谐的寂静里。

*　　*　　*

当你在路上或市场里遇到你的朋友时，就让你的心灵拨动你的双唇，指挥你的舌头。

让你声音里的声音，对朋友耳朵里的耳朵说话。

因为朋友的心灵会保存你心中的真理，

如同酒的颜色被忘掉了，酒杯也被丢掉，但舌头总保存着酒的滋味。

论时间

一位天文学家说：夫子，请给我们谈谈时间吧。

穆斯塔法说道：

你要衡量那不可测和不可限量的时间。

你要按照时辰和季节调整你的举止和行动，引导你的精神前进方向。

你要把时间视作一条小溪，静坐溪旁，观察溪水流淌。

*　　*　　*

但是，你那内心的永恒，却深知生命不能用时光限量。

也知道昨天只不过是今天的回忆，而明日不过是今天的梦。

你内心所歌唱和所思索的，仍然居于最初时刻的广阔空间里，那里散布着天空的浩繁星斗。

在你们当中，又有谁不觉得他那爱的力量是无穷无限的呢？

又有谁不感到，那爱虽则无限，却总绕着自身的核心转动，而不会从爱的一种思想转移到另一种爱的思想，从爱的一种行动转移到另一种爱的行为呢？

时间不正像爱一样，既不可分割，又是不可用步量的吗？

*　　*　　*

如果思维要你把时间分成季节，那就让每一个季节围绕着其余季节。让现在用记忆拥抱过去，用温情拥抱明天。

论善与恶

城中的一位长老说：请给我们谈谈善与恶吧。

穆斯塔法说：

你们的善，我能够谈，但不能谈恶。

恶，不就是被自身饥饿折磨得精疲力竭的善吗？

确确实实，善临饥饿之时，会到黑暗山洞里去觅食；善到干渴之时，会去饮死水。

*　　*　　*

你与自我合而为一时，你则是善者；

如若不能合而为一时，你就是恶人。

一座被分隔的房子，并不是贼窝，仅仅是一座被分隔的房子罢了。

一条船没有舵，或许会漂泊在充满险阻的群岛之间，但却不会沉入海底。

*　　*　　*

当你努力自我奉献时，你是善者；

但是，当你为自己谋求利益时，你也不是恶人。

当你为自己谋利时，你就像树根，深扎在大地里，吮吸大地的乳汁。

当然，果实不能对树根说：“你要像我一样成熟、丰硕，永远奉献。”

因为对于果实来说，奉献是一种需要，而对于树根来说，吸收也是一种需要。

* * *

你在完全清醒时谈话，你是善者；

而你在微睡时，口舌无目标地发呓语，你也不是恶人。

或许结结巴巴的话语，能扶助柔弱无才的口舌。

* * *

当你迈着坚定步伐走向目标时，你是善者；

但你的步子蹒蹒跚跚，你也不是恶人。

瘸子虽拐，却也不会后退。

你们这些身强力壮、健步如飞的人，

不要出于对瘸子的同情和怜悯，便在瘸子面前故作跛子行路。

*　　*　　*

在数不清的事情上，你是善者；

但是，你一时逃避善事，你也不是恶人。

你只不过迟缓、疏懒罢了。

*　　*　　*

在你渴求“大我”之中隐藏着善，你们每个人的心中都有这种渴求。

但是，在你们部分人的心中，这种渴求如同汹涌的洪流，挟带着山丘的秘密和森林的颂歌，滔滔奔向大海。

而在另一部分人的心中，这种渴望像平缓的小溪，徐徐徘徊在弯弯曲曲的途中，迟迟不到海边。

但是，千万不要让渴求强烈的人对渴求淡薄的人说：“你为什么行动如此迟缓？”

因为真正的善者不会问赤身裸体者：“你的衣服在哪里？”

也不会问流浪汉：“你的房子是怎样坍塌的？”

论祈祷

一个女祭司说：请给我们谈谈祈祷吧。

穆斯塔法答道：

你们在悲伤或需要时祈祷。

但愿你们在心里充满欢乐和日子宽裕时也祈祷。

* * *

祈祷不就是让你们的“自我”发散在活的以太之中吗？

假若你们发现向太空吐露心中的黯然之处是一种慰藉，那么，你们倾吐心中的灿烂晨光也会感到是一种快乐。

当你们的灵魂要你们祈祷时，你们抑制不住自己的泪水，尽管你们哭个不停，灵魂还是催促你们再次祈祷，直到你们眉开眼笑。

你们祈祷时，心灵升入云天，以便会见那些同时祈祷的人们；除了祈祷之时，你们不会见到他们。

就让你对冥冥中神殿的朝拜，成为微微陶醉、甜蜜柔美的聚会吧！

假若你进神殿只是求乞，那将一无所获。

假若你进神殿的目的只在于屈尊，那你的灵魂难以升华。

假若你进神殿是为他人求吉利，谁也不会听你的呼声。

只要你进入了那冥冥之中的神殿，也就够了。

*　*　*

我不能教你们用言语祈祷。

上帝不会听你们的言谈，除了那些上帝通过你们的口舌说的话。

我也不能把大海、森林、山岳的祈祷教给你们。

你们是大海、森林、山岳的儿子，你们能在你们的心中寻到它们的祈祷。

夜静之时，只要你们侧耳聆听，便可听到它们说道：

“我们的上帝啊，你是我们那展翅高飞的自我。”

你的意志就是我们的意志。

你的愿望就是我们的愿望。

你赐予我们内心深处的动力将我们的黑夜转化为白天；那黑夜是属于你的，那白天也是属于你的。

我们的主啊，我们不向你祈求什么，因为我们心中的需求产生之前，你已经知道我们需要什么。

因为你就是我们的需要；在你把自己更多地赐予我们时，你早把一切全赐予了我们。

论逸乐

每年进该城的一位隐士走上前来，说：请给我们谈谈逸乐吧。

穆斯塔法答道：

逸乐是一支自由的歌，但它并不是自由。

是你们的开花的愿望，但却不是愿望之果。

是呼唤高和深，但既不是深，也不是高。

是翅膀，却被关在笼中，不是被围绕的天空。

说实在的，逸乐是一支自由的歌。

我多么希望你们满心愿意地歌唱它，

但却不希望歌把你们的心迷惑。

* * *

你们当中有些青年，他们寻求逸乐，仿佛逸乐就是一切，他们理应受到责备与惩罚。

假若我是你们当中的一员，我则既不责备他们，也不惩罚他们，而要鼓励他们去寻求。

因为他们找到逸乐之时，发现的不仅仅是逸乐；他们将发现逸乐有七姐妹，其中最不漂亮的也比逸乐靓丽。

你们没听过一个刨地寻找树根的人却发现了宝藏吗?

*　*　*

你们当中有些老者，想起自己享受的逸乐，不免感到懊悔，仿佛那是他们醉时所犯下的罪过。

然而懊悔只是蒙蔽心灵，不是惩罚心灵。

他们应满怀谢意回忆自己的逸乐，就像他们回忆夏季的收获那样。

假若懊悔能给他们的心带来慰藉，那就让他们品味慰藉吧。

*　*　*

你们当中有的人，既不是寻求逸乐的青年，又不是回忆逸乐的老者；

他们在畏惧寻求回忆之时，弃绝一切逸乐，生怕怠慢或伤害了自己的心灵。

然而他们的逸乐就在他们的弃绝之中。

即使他们曾用颤抖的手刨寻树根，他们却也发现了宝藏。

不过，请你们告诉我，谁能伤及心灵呢？

或许夜莺能破坏夜的宁静，流萤能触犯繁星？

你们的火或烟能加重风神的负担吗？

或者你们以为心灵是一汪死水，仅用棍棒一根便能将之搅浑？

在你拒绝逸乐之时，常常是将欲望隐藏在你的内心深处罢了。

谁能料想今日能避开的事情，明天不会再等待着你呢？

你的体躯知道自己的遗传因素，也晓得自己的真正需要，任何东西都欺骗不了它。

你的肉体便是你灵魂的琴。

只有你才能使之发出甜美乐曲或噪音。

* * *

你现在就问自己吧：“我怎样区别逸乐中的善与恶？”

你到田野和花园里去，就会发现蜜蜂在花丛中采蜜时找到了逸乐。

而花让蜜蜂把蜜采走，花也找到了逸乐。

而在蜜蜂的眼里，花是生命泉源。

在花儿看来，蜜蜂是爱的使者。

蜜蜂和花儿在授受中找到了需要和欢乐。

* * *

奥法里斯城的居民们，在你们的逸乐之中，你们要像花儿和蜜蜂。

论美

一位诗人说：请给我们谈谈美吧。

穆斯塔法回答道：

你们怎样去追寻美呢？假若美不作你们的路和向导，你们怎能找到美呢？

除了美编织你们的言语，你们又怎能谈论美呢？

受虐待、遭伤害的人说：

“美仁慈而温柔，就像一位年轻的母亲，带着豪迈心情，其中又夹杂着些许羞涩，行走在我们中间。”

情感冲动的人说：

“不，美强大而可怕，就像暴风，下撼大地，上摇苍天。”

* * *

精疲力竭的人说：

“美是温柔的细语，在我们的心灵中低声说话。

“它的声音久久存在于我们的静寂之中，就像微弱的光，因惧怕黑影而颤动。”

惴惴不安的人却说：

“我们已经听到美在山峦中呐喊。

"紧随呐喊声而来的是马蹄声声、翅膀拍击和雄狮怒吼。"

*　　*　　*

夜间，守城的人说：

"美将伴着曙光从东方升起。"

午时，劳动者和行路人说：

"我们已经看到美正凭着面临落日的窗口俯瞰大地。"

冬天，被冰雪所阻之人说：

"美将伴着春姑而至，活跃在群山之巅。"

炎炎夏日里，割麦子的人说：

"我们已经看见美正在与秋叶共舞，还看见美的发髻里夹带着雪花。"

*　　*　　*

是的，这都是你们对美的描绘。

其实，你们描述的不是美，而是你们那些未曾得到满足的需求。

美，并不是一种需求，而是一种欢悦。

美，并不是一张干渴的嘴，也不是一只伸出来的空手，

而是一颗燃烧着的心，一个陶醉的灵魂。

美，既非你们想看见的一种形象，也不是你们想听赏的歌。

美是你们闭着眼睛能看到的一种形象，又是你们捂着耳朵亦能听

到的歌。

美，既不是隐藏在皱巴巴树皮下的汁液，也不是连系着爪子的翅膀，而是一座鲜花开不败的花园，一群永远翱翔的天使。

*　　*　　*

奥法里斯城的居民们，美就是揭开面纱露出神圣面容的生命。

你们就是生命，你们就是面纱。

美是揽镜自照的永恒。

你们就是永恒，你们就是镜子。

论宗教

一位年迈牧师说：请给我们谈谈宗教吧。

穆斯塔法说道：

今天我讲过别的什么吗？

宗教不就是一切功德和省悟吗？

或许它既不是功德，也不是省悟，而是一种惊异与感叹，二者常常发自于手雕坚石或操作织机时的心灵之中。

谁能把自己的信念与工作分开，或者将自己的信仰与事业分开？谁能把自己的时间摊展在自己的面前，说："这些属于上帝，这些属于我，这些属于我的灵魂，这些属于我的肉体？"

你的所有光阴，都是在空中扇动着的翅膀，不时地从自我飞到自我。

*　　*　　*

把德行穿在身上，当作华丽衣饰显摆的人，最好一直赤身裸体。

风与太阳不会使他的皮肤裂口。

以伦理界定行为的人，是把善鸣之鸟关在笼子里。

最自由的歌声，不是从铁丝网和铁栅栏里发出来的。

视礼拜为可开可关窗子的人，他尚未深入到自己的灵魂堂奥，因为灵魂的窗子是从黎明开启到黎明的。

*　*　*

你每天的生活，就是你的神殿和宗教。

无论你什么时候进神殿都要把一切带齐：

带上犁耙、熔炉、木槌和琵琶，带上为你日常需要或娱乐所准备的东西。

因为你在梦中遨游时，你既不能飞翔在你的最高成就之上，也不能下降到你的失败之下。

你要让所有的人跟着你去。

因为在你的慕恋中，你不能飞翔在他们的希冀之上，也不能将自己降到他们的失望之下。

*　*　*

假若你想了解上帝，那就不要使自己仅仅成为解谜的人。

而要看看你的周围，就会发现上帝正在逗你的孩子们玩儿。

你要望望天空，与闪电一起伸展双臂，在雨水中降下。

你将看见上帝在花丛中微笑，在树林间挥动双手。

论死亡

美特拉开口道：现在请给我们谈谈死亡吧。

穆斯塔法说：

你想晓知死亡的秘密吗？

如果不在生命中探寻死亡，你又怎能找到它呢？

黑夜里能够看见，而在白天盲目的猫头鹰，它是不能揭示光明秘密的。

你如果真想揭开死亡的秘密，那就要对生命的肉体敞开你的心扉。

因为生与死是一体的，正像江河与大海是一体一样。

* * *

在你的希冀与愿望的深处，隐伏着你对幽冥的无声理解。

你的心梦想着春天，就像藏在雪下的种子所做的梦。

相信梦吧，梦中隐藏着永生之门。

* * *

你对死亡的恐惧，只不过是牧人的颤抖；因为他站在国王面前，国王拍他的肩膀示宠。

牧人因肩上留有国王宠爱的印记而颤抖，心中岂不充满欣悦之情吗？

但，你没发现他更加重视那种颤抖吗？

*　　*　　*

死亡不就是赤身裸体站在风口上，消融在烈日之下吗？

断气不就是呼吸从无休止的潮汐中解脱出来继之升腾，不受任何限制地追寻上帝去吗？

*　　*　　*

只有你们饱饮静默河水时，你才能真正引吭高歌。

只有你们到达山顶之时，你们才能开始登高。

只有大地包容你们的肢体之时，你们才能真正手舞足蹈。

道别

已是夕阳西下时分。

女预言家美特拉说：为今天祝福，为这个地方祝福，为你那给我们谈话的灵魂祝福。

穆斯塔法说：谈话的是我吗？我不也是一位听众吗？

*　　*　　*

穆斯塔法走下神殿的台阶，所有的人跟随着他。之后，穆斯塔法登上船，站在甲板上，接着把脸转向众人，提高声音说道：

奥法里斯的居民们，风将把我吹离你们。

我虽然没有风那么迅疾，但我非走不可了。

我们这些流浪天涯的人，永远寻觅更加孤独的道路，既不在休歇一天的地方启程，朝阳也不会在我们眼见落日的地方升起。

即使大地沉睡之时，我们仍然在行走。

我们是坚韧植物的种子，心一旦成熟丰满，大风便带着我们飞扬，将我们播撒到四方。

*　*　*

我在你们中间度过的日子是短暂的，我对你们讲的就更短。

当我的声音在你们的耳朵里渐渐模糊，在你们的记忆中渐渐消失时，我定会再回到你们中间，定会用感情更加丰富的心和更积极响应灵魂召唤的双唇对你们谈话。

是的，我将随涨潮而至，即使死亡将我卷起，更大的沉静将我包围，我也要与你们的心灵对话。

我的努力绝不会白白付出。

倘若我讲的话是真理，那么，这真理将以更加清晰的声音，用更加接近你们思想的语言揭示出来。

奥法里斯的居民们，我将乘风而去，但不会坠入虚无深渊。

假如今天不能满足你们的需要和我的爱，那么，我们就另约一天。

人的需要是变化的，但他的爱是不变的，同样他使爱满足自己需要的愿望也是不变的。

那么，你们当知道，我将在更大的沉静中归返。

拂晓中消散的雾霭，只会在田野留下露珠，继之升腾，凝成云，化作雨而降下。

我也未尝不是雾霭。

我在静夜中行走在你们的街道上，我的心神拜访你们的房舍。

你们的心与我的心一起跳动，你们的呼吸轻拂我的面庞，我认识了你们所有人。

是的，我深解你们的欢乐和痛苦。你们熟睡中的梦，恰是我的梦。

我时常在你们当中，就像山间的湖泊。

我就像一面镜子，映照着你们心灵的高峰和斜坡，映照着你们的思想和愿望的过往的行列。

你们的孩子们的欢笑，你们的青年们的向往，都会化为溪流、大河，淌入我的沉静之中。

当它流入我的湖中深处时，溪流和大河都会不住地歌唱。

* * *

汇入我的湖中的还有比笑更甜、比向往更美妙的东西。

那就是你们内心中的“无限”；“无限”是巨人，而你们不过是细胞和组织而已。

是的，在这位巨人的歌喉里，你们的吟唱都是无声的搏动。

你们与巨人结合在一起，才能显露出你们的巨大。

我只有看到他时，才能看到你们，并爱你们。

爱若不超越这无边的空间，又能到达多远的地方呢？

什么幻想、什么希望、什么假想，能够展翅高飞呢？

在你们的心中，巨人就像开满苹果花的大栎树一样。

巨人用自己的力量将你们束缚在大地上，他的芳馨带着你们在天空翱翔，他的不停旋动使你们永远摆脱死亡。

有人说你们像一条锁链，但你们是锁链中最脆弱的一环。

这话仅仅说对了一半，因为你们也是坚固的，就像锁链中最坚固的一环。

谁用你们最小的功绩衡量你们，就像用泡沫的脆弱衡量大海的威力。

谁用你们所遭受的失败评判你们，就像以季节的变化抱怨四季。

* * *

是的，你们就像大海一样，虽然负重载之船等待着涨潮，以便靠岸，即使你们像大海，也无法使潮水早来。

因为你们也像四季，虽然你们在冬天里拒绝了春天，你们内心深处的春天，在微睡中微笑，你们的微笑对它毫无伤害。

* * *

你们不要以为我说的这些话是为了让你们当中的一个人对另一个人说："他过奖我们了，他只看到我们的优点。"

我不过是用语言讲出了你们思想中所知道的事情。

有言知识不过是无言知识的影子吗？

你们的思想和我的言语，即使只是从封存的记忆中涌出来的波浪，但这种记忆保存了我们昨天的记录。

保存了大地既不认识我们，也不认识自己的往岁的记忆。

保存了混沌中太古的漫漫长夜的记忆。

*　　*　　*

智者曾到你们这里来过，将他们的智慧传给你们。我来这里，为了吸取你们的智慧。

看哪，我已发现了比智慧更加伟大的东西。

那便是你们内心里愈聚愈旺的火焰似的心灵。

但你们不注重这种精神的扩展，却哀悼你们岁月的凋逝。

那是生命，在向害怕坟墓的肉体的生命求助。

*　　*　　*

这里没有坟墓。

这些高山和平原不过是摇篮和垫脚石。

每当你们经过埋葬你们先人的墓地，只要你们仔细看一看，就会发现你们在与你们的子女一起，手拉着手跳舞。

是啊，你们总是那样的欢乐，而你们自己则全然不知。

*　　*　　*

其他人来到你们这里，以闪光的许诺换取你们的信仰，你们却报之以钱财、权力和荣光。

我给你们的比许诺还少，而你们待我却格外地慷慨。

你们给予我对生命最热烈的渴求。

无疑，将一切向往变成干渴之后，把生命全部化为甘泉，一个人所接受的礼物，还有比这更珍贵的吗？

这其中包含着我的荣誉与报酬。

每当我去泉边饮水时，我总发现喷涌的泉水也是干渴的，我饮它的同时，它也饮我。

*　*　*

你们当中有的人认为我高傲和过分羞怯，致使我不肯接受礼物。

说真的，在接受酬劳时，我是自傲者，而对待赠礼却不是这样的。

当你们请我赴宴时，我已去采摘丘山上的桑葚去了；你们邀请我入宿你们家时，我却睡在了宇宙的廊柱下。

虽然如此，你们不还是盛情关怀着我度过的日日夜夜，让我吃得饱、睡得香甜吗？

*　*　*

因此，我要深深祝福你们：

你们给出了许多，而你们都从不知道你们在给予。

是的，善行自我照镜之时，便变成了石头。

善事自赐芳名时，却引来了诅咒。

*　　*　　*

你们当中有人把我称为清高者，陶醉在自我孤独里。

你们说："他与林木交谈，却不跟人说话。"

"他独自坐在山巅，俯视我们的城市。"

是的，我确实曾攀登高山，独自远行。

我不在高远之处，能看到你们吗？

人若未曾尝过遥远之苦，又怎能感触相近之甘呢？

*　　*　　*

你们有人对我无声呼唤道："异乡人啊，异乡人，绝顶的爱慕者啊，为什么甘心居于鹰隼做巢的山巅呢？

"为什么刻求不可获取之物呢？

"你希望什么暴风落入你的网中呢？

"你想在天空捕捉何种虚幻的飞鸟呢？

"来吧，成为我们当中的一员吧。

"下来吧，用我们的面包充饥，饮我们的美酿解渴吧！"

是的，他们独处之时，说出了这些话。

假若我让他们更孤寂一些，他们就会知道：我要探索的只是你们欢乐与痛苦的秘密，我要猎取的只是你们行空的"大我"。

*　　*　　*

然而猎人也是猎物；

因为从我的弓弦上放出的许多箭，将要回射到我的胸膛。

同样，飞鸟本来也在地上爬行，

因我的羽翼在太阳下展开时，投下的影子是地上爬行的乌龟。

我是个信仰者，同时也是怀疑者。

我常把手指按在我的伤口上，以期对你们的信仰更强烈，对你们的认识更深刻。

*　　*　　*

基于这种信仰和认识，我要对你们说：

你们既非被封闭在自己的躯壳之内，也非被禁锢在房舍、田野里。

你们的自我宿于高山，随风飘游。

你们不是在阳光下爬行取暖或在黑暗中挖洞求安的动物。

而是自由之物，是围绕大地、遨游以太的灵魂。

*　　*　　*

如果我的这些话含混不清，你们则不必刻求完全明白。

含糊与混沌乃万物开端，而不是终结。

但愿我成为你们记忆中的开端。

生命及类似的一切生物，均孕育于雾霭，而非孕育于水晶。

谁知道水晶不是凝固的雾霭？

*　　*　　*

当你们想起我时，但希你们记住我说的话；

在你们看来，你们那最软弱、最迷惘的，实际上是最强大、最坚定的。

难道不是你们的呼吸使你们的骨架挺立支撑吗？

难道消隐在你们所有人记忆中的那个梦，不是建造了你们的城池，并描绘了城市中的一切吗？

假若你们能够看到你们那紊乱的呼吸，你们便看不见别的一切了。

假若你们能听到那梦的低语，你们也便听不到别的任何声音了。

但是，你们既看不见，也听不到，这倒对你们有好处。

蒙在你们眼睛上的纱，将被织纱的手揭去。

阻在你们听耳里的泥，将被和泥的手捅开。

你们定将看得见，也听得到。

你们既不会因曾盲目而叹息，也不会因曾耳聋而懊悔。

那时候，你们将知道万物的潜在的目的。

你们将像为光明祝福那样，为黑暗祝福。

*　　*　　*

穆斯塔法说完，环顾四周，但见船长在船上依舵而站，时而望望张起的风帆，时而放眼望望遥远的天际。

穆斯塔法说：

我的船长好有耐心啊，好有耐心。

风刮起来了，风帆不耐烦了，就连船舵也在乞求导航，然而我的船长却静静地等待我把话说完。

这些水手都是我的伙伴。

他们听赏过更大海洋的歌声之后，耐心地听我讲。

他们现在不用等待多久了，我已做好准备。

溪水已到大海，伟大母亲将再次把她的儿子抱在胸前。

*　　*　　*

别了，奥法里斯的居民们。

这一天过去了。

白日的幕帘在我们面前垂下来，就像莲叶合拢在自己的明天之上。

我们将保存起这里给予我们的一切。

如果这不能满足我们的要求，我们只有再相聚一次，一起把手伸向赐予我们恩惠的人。

不要忘记，我将回到你们这里。

仅仅片刻，我的渴望将把泥土和泡沫集聚成新的躯体。

只一会儿，我乘风静息稍许，另一个女人就将怀上我。

*　　*　　*

我要同你们告别了，同与你们一起度过的青春告别了。

我们相会仅仅在昨天的梦中。

你们曾在我的孤独里为我唱歌，而我用你们的向往在空中建了一座高塔。

现在睡眠已终结，梦境已经消逝，黎明也已过去。

我们头顶中天丽日，已经从微睡中来到白昼，不得不分别了。

如果天命注定我们要在记忆的薄幕中再次相会，交谈将重新把我们联系起来。

你们要为我唱一支更加深沉的歌。

如果天命注定我们在另一个梦中握手，我们将在空中另建一座高塔。

*　　*　　*

穆斯塔法边说，边向水手们打了个手势，水手们立即起锚，解开缆绳，向着东方驶去。

人们异口同声呐喊，喊声高飞云天，随风飞向大海，如同巨号鸣响。

只有美特拉默不作声，目送船远去，直至消隐在雾霭之中。

人们全都散去，美特拉独自站在海堤上，心中响起穆斯塔法那句话：

“只一会儿，我乘风静息稍许，另一个女人就将怀上我。”

先知花园

一

年值壮岁，被主所选、为主所爱的穆斯塔法，在使人记起的十月，返回他出生的岛屿。

船刚驶进港口，他便站在船头，身边围着水手。眼见故土就在脚下，他心里充满欢乐。

穆斯塔法开始说话，声音里响着海涛的轰鸣。他说：

“看哪，这就是我们出生的岛屿。就在这里，大地将我们倾吐出来，作为歌和谜；歌飞扬天空，谜留在大地。天地之间，除了我们的意愿，什么能传扬歌声，谁又能解开那谜语？

“大海一次又一次将我们倾吐到这海岸，我们又仅仅是大海的一重波浪；大海推动着我们，让我们重复它的话语。可是，假若我们不在岩石和沙子上撞碎我们心中的歌，我们又怎能重复大海的话语呢？

“那是大海和水手的法规。假若你要求自由，那么，你应该把生活的需求化为雾霭。无形之物总是寻求有形，就连数不清的星云，也想变成太阳和月亮。我们是那些求索甚多的人，如今回到这个岛上。这是坚固的模子，我们应该再次变成雾霭，从头开始求救。能够生长、长高的，只有在意愿和自由面前被撞得粉碎的东西。

“自今开始，直到永远，我们将寻找我能唱歌，并且有人听赏我们歌声的海岸。海浪被撞击着，但没有耳朵听赏它的撞击声，这又该如何解释呢？拥抱、抚慰我们更深刻悲伤的，正是没人听赏的曲调，也正是这些曲调，在雕掘我们的灵魂深处，以便铸造我们的命运。”

这时，一位水手走上前来，说：“导师，正是您勾起我们对这港口的思恋；看哪，我们已经到达，您却谈起悲伤，还说心灵将遇到撞击。”

穆斯塔法说：“我不是也谈到自由，论及雾霭是我们更大的自由吗？虽然如此，我却是以极其痛苦的心情来朝拜我出生的岛屿的，我简直就像一个冤死的灵魂，来到凶手面前下跪。”

另一个水手说：“看哪，岸上人山人海，人们虽不声不响，却连您到来的日期、时辰都预测准了。他们纷纷自田间和葡萄园赶来，在此恭候您，以表敬慕、思念之情。”

穆斯塔法远远望了众人一眼，不禁乡思缠心，随之默不作声了。

这时，一阵欢呼声从众人的心灵深处爆发出来，那是思念与渴望的呐喊。

穆斯塔法望着水手们，说：“我给他们带来了什么呢？我是一名猎手，曾寄居远方。我曾信心十足，射光了囊中的金箭；那金箭皆由他们提供，我却没有给他们带回一只猎物。我没去追寻那些金箭，也许挂在兀鹰的羽翼上；兀鹰受了伤，却未坠地，如今仍在太阳下翱翔。也许箭头已经落入那些饥馑人们的手中，他们用之换了美食佳酿。

“我不晓得那些金箭的飞行情况，也不知飞向何方，但我知道它在空中出了偏向。

“即使如此，爱神依然在我面前。水手们，你们仍在操作着我那海上航行的幻想风帆。我不会哑口无言。当季节之手扼住我的喉咙时，我要高声呐喊；当我的双唇燃起火焰时，我定以放歌代言。”

他向水手们说了这些话，水手们有些心慌意乱。一位水手说：“导师，您向我们赐教吧！也许我们能够理解您的话，因为您的血流在我们的血管里，我们的气息中夹带着您的芳香。”

穆斯塔法回答他们，话音中回荡着暴风的吼声。他说：“难道你们把我送到我出生的岛屿，目的在于让我成为导师？我年纪轻轻、肢体柔嫩，至今仍在智慧笼之外，尚不允许我发表议论，只能谈我自己的灵魂，我的灵魂将永远是对深渊的深邃呼唤。

“让那些追求智慧的人在黄色的延命菊或红色的土壤中去寻找吧！我至今仍是歌手，我将歌颂大地之美，歌唱你们那些失却的、整日徘徊在苏醒与睡眠之间的梦幻。但是，我将不再回头凝视大海。”

船驶入港口，到达岸边。就这样，他来到了自己降生的岛屿，又一次站在乡亲们中间；高昂的呼声发自人们的心底，他心里的思念广漠为之震颤。

水手们预料他会说些什么，于是一个个静默无言。然而他没有开口，因为记忆的忧伤已将他心灵填满。他暗自言语：“我不是说要歌唱吗？我不能不开启双唇，让生命之声随风飘飞，尽享快乐，寻求佐助。”

这时，克丽玛走上前来。孩提时代，这位姑娘曾与他一起嬉戏在母亲的花园里。她说：“你有十二年不在我们中间露面了。十二年来，我们一直在盼望着听到你的声音。”

穆斯塔法无限温情地望着克丽玛。当死神拍翅将他母亲的灵魂送往天上时，正是她为老人家阖上了眼帘。

他回答道：“十二年？你说十二年，克丽玛，是吗？我是不用银河系的标准度量我的思念的，也不用回声测深与远。因为爱一旦变成思念之情，用时间测算便失去了意义。

“有那样一种短暂时刻，包含着极长时间的分别。虽然如此，但分别只不过是精神疲惫，也许我们彼此间并未远离。”

穆斯塔法朝人群望去，但见那里有老有少，有瘦弱者，也有强健者；有久经风吹日晒而面色变得黝黑的，也有的面透青春秀美。他发现每张脸上都闪烁着思念与期盼的光芒。

其中一个人说：“导师，生活何其严酷，摧毁了我们的希望和意愿，令我们心绪烦乱，忐忑不安，不知如何是好。我求您为我们揭示痛苦根源，让我们宽舒欢乐。”

穆斯塔法怜悯之心顿生。他说：“生活，比一切生灵都古老，正如地上的美物诞生之前，美早已拍翅飞翔；又像真理，为人所知、被人道出之前，早已存在世上。

“生活，在我们沉默时低声吟唱，在我们睡梦中展示幻想。我们遭受挫折、情绪低落之时，生活却得意扬扬，高居宝座之上；我们泣哭落泪之时，生活却笑对艳阳。当我们拖着沉重的奴隶镣铐时，生活却自由徜徉。

“我们常用最坏的词语称呼生活，原因在于我们自己身处黑暗痛苦之中；我们常认为生活空空洞洞，无益可言，原因在于我们的灵魂徘徊荒野，我们的心醉于贪婪酒盅。

“生活深奥，高贵而遥远莫测；虽然如此，她却近在咫尺。你们的眼界再宽，也只能看到她的脚；你们的身影再长，也只能遮住她的脸；你们的气息再足，也只能传到她的心间；你们的低语回声，到了她的胸中，就会化为春令和秋天。

“生活与你们的‘自大自我’一模一样，是被遮盖、被隐匿着的。虽然如此，然而生活一旦开口说话，八面的风都会变成词语；当她再次启齿时，我们唇间的微笑、眼中的泪珠均会化为言词。生活歌吟之时，可令聋者闻声，带他们高翔云天；生活走来之时，能让瞽者看见，无不大惊、茫然地跟着生活走向前。”

穆斯塔法中断话语，众人一片沉静。那寂静的天空中，回荡着一种无声之歌，使众人心中的忧苦为之一消。

二

穆斯塔法离开人们，径直向花园走去。那本是他父母的花园，二老就像他们的先辈一样，长眠在那里。

那些人都想跟着他去。他看到那花园是最后一个地方，而他也只有孤孤单单一个人。因为亲人无一人在世，没人再能按照家亲习惯为他举行接风洗尘宴会。

然而船长劝大家："让他自己走生活之路，你们容忍他吧！因他的面包是孤独的面包，而他的杯中盛的是自饮的回忆之酒。"

水手们知道船长说的是真实情况，于是纷纷退了回来。岸上那些想跟着前往的人，也停下脚步，转身回到原地。

跟在穆斯塔法身后的，只有克丽玛一人，克丽玛迈着缓慢的步子，心中冥思着他的孤独与记忆。她什么都没说，而是朝自己的家走去。她走进自家花园，来到杏树下，禁不住泪水潸然下淌，自己却不知原因何在。

三

穆斯塔法走进父母亲的花园，关上园门，不让任何人再进来。

他独自在花园里的那栋房子里住了四十个日日夜夜，没人来看他，因为园门紧闭，且人们都晓得他喜欢孤独。

四十个昼夜过去了，穆斯塔法打开园门，人们可以进来了。

于是九个人来到花园住下，和他做伴；其中三人是水手，三人曾在神庙供事，三人是他的童年伴侣。这些人成了他的学生。

一天早晨，学生围着他坐下来。他的双眼里闪着对遥远往事回忆的光芒，同时眷恋凝视着遥远的地方。

第一个学生说话了，他叫哈菲兹。他说：

“导师，给我们谈谈奥法里斯城吧，给我们谈谈你生活了十二年的那块土地吧！”

穆斯塔法默不作声，将目光投向远山，望着无际的以太，内心里充满斗争。

过了一会儿，他说：

“朋友们，同道们，一个信条繁多、群体无数而没有宗教的民族是何等可悲！

“一个穿非自织之衣、食非自种之粮、喝非自榨之汁的民族是何等可怜！

“一个视专制暴君为英雄，将显赫一时的征服者当作施主的民族是何等可悲！

“一个在睡梦中厌恶嗜好，在苏醒时又屈从于嗜好的民族是何等可怜！

“一个走在送葬队伍中才高声呐喊，只为废墟而自豪，刀剑置于脖子上时才反抗的民族是何等可悲！

“一个拥有狐狸似的政治家、魔术师式的哲学家，视修补和模仿为艺术的民族是何等可怜！

“以鼓声迎接、以哨声送别一位统治者，然后又用鼓声和笛声迎接另一位统治者的民族是何等可悲！

“一个仅有年迈哑寂贤哲，而强者仍在襁褓里的民族是何等可怜！

“一个四分五裂，而又都认为自己是一个独立民族的民族，该是多么可怜可悲！”

四

另一个人说：“请向我们谈谈您此时此刻的心境吧！”

他望着那个人，答话声中有一种悦耳的乐曲，好像一颗星星在唱歌。他说：“在你苏醒时的梦中，当你静静地聆听你那深邃的自我谈话时，你的思想便会像雪花一样飘散而下，为你在空中的回声裹上白色的寂静。

“醒时的梦，不就是你的心田天空之树萌芽、开花的云朵吗？你的思想，不就是你心里的风吹落在丘山和原野上的花瓣吗？

“你期待着和平，直到你心中的无形之物成形；同样，云要积聚，直至吉祥手指将其凝结成太阳、月亮和星星。”

这时，赛尔基斯有些怀疑，说：“春天总要来临，我们的梦与思想的雪花都将消融，任何痕迹都会消失一净。”

穆斯塔法回答道：

“当春天来到沉睡的丛林和葡萄园里与情人相会时，积雪将真的消融，化为溪水流淌，去谷涧寻觅大河，举着杯盏浇灌桃金娘和月桂树。

“你心田里的积雪也是如此，随着你的春天来临而消融，你的秘密将化为溪水流淌，去谷涧觅寻你的生活之河，这河将夹带着你的秘密奔向大海。

“春天到来，一切都会消融，化为歌声，就连星辰及缓缓降落在广阔原野上的雪片，也将融化在欢歌的溪流之中。当春天的太阳升起在更宽广的天际上空之时，还有什么冻结着的美，不化为倾泻的欢歌？还有哪个人不愿意成为灌溉桃金娘和月桂树的溪水呢？

“你们仅在此度过了一夜。在此之前，你们随着波浪起伏的大海漂游，不明自身，不见岸边。之后，风，这生命的气息，将你们织成她脸上的光罩，继而用手将你们拢在一起，赐予你们以形态，让你们抬头仰望天空，然而大海远远地跟着你们，海之歌仍旧充满你们的心，大海将永远同情怜悯你们、呼唤你们，即使你们忘却了你们的血亲关系。

“你们游荡在高山与大漠之间，会时常忆起大海冰冷之心的深处；尽管你们许多时候不知道自己向往什么，其实，你们思恋着大海的宽广而单一的平静。

“还会有什么分歧吗？当雨点伴着散落在丛林和花园山丘上的树叶翩翩起舞时；当雪花伴着吉祥与忠诚飘落时；当你们赶着你们的羊群在山谷中走向河边时；当银色的溪水汇流在你们的田野上，流入草原绿茵中时；当你们丛林中的露珠将天空映在大地上时；当你们草原上的暮霭用薄纱遮住你们的道路时……在这所有时辰，大海会与你们一道，为你们做证，希望它爱你们的权利。

“那是你们心底的雪花，飞舞飘落在大海之上。”

五

一天早晨，他们正在园中散步，门外出现一位女子，那就是克丽玛；穆斯塔法孩提时代像姐妹一样爱着她。她站在那里，没有问什么，也未抬手叩门，只是窘迫、沮丧地望着花园的各个角落。

穆斯塔法看见她眼含热泪的神情，于是迈着缓慢、从容的步子，向园墙走去，为她打开园门，欢迎她进花园来。

克丽玛说："你究竟为什么离开我们所有的人，使我们无法再借你的春颜之光呢？我们都很喜欢你，殷切地等待着你的归来，愿你平安顺利。如今，人们呼唤你，想听你谈些什么，我是作为他们的差使找你来的，盼望你出现在他们的面前，向他们谈谈存于你心中的智慧，抚慰有剑伤的心灵，照亮我们那被黑暗疯狂蒙盖着的头脑。"

穆斯塔法凝视着她，说："你若不把所有人看成智者，那么，也不要称呼我为智者。我是一颗未熟之果，依然挂在枝条上；直到昨天，我仍然是一个待放的含苞。

"你不要把我看作你们当中的一个疯子；因为，事实上，我们既非智者，亦非疯子。我们是生活树上的绿叶；生活本身则在智慧上，当然也高于疯狂。

"我，难道我真的离开了你们，将自己与你们隔绝开来了吗？难道你们不知道，只有灵魂靠幻想不能跨越的，才能称为距离吗？难道你们不晓得，当灵魂跨越那一距离时，距离本身变成了灵魂中的一种乐曲吗？

“也许你与不相好的邻居近在咫尺，而你与好友相距七层地、七重天；实际上，那咫尺却比那七重天地还要遥远。

“因为在记忆中，距离是不存在的；而存在于遗忘中的距离，则是你的声音及眼睛无法缩短的。

“大洋之岸与高山之巅间，有一条秘密通道；当你们与大地之子联合时，应该走这条通道。

“你们的知识与智力之间，有一条隐暗通道；当你们与人类及你们自身合为一体时，应该发现这条通道。

“在给予的右手与取拿的左手之间，有一条鸿沟；只有使两者同时授受之时，才能弥合这条鸿沟。因为只有当你们知道无可受亦无可授之物时，方才能够征服这条鸿沟。

“其实，你们醒时与睡时的梦幻之间及需要与愿望之间的距离，才是最遥远的距离。

“还有一条道路，倘若你们要与生活合一，那你们还应该通过；但我现在不能就此谈什么，因为我发现你们由于长途旅行而过度疲惫。”

六

穆斯塔法及九个学生，随那位女子来到街市，向人们及朋友、邻居发表谈话，人们兴高采烈，喜形于色。

穆斯塔法说："你们在睡眠中长大，在梦乡中过着最完美的生活；因为你们把白昼都消耗在为静夜所得的感恩戴德之中。

"你们大部分时间里都在思考，说夜晚是休息时间；实际上，夜晚是探索和取得收获的时辰。

"白天以知识力量武装你们，教你们的手指精通索取技艺；而黑夜，则把你们带入生命宝库。

"太阳教导万物打内心里向往光明，而黑夜则将万物高举群星。

"事实上，夜下的寂静在为林中树木、园中花卉编织结婚礼物，继之准备盛大婚宴，装饰洞房，在那神圣的肃静气氛中，'明日'胎儿在时光的子房中长成。

"就这样，通过你们的探索，在你们自身中找到食粮，得到满足。即使黎明时的苏醒抹掉了记忆，然而梦中的筵席已经摆好，洞房已经备妥。"

穆斯塔法沉默片刻，人们等待着他再度开口。过了一会儿，他说："你们虽活动在躯体之中，你们却是精神；你们像在黑暗中被燃烧的油一样，虽被添入灯里，却是火焰。

"倘若你们仅仅是一躯躯肉体，那么，我站在你们面前，向你们发表的演说，不过都是胡言乱语，如同死人对尸体说话。然而事情并不是那样的。你们身上的永生之灵，白天黑夜都是自由的，无法禁锢，无以羁绊，因为那是至高万能之主的意愿。你们就是那万能之主的气息，如同风，抓不住，更不能置于笼中。我也是万能之主的气息。”

他离开他们，缓步走去，重进自己的花园。那个有些生疑心的赛尔基斯说：“导师，关于丑，您有什么话要讲呢？您还没谈及过丑呢！”

穆斯塔法言语如鞭辟：

“朋友，路过你的门口而不叩你家门的人，能说你是不好客的吝啬鬼吗？

“操着你不懂的语言与你谈话的人，会说你是愚者、聋子吗？

“一个你从未努力达到、也不想进入的境界，不就是你所认为的丑吗？

“如果丑是一种东西，那么，可以说就是我们眼睛上的锈皮，耳朵上的洞孔。

“喂，朋友，除了迷住面对自身记忆灵魂的恐惧，不要把任何东西称为丑。”

七

一天，他们坐在白杨树下，一个人说：“导师，我害怕时光，时光从我们头上经过，掠走了我们的青春年华，又用什么代替它呢？”

穆斯塔法回答：

“你现在抓起一把土，也许会发现里面有一粒种子，或许有一条虫子。假若你的手大而力足，那么，可使种子变成森林，能让虫子变为天使。不要忘记，将种子变森林、使虫子变天使的岁月，归根结底属于‘现时’，漫长岁月均存在于这个‘现时’本身之中。

“一年四季，不就是我们那不断变更的思想吗？！春，是你们胸中的苏醒；夏，是对你们的果实的承认；秋，这支古老的歌，在你们的心中，不是依然似少女一样的歌吗？冬，我来问你们，不就是充满其余季节梦幻的一种长眠吗？”

这时，善于探索的学生马努斯朝四下望了望，看到攀缠在无花果树上那开着花的青藤，说道：“导师，您看这种寄生植物，都是耷拉着倦怠的眼皮的贼种，从坚强的太阳之子那里掠取光明，以吸吮树木枝条和叶子里的汁液为荣，您对之有何话要说？”

穆斯塔法回答道：“朋友，我们都是寄生者。我们将黏土变成有生命的人，并不比那些直接从黏土里获得生命，而对黏土一无所知者高级。

“母亲能对孩子说‘你使我心与手疲惫不堪，我把你送回大森林母亲怀抱中去’吗？

“歌手会对其所唱的歌说‘回到你的音洞中去吧！因为你耗费我的力气’吗？

“牧人会对满一岁刚断奶的羔犊说‘我已无力领你去草场，你应该离开你的母亲，为此捐出自身’吗？

“朋友，请听我说！所有这些问题，不问已有答案，如同你的梦，入睡之前，已被证实。

“我们按照永恒的旧法则相互依存。就让我们这样生活在爱的乐园中吧！我们在孤独中相互寻觅；当没有火炉围坐之时，我们便上路漫游。

“朋友们，兄弟们，最宽广的路，就是你们的同伴们所走的路。

“这些攀树青藤，在宁静夜中吸吮大地的乳汁，而大地则在温馨的梦中吸吮太阳的汁液。

“太阳，则与你们及万物一样，同在伟大王子的筵席上光荣就座；王子的宫门常开，筵席永设。

“马努斯，我的朋友，万物相互依存而生，同时又以无限信念，依靠至高万能之主的恩泽而生存。”

八

一日清晨，天还没亮，大家来到花园里，默不作声，面对东方，留神观看日出景象。

片刻后，穆斯塔法说：

“露珠映出的旭日并不比太阳本身欠缺什么；反映在你们精神上的生活，与实际生活一样圆满。

“露珠反射光明，因为露珠与光同属一类；你们反映生活，因你们与生活源于同种。

“当黑暗笼罩你们之时，你们要说：‘黑暗是尚未出生的黎明；当夜之神用其宽袍将我裹起时，黎明必像降生在丘山上那样，降生在我的灵魂之中。’

“在晚香玉吐放的薄暮中膨胀成球形的露珠，酷似你们将你们的精神聚结在上帝心中。

“露珠如果要说：‘千年之后，我们仍将是一颗露珠。’那么，你就对它说：‘难道你不晓得，那些岁月的全部光明都映入了你的圆球之中了吗？’”

九

一天傍晚，狂风大作。穆斯塔法和九位学生围炉火而坐，个个沉默，人人无声。

一学生终于打破寂寞，说：“导师，我一个人，孤孤零零，时光之脚踏过我的胸膛，那样沉重。”

穆斯塔法站起来，走到他们中间，声若狂风呼啸似的说：“孤孤零零，那有什么！你独自来到这个世界，还要独自走入雾霭之中。

“那么，你就独自默默饮下你的杯中之酒吧！秋令已把一些杯盏给了另外的唇口，就像为你们斟满杯子那样，将那些杯盏斟满又苦又甜之酒。

“独自饮下你的杯中之酒吧！哪怕酒里和着自己的血与泪的味道。赞美生活赋予你的干渴之恩吧！假若你的心没有干渴，也便成了干海之岸，没有歌声，没有潮汐。

“你独自饮下自己的杯中之酒吧！痛痛快快地喝下去吧！

“将杯子高高举过头，为那些独酌的人干杯吧！

“一次，我与十个人同席共饮，喝了很多酒，但他们的酒不上头，也不入心，而是下沉到我的脚部。于是，我的智慧愤而离去，我的心扉关闭起来，我自己变成了一个被关闭的人，只有我的双脚与他们一起留在我们的烟雾里。

“后来，我再不和他们对坐，更不与他们共饮。

“因此，我对你说，即使时光的脚重重踏在你的胸膛上，那又有什么？！你最好独自饮下你杯中的惆怅之酒，日后也将独饮杯中之酒。”

十

一天，希腊人法尔杜鲁斯来花园散步，脚被石头绊了一下，因而勃然大怒，随即转脸回身，拾起那块石头，低声说：“这个挡路的死东西！”然后愤而将之抛向远处。

被主所选、为主所爱的穆斯塔法说：“你为什么要说‘这个死东西’呢？你在这花园里待了这么长时间，难道不晓得此处没有死东西吗？这里的一切都是活的，无不在日华和夜光下闪闪发亮。你和石头本属同类，唯一的差别在于脉搏，只不过是你的心搏动得稍稍细微些罢了。朋友，难道不是这样吗？然而你的心却不像石头那样从容镇静。

“你的心律中可能含有另外一种乐曲，但我要对你说：当你探测你的灵魂之深，丈量广宇之高时，你只会听到一种歌声，那正是石头和群星在完美和谐的乐曲中同唱的歌声。

“假若我的话仍不为你所理会，那么，就让我的话语走向另一个黎明吧！你既然在眼昏之时因被石头绊了一脚就诅咒石头，那么，当你抬头碰撞到星星时，也会咒骂星星吗？不过，你像孩子采集山谷里的百合花那样，收集石头和星星的日子很快就会到来；到那时，你将知道，一切东西都充满了芳香和生命。”

十一

那是一个星期的头一天，当神庙里的钟声传入他们的耳际之时，一个学生说：“导师，我们常听我们的邻居谈起上帝。对此，您有何看法呢？上帝真的存在吗？”

穆斯塔法站在他们的面前，俨然似一株挺拔的巨树，不畏风暴。他回答说：“亲爱的朋友们，你们现在想象一下：有那样一颗心，能够包容你们所有人的心；有那么一种爱，能够包罗一切迷住你们的爱；有那么一种精神，能够包藏你们所有人的精神；有那么一种声音，能够包含你们所有人的声音；有那么一种寂静，它比你们经历的寂静都深邃，而且永在久存。

“你们还要知道：在你们那自身的完美之中，有一种美，胜过一切绚烂绮丽之物；有一首歌，比大海、森林之歌雄浑宽厚；有一种高居宝座的威严，在其面前，猎户星座只不过是脚踏板，金牛宫七星不过是闪光露珠。

“你们过去追求的，只限于吃、穿、住和用。现在，你们要追求‘一物’，既非你们的羽箭之的，亦非你们用来抵御大自然侵袭的洞穴。

“既然我的言语是石头和谜语，那么，你们就要努力——这并不是对你们的最低要求——让你们的心恭顺、碎裂，让你们的央求引导你们爱至高无上者及其智慧，爱那位被人们称为‘上帝’的大智全能者。”

大家沉默无言，人人半信半疑，个个心神不安。穆斯塔法同情他们，和颜悦色地望着他们，说：“我们现在不谈至高无上的众神之主，谈谈你们的房舍和田园周围涌动的自然因素吧！

“你们想带着幻想升入天堂，认为那是至高无上处；你们想跨越浩瀚的大海，宣称那是极远距离。但是，我要告诉你们，当你们在大地上播下一颗种子时，你们便到了至高处；当你们对亲人赞美晨光时，你们便跨过了至大之海。

“你们常常吟唱永恒上帝的名字，但你们不听你们所唱的歌。你们不是听过鸟儿鸣唱，不是听过树叶被风吹离树枝时发出呻吟声吗？！朋友们，你们不要忘记，树叶只有离别树枝之时才会唱歌！

“我想向你们重述我对你们的嘱咐：你们不要下意识或不加称赞地谈论上帝，因为那是你们的‘一切’；你们要亲人与亲人、神与神之间相互交谈，互相理解。

“如果鸟母亲离开巢窝在天空盘飞，巢中的鸟雏吃什么呢？倘若蜜蜂不为田地里的罂粟传授花粉，它又怎能成长结果呢？

“只有你们沉醉于你们的‘小自身’之中时，才去寻找被你们称为‘上帝’的天空。你们为什么不努力寻找通往你们的‘大自身’的道路呢？你们为何不努力减少惰性，勤于铺路呢？

“朋友们，水手们，我们理应少谈论我们无法理会的上帝，多一些我们之间彼此交谈，以便于我们之间互相了解。虽然如此，我仍希望你们知道：我们是上帝的芬芳气息；我们是上帝，在叶里，在花中，更多时间是在果里。”

十二

一日清晨，太阳已经升起，一个学生——他是穆斯塔法三个童年伴侣之一——走上前来，说：“导师，我的衣服破了，且除此别无换的，请允许我到市场上讨价还价，但期命运助我一臂之力，让我买到一件新衣。”

穆斯塔法久久注视着他，然后说：“把你的衣服给我。”

青年脱下衣服，赤身站在炎阳之下。

这时，穆斯塔法用类似于马驹奔跑的声音说：“赤身者，唯有赤身者才能生活在太阳下；质朴者，唯有质朴者才能驾驭风神；迷路者，唯有迷路千次者才能安抵家中。

“天使已经讨厌了那些聪明人。昨天，就在昨天，一位天使来了，对我说：‘我们为那些自诩者创造了地狱。除了烈火，什么能够抹掉那光滑的表面，熔掉表面上的东西，使之显露出本质来呢？’

“我说：‘不过，你们创造地狱的同时，也创造了掌管地狱的魔鬼。’天使回答说：‘掌管地狱的是那些不怕火的神灵。’

“好一位高明的天使！他善辨全人与半人的道路，他是一位公正的天使。当狡猾的骗子诱惑先知时，他是要援助先知的。毫无疑问，先知微笑时，他会微笑；先知泣哭时，他会落泪。

“朋友们，水手们，只有赤身者才能生活在太阳下；只有无舵船长才能航渡波涛汹涌的大海；只有灵魂幽暗者才能夜下沉睡，黎明苏醒；只有与根柢同眠雪下者才能赢得春天。

“你们就像那根柢，朴实无华；你们有着从大地中汲取的成熟智慧。你们沉默无言；虽然如此，但在他们那尚未生长的枝条中，却包蕴着四面风乐队。

“你们柔弱，你们无形；虽然如此，你们却是参天巨树的发端。

“我再次向你们说：你们是天地之间的根柢。我常见你们破土而生，长大攀高，伴着光明起舞；但是，我也看到你们长高后却面浮羞色，所有根柢都感到害羞，因为它们将自己的心久藏，不知如何是好。

“然而五月将要到来。五月是不知休息的少女，她将抚爱山冈和平原。”

十三

一个在神庙供事的学生央求道：

“导师，教我们说话吧！以便让我们的言词像您的言词，如歌似花，悦耳飘香。”

穆斯塔法回答道：“你将凌驾你的言词。你的道路两旁，仍将是甜蜜的音乐和迷人的芳菲；音乐献给世间一切爱者和被爱者，芳菲赠予那些想在花园里生活的人们。

“你将凌驾你的言词，登上遍撒星尘的峰巅，张开双手，直至两手攥满；到那时，你将平卧，像雏鸟一样甜睡巢里，似白色紫罗兰梦想春天那样梦想明天。

“是的！你将潜入你的言词更深的地方，你将寻觅徘徊溪流的源头，你将成为隐蔽的洞穴，那里回荡着你现在听不到的、发自深渊的低微声响的回音。

“你将沉入比你的言词及所有言词都深的地方，直至潜入大地之心；在那里，你将独自与那信步银河之上者在一起。”

片刻过后，一个学生问道：“导师，请给我们谈谈存在吧！何为存在呢？”

穆斯塔法久久望着他，深感自己喜欢他。穆斯塔法站起来，走了几步，然后又折回，说：

“在这里，在这座花园里，长眠着我的父亲和母亲，是活人的手将二老埋葬的。在这座花园里，埋着昨天的种子，那是风神之翼夹带来的。我的双亲将在这里被埋葬一千次，种子也将在这里被埋下一千次。因此，我和你们以及这些花，将一起到这座花园里来一千次。就像现在的我们一样，我们将热爱生活，向着太阳，梦想宇宙。

“然而当前‘存在的可能性’，则是：要成为聪明人，但同时无别于疯子；要成为强者，但不能欺凌弱者；要和儿童一起嬉戏，不是作为父亲，而要作为朋友，向他们学习做游戏。

“在老翁老妪面前，要质朴温顺；即使你正伴着春姑娘，也要与他们一起坐在古橡树荫下。

“要寻访诗人，哪怕他居身七条河之外；在诗人面前，要平心静气，不求什么，不要怀疑，不要发问。

“要知道圣徒与罪犯是孪生兄弟，其父亲是‘宽厚君主’，二者降生时辰仅隔片刻，因此我们将之作为加冕王子看待。

“要紧紧追随美神，哪怕她将你引至深渊边沿；倘若她生有双翅，你却身无片羽，只要她从深渊上空越过，你亦应该紧跟不舍；因为美神不在之地，万物皆化乌有。

“要成为没有围墙的花园，要成为没有看守的葡萄园，要成为对路人敞开大门的宝库。

“要成为遭过掠夺、受过欺骗、遇过挫折的人；还要成为迷路人，曾落入陷阱。这一切之后，你站在你的‘大自身’顶峰，俯视你面前的一切，你会微微一笑，得知春天一定会降到你的葡萄园，在葡萄叶上起舞；秋天将催熟葡萄。你还会知道：假若你有一扇窗子总向东开，那么，你的家永不会空空如也；那些被人看作坏蛋、贼寇、阴谋家、骗人精的家伙，都是你的贫兄苦弟；也许此城上空有座无形之城，那里的居民认为你就是这些人的集合体。

“现在，我还有话向你们说。正是你们的巧手为我们日夜生活创造了一切必要的东西。

“存在的可能性，那就是要你做个手能代眼的织匠；做个精通采光和间隔的建筑工；做个农夫，自感埋下的每颗种子都有一个宝库；做个对鱼和兽怀有怜悯之心的渔夫和猎手；此外，还要怜悯人间的一切贫困、饥馑者。

“除此之外，我还要说，希望你们每个人，希望所有的人，都要帮助他人实现其崇高美好目标。

“朋友们，同道们，你们要勇敢，不要软弱；要襟怀坦荡，不要心胸狭窄。我和你们的大限来临之日，便是你们的‘大自我’实现之时。”

穆斯塔法中止谈话，九个学生如坠五里云雾，心纷纷离他而去，因为他们对他所言一点也不明白。

此时此刻，三个水手思念大海，三个神庙供职人员想回庙堂找慰藉，三个童年伴侣想去逛街市。在他的话语面前，他们就像聋子，致使话语回声又折回他自己的耳里，酷似失巢之鸟，疲惫不堪，四处窜飞寻找避身之地。

穆斯塔法离开他们，在花园里走了几步，既没说话，也没回头看他们。

他们相互商量，打算找理由离去。

看哪，他们离去了，各奔东西。被主选择、为主所爱的穆斯塔法依旧独自待在那里……

十四

夜晚来临，夜幕笼罩了整个宇宙。穆斯塔法向位于一棵高大雪杉树下的坟墓走去，那里就是他母亲长眠的地方。在那里，天空闪出一道亮光，花园被照得通亮，宛如大地前胸上的一颗明珠。

穆斯塔法喊了起来，那喊声发自缠绕他的精神的孤独寂寞深处。他喊道：

“我的灵魂挂满了沉甸甸的果子，可有饿汉前来采摘果子，饱食一顿吗？

“莫非人间没有一位仁慈的戒斋者肯来餐食我的收成，卸去我的重担，让我轻松一下吗？

“我的灵魂被金银重载压着，难道没有人想取之装满自己的口袋，以便减轻我的荷载？

“我的灵魂里盛满陈年佳酿，莫非没有干渴者前来自酌畅饮？

“一个人站在大路中间，将满握珠宝的手伸向过路行人，呼喊着：‘你们为什么不怜悯我一下，将我手中的珠宝拿去？！可怜可怜我，拿走我的珠宝吧！’然而人们头也不回，继续朝前走去。

“也许他是个讨饭的叫花子，把颤抖的手伸向过路行人，然后收回战栗的空手。也许他是个瘫痪盲人，人们打他身边走过，谁都不曾瞧他一眼。

“看哪，那里有位慷慨好施的王子，在莽莽荒原与山脚之间搭起丝绸帐篷，每日夜晚燃起篝火，并派奴仆去路边迎候过往宾客，以便款待之。可是，大路却是那样吝啬，没有向他举荐一个觅食者，也没有给他送来一个讨饭人。

“假若那位王子是个普通人，人们不知其从何而来，也不晓其如何而来。只管四处奔走，八方讨饭，夜来寻找宿身之地也便罢了。倘使他是一个身无分文的流浪者，只有身上的破衣和手中的棍棒，岂不更好吗？！那样，夜幕降临之时，他可以与同类的诗人及流浪汉汇聚一处，与他们一道分享回忆与梦幻。

“看哪，那里有位公主，已从梦中醒来，离开象牙床，穿上紫红长袍，戴上珠宝首饰，发髻上喷洒麝香，手指浸蘸千日香蜜，然后步入花园，漫步花丛，衣角被露珠浸湿。

“在静谧的夜下，公主缓步花园中，寻觅心上人。可是，在父王的国度里，没有人爱她。

“她若是个村姑，那该多好！信步山谷草坡，牧放父亲的羊群，身披晚霞返回父亲的茅舍，双脚粘着隐居之地的尘埃，衣褶间散发着葡萄的芳馨；待到夜色来临时，村民们进入梦乡，她悄悄走向意中人等待她的地方。

“假若她是一位修女，那该多好！在修道院里，燃烧自己的心当香火，整个天空散发着自己的芳香；点燃自己的灵魂当蜡烛，让心上人擎着自己灵魂的烛光。她顶礼膜拜，让隐形的鬼怪将她的祈祷带往时光宝库；在那里，虔诚的信徒祷词被保存在情侣的热心与追求孤独者的低语旁！

“最好她是一位老妪，坐在太阳下，回忆童年时代伴她玩耍的少年。”

夜色渐暗，穆斯塔法的脸色随着夜色变得阴郁，精神变成沉重乌云，于是再次高声喊道：

我的灵魂挂满成熟果子，
我的灵魂遭硕果压迫，
谁能前来饱食熟果？
我的灵魂醇香四溢，
谁来一饮，以消干渴？

但愿我是一棵无果之树，
丰收之苦胜过荒芜焦灼。
富贵而无人前来分享，
其苦盖过乞讨而无人施舍。

但愿我是一口枯井，
任凭人们用石投我；
总比是一道甘泉轻松，
因为行人不曾汲水解渴。

但愿我是一根甘蔗，
任凭人们用脚踏过；
总比断指人家的吉他幸运，
既然女子聋而又哑，
纵使银弦相配也是白搭。

十五

七天七夜过去了，没有一个人从花园附近路过，穆斯塔法独自一人，只有回忆与折磨伴陪着他。因为人们都已离开他，寻找另外一些地方打发日子去了，就连那些怀着敬爱、羡慕之心聆听他谈话的人，也已各奔东西。

但克丽玛来了，只有她一人，静默表情遮面，她手托盘和杯子，送来肉和饮料，放在穆斯塔法面前，便离去了。

穆斯塔法再次伴陪白杨树，坐在园门内，注视着大路。片刻过后，只见一个人影出现在视野里，活像一片乌云，顺着大路朝他走来。乌云渐渐变成九个人，走在前面的是克丽玛。

穆斯塔法走去迎接他们。他们平安顺利来到园门前，仿佛他们刚离开这里。

他们进了花园，与穆斯塔法在一张简陋的桌子上共进晚餐。克丽玛为他们添了些面包和鱼，并把剩下的酒斟入杯中，她边斟酒，边对穆斯塔法说："请允许我进城一趟，打些酒来，再把杯子斟满。"

穆斯塔法望着她，似乎在想着一次旅行和一个遥远的地方。他说："不要去了！这些足够了。"

大家边吃边喝，兴高采烈，直至喝完吃光。穆斯塔法用深似海洋、激荡若月下大潮似的洪亮声音说："朋友们，同伴们，我们今天非走不可了。在过去的一段时间里，我们曾一道航越大海，一起攀爬崎岖山路，一同搏斗风浪。我们知道饥饿是何滋味，也曾出席过婚礼筵席；我们时常衣不遮体，也曾身着国王的朝服御衣；我们确实到过很远的地方，但现在又要分手。你们将一道走你们的路，而我则独自沿着自己的路行走。

“虽然大海和旷野将把我们隔开，但我们仍然是共赴圣山的旅伴。

“但是，在我们踏上艰难征程之前，我想把我心灵的收获及其落穗献给你们。

“你们唱着歌，踏上自己的征程吧！但每首歌要短，因为只有在你们唇上早逝的歌，才能永久活在人们的心间。

“你们要用简洁的话语道出美的真理，永远不要用任何言词述说丑的真理。你们要对发髻在太阳下闪闪发光的女子说她是晨姑娘；但是，看见瞎子，绝不要说他和黑夜一样。

“你们聆听芦笛手演奏，就应该像四月春姑娘歌唱；但是，当听吹毛求疵者夸夸其谈时，你们务必装聋作哑，就要像僵骨，躲到你们的想象力能把你们带到的最远地方。

“朋友们，同伴们！你们在路上遇到生有偶蹄之人，就献上你们的翅膀；你们遇到生有犄角的人，向他们献上花环；你们遇到生着爪子的人，就把花瓣裹到他们的手指上；你们遇到尖舌利齿的人，就把蜂蜜抹到他们的嘴上。

“是啊！你们将会遇到这些人，甚至更多的人。你们将遇到卖拐杖的瘸子、卖镜子的瞎子和在庙门上讨饭的富翁。

“你们要把自己的健足给瘸子，把自己的明目给瞎子，把你们自身给讨饭的富翁；这些确实是天下最穷的人，因为只有真正的穷困之人，即使原来家财万贯，才肯于伸手接受施舍。

“同伴们，朋友们！我以将我们的心聚在一起的友爱的名义嘱咐你们：你们要成为千条道路，供人们彼此相会在沙漠；那里狮子伴野兔并行，豺狼与绵羊为伍。

“你们要牢记我这些话语，我不教你们施予，而教你们索取；不教你们忘恩负义，而教你们忠诚老实；不教你们屈从，而教你们唇浮笑意以示理解。

“我不教你们沉默寡言，而教你们用不喧闹的声音唱歌。

“我教你们实现能够容纳一切人的宏大自我。”

穆斯塔法站起来，离开餐桌，来到柏树荫下。夕阳即将落山，他们跟在穆斯塔法身后不远，突然之间，他们个个感到心情沉重，人人张口结舌。

克丽玛将餐桌收拾干净，走来说：“导师，请允许我为您准备明天旅行的干粮。”

穆斯塔法用能够看见另一个世界的目光注视着克丽玛，说：“我的姐妹，亲爱的，干粮早已备好，明天吃的已经齐备，包括昨天和今天吃喝在内。

“我要走了，假若我带着一个没有道出的真理离去，那么，那个真理将寻觅我，收拢我，即使我的肉体已在永恒的沉寂中四分五裂。我将再次回到你们中间，用发自那永恒沉寂中心的声音，再向你们演讲。

“如果还有什么没向你们宣布的美，那就请呼唤我的名字，呼叫我的这个名字‘穆斯塔法’。我将给你们一个信号，让你们知道我已经回来，以便将你们需要的话都讲给你们。因为上帝不允许自己躲避人类，更不允许自己的话永远被遮蔽在人类心底的暗坑里。”

我将活在死神身后，
我将唱歌给你们听，
直到海浪将我带走，
送我去大海沧溟。
我将坐在你们的餐桌旁，
哪怕没有躯体；
我将与你们同下田野，
即使只有看不见的灵魂。
我将到你们的火炉旁，
虽是客人，却无行踪。
死神并不能改变什么，
只不过用面具将人脸遮影。
樵夫永远是樵夫，
耕农永远操犁耕种。
为风唱歌的人，
也将永远歌唱给苍穹星空。

众学生像石头一样沉寂无声。他们心中充满忧愁，因为穆斯塔法说出“我要走”；然而没有人阻拦、挽留他，也没有人要跟他走。

穆斯塔法走出母亲的花园，步子缓慢，没有声音。须臾之间，只见他腾空而起，远离而去，就像一片叶子，被狂风卷去；他们所能看到的，只有一道微光，在天空抖动飘飞。

九个学生走了。那位女子却一直站在渐渐暗下去的夜色里，留心观看那道微光如何与暮色合而为一。她开始用穆斯塔法那几句话安慰自己的孤独与寂寞："我要走了。假若我带着一个没有道出的真理离去，那么，那个真理将觅寻我，收拢我……我将再次回到你们中间……"

十六

傍晚时分。

穆斯塔法来到山冈。脚步把他带入薄雾之中。他站在巨岩与白皮松之间，消失在一切视线之外。他说：

云雾，我的姐妹，未入模的白气，
无声的白气，无人道出的话语，
我回来见你。

云雾，生翅的姐妹，我们现在一起，

我们将永在一起，直到再生莅临；
黎明把你作为朝露降到花园，
我作为婴儿投入妇人怀里，
我们一起将往昔回忆。

云雾，我的姐妹，我回来了！
我是一颗心，聆听自己搏动，
像你的心一样安逸。
我是一种思想，跳动而无目的；
和你的思念一样离奇。
我是一种思想，至今尚未成熟，
与你的思想全然无异。

云雾，我的姐妹，母亲的头生女，
我至今手握你要我播撒的绿种，
我唇间含着你要我吟唱的歌曲。
我既没带来果实，
也无回音送给你，
因为我两手无眼，双唇无语。

云雾啊，我的兄弟，
我爱世界，世界也爱我，
因为我所有微笑都在她的唇边，

我的所有泪水均噙在她的眼里。
然而我们之间有道沉默的峡，
峡上无桥，对面可望而不可即。

云雾啊，我的姐妹，
啊，我不死的同胞姐妹！
我给小儿唱着古老歌曲，
他们个个面浮惊色，心领神会。
可是，他们明天会把歌儿忘掉，
不晓风神会把歌儿捎往哪里！
歌儿虽非我的，却入我心头，
且在我的唇上曾作片刻逗留。

云雾啊，我的姐妹，
一切已成过去，我亦平安顺利。
为已出生者唱歌也就够了，
虽歌儿确乎不是我的，
却发自我灵魂渴望的至深之地。

云雾啊，我的云雾兄弟，
许久前我已非自我，
我与你现已融为一体。
墙壁已经坍塌，

锁链环断节离，
我攀高来到了你这里。
我们将一道航行，
直到再生之日莅临；
那时黎明将把你降为园中晨露，
把我当作婴儿抛入妇人怀里。

先行者

你是你灵魂的先行者

喂，朋友，你是你灵魂的先行者。你生平中所建造的高塔，不过是你的巨大自身的根基，而这个自身同时又将成为他身的基础。

我和你一样，我是我的灵魂的先行者。因为日出之时展现在我们面前的影子，将在中午时分收缩在我的脚下，红日再出东方，影子重现面前；中午时分再至，影子复缩脚下。

自打开始，我们就是我们的灵魂的先行者，我们将永远是我们的灵魂的先行者。我们平生中已经和正在积聚的，不过是些种子，我们准备将之播撒在尚未开垦的土地上。我们就是土地，我们就是农夫；我们就是果实，我们就是果农。

喂，朋友，当你是在雾中徘徊的一种思想时，我与你一样，也是一种思想，走投无路，去意彷徨，我寻觅你，你寻觅我；我们渴望的是幻梦；幻梦是无拘无束的时光，幻梦是无边无际的苍穹。

当你是生命的颤抖双唇间一个无声的词语时，我和你一样，也是一个词语，静默沉寂，一声不响；生命刚刚将我们吐出，我们便来到世上，我俩的心同为昨日的记忆而跳动，共同为明天的向往而欢腾；昨日不过是被驱逐的死神，明天才是希冀的诞辰。

看哪，我们现在上帝手中，你是上帝右手中发光的太阳，我是上帝左手里借光的地球；而你发光的力量并不比我借光的力量更强。

我们是太阳，我们是地球，但仅仅是更大太阳的发端，仅仅是更大地球的起头。我们将永远是发端和起头。

喂，从我们园门经过的异乡客啊，你是你灵魂的先行者。我和你一样，我是我的灵魂的先行者，虽则我坐在自己的树荫下，纹丝不动，默不作声。

小丑

古时候，有一个人从沙漠来到洪都“法律城”。此人是位小丑兼幻想家，除了身上衣服和手中棍子，别无行装。

他漫游城市街巷，眼见庙宇、高塔、宫殿座座，惊异不已。因为“法律城”确乎堂皇富丽，无与伦比。他不时与过往行人搭话，询问城市情况，打听奇闻趣事。但是，人们不懂他的语言，他也听不懂任何人的话。

日悬中天，他站在一家大饭店前。饭店建筑精美，装饰华丽，人们进进出出，不曾遇到麻烦。

幻想家心想：“无疑此乃圣殿。”于是随着人们走了进去。

他来到一座豪华大厅之中，不禁张皇失措，一时不知如何是好。只见那里无数男女，皆是达官贵人，围坐在丰盛宴席旁，边吃边喝。与此同时，乐师歌手将最动人的歌曲和歌声送入了他们的耳际。

此时此刻，幻想家暗自说：“我弄错了！这不是我想象中的拜神仪式，而是宴会；定是王子为庆什么大典，特为百姓举行盛宴。”

这时，一个人走近他，他猜想那定是王子的奴仆。那个人要他入座，他便坐下，随即送来上等酒肉和甜点，他开始大吃二喝起来。

酒足饭饱之后，幻想家起身告辞。但当他行至厅门时，一个衣着华贵、体态肥胖的大汉将他拦住。

幻想家心想：“这位定是王子。”于是躬身行礼，用其部落语言问安、致谢。

那大汉用“法律城”语言对小丑说：“先生，你还没付餐费呢！”

小丑不知大汉在说什么，只是再次表示衷心谢意。大汉仔细端详小丑，久久注视其脸面之后，知道他不是本城人；看其褴褛衣衫，断定他贫困不堪，囊中绝无支付餐费之资。霎时间，本城四个巡警来到大汉面前，大汉讲过小丑的情况，巡警立即将小丑抓住带走。小丑见自己左右各有两个身着金线绣边制服的人护卫，高兴得简直要飞起来，暗自说：“这几位肯定是本城的贵族。”

巡警把他带到法院，走进审判厅。小丑抬头望去，只见大厅正座的高椅子上，坐着一位表情严肃的人，长长的白髯洒然垂在胸前，使他显得更加威严、庄重。小丑猜测那定是国王，为自己有幸见到国王而不胜欣喜。

巡警向法官控告了小丑，法官指定两名律师，一个为原告律师，另一位为小丑辩护，两位律师相继站起来，各陈其词。

小丑呢，他则认为二人在以国王的名义对他致欢迎词，禁不住由衷感谢国王及王子的大恩大德。

审判结束，法官宣读判决书："取木牌一块，将罪犯罪名写在上边，挂在罪犯胸前，再让他乘骑一匹无鞍之马，由笛手和鼓手在前边开道，游街示众。"

判决即将执行。小丑被推上一匹无鞍之马，由吹鼓手开道，游街开始。城中居民们听见吹吹打打声，纷纷走出家门，观看小丑游街情景，三五成群，人人笑个不止。孩童们则结队尾随，从一条街跟到另一条街。

小丑双眼大睁，不住扫视人群，又惊又喜。因他认为胸前的木牌是国王授予他的勋章，一来向他表示祝福，二来嘉奖他的来访；至于那行进的队列，则象征着对他阁下殷勤接待与热烈欢迎。

正当小丑骑在马上被众人围观之时，他看见本部落的贝都因人站在人群之中，禁不住高兴得心跳陡然加速。他高声喊道："喂，朋友，凭主起誓，我们现在何处？这不就是被我们的长老称为如意城的那个地方吗？长老们说这里的人们个个慷慨豪爽，人人大方好客，在宫殿里款待过客，亲王们不离左右，国王为之胸前挂光荣牌，并且为他打开自天而降的城市的大门……这不就是那座如意城吗？"

那个贝都因人什么也没说，只是微笑着摇了摇头。

队伍继续行进，小丑却总是腆着脸，双目间闪烁着得意的神情。

爱情

人云胡狼与雄狮同饮一溪之水。

人云兀鹰与秃鹫共啄一具腐尸，彼此却相安无事。

啊，公正的爱情啊，

你用你那万能之手抑制了我的欲望，

将我的饥与渴化成了傲骨与自尊。

你不许我那刚强的自我吞食面包或把酒饮，因为面包和醇酒都在迷惑着我那软弱的自身。

最好让我在饥饿中度日，令我的心干渴得如同火焚；

趁我还未伸手去取你未斟满或未祝福过的杯盏，让我灭身丧魂。

出家的国王

据说在山间林中住着一位青年，原是国王，其国土辽阔，横跨两河。我还听说，这位青年自愿放弃王位，离开国土，投身到那人迹罕至的森林。

我暗自想，一定要拜访他一趟，探讨一下他心中的秘密。放弃王位的人，一定比国王更伟大。

就在那天，我来到青年居住的森林里，发现他正坐在白杨树荫下，手握一根竹竿儿，犹似他的权杖，我像觐见国王那样向他请安。他还了礼，看了看我，温和地说：

“朋友，你为何来到这僻静的树林？是寻找丢在绿茵下的宝贝，还是收工回家路过此地？”

我回答：

“我特地前来找您，想知道您为何离弃王位，独居这小小野林。”

“故事很简单。”他说，“我的幻想破灭了……请听我讲。

“一天，我靠宫殿窗口坐着，看到我的一位大臣陪同一位外国大使漫步来到宫中花园。二人靠近窗口，我听大臣自我介绍说：‘我像国王一样，贪恋美酒佳酿，酷爱各种赌博，动辄大发雷霆。’之后，大臣与大使便消失在林木中。过了不大一会儿，两个人又转了回来，我听到大臣议论我，说：‘国王像我，一日三澡。’”

他稍许停顿，又说：

“就在那天傍晚，我离开了王宫，除了头巾，什么都没带来，打那以后，我再不想当国王了，因为臣民将我的成绩归于他们，而把他们的缺点归于我。”

我惊叹道：

“你的故事多么奇妙！你的事迹多么动人！”

他答道：

“没什么奇妙，我的朋友！你满怀希望来叩击我这寂静大门，但你能得到的却很少，请你凭主起誓，告诉我：谁不乐意以其王位来换取这四季欢歌、终年起舞的林间仙境？谁不甘愿以自己的王权来换取这幽静、宽舒、幸福、安乐的隐居生活呢？多少雄鹰自高天而降，与鼹鼠共居洞穴，探索大地秘密；多少人离开梦寐以求的王位，借以表白自己既未疏远甘居平庸之辈，也没脱离志士仁人。他们逃避王权，自由追求真理，向往善美。当然，能逃离烦恼王国的人更伟大，因为他们不愿让别人看出自己内心的忧伤。”

说到这里，他拄着竹杖站起来，继续说：

“你现在就回去吧！站在城门口，察看过往行人，你就会发现那个自诩为天生国王，而实际没有王权的人，他佯称以躯体，而不是用灵魂行使统治权。他的仆从们都不承认他的统治权。因此，他表面上是个国王，而实际上则是奴子仆孙。”

说完，他望望我，脸上浮现出黎明般的微笑。

之后，他离开我，向林中走去。

我回到城里，按照他的嘱咐，站在城门上，观望过往行人。自那天至今，许多君王的影子在我头上掠过，而在眼前路过的百姓却很少。

恶有恶报

这是守卫临海七个山洞之雄龙唱的歌：

“我的情侣将乘海浪而来。

“他将以惊天动地的咆哮声使大地充满恐怖，

“他鼻孔的火将烧向宇宙极远处。

“月食时，我将做他的新娘；

“日食时，我将生出另一个圣·乔治[1]，尔后由他将我杀死。”

这就是守卫临海七个山洞的雄龙唱的歌。

狮子的女儿

四个奴隶站着给国王打扇。其时老女王靠在御座上睡得正香，鼾声如雷。一只猫依偎在老女王怀中，用充满厌腻的目光望着奴隶，间或咪咪叫上两声。

---

[1] 圣·乔治，基督教殉教者，英格兰的主保圣人，活动时期约为公元3世纪。传说他曾杀死恶龙，从恶龙爪下救出少女。

第一个奴隶对伙伴说："这老太婆的睡相多么丑陋！你们说，她的双唇松垮，呼吸那样费劲，就像魔鬼要掐死她似的。"

猫咪道："她睡觉时的丑相，不过是你们这些奴隶醒着时丑相的一部分罢了。"

第二个奴隶说："真怪呀，睡眠并没有使她的脸变得舒展一些，而是皱纹更多，无疑她正在做噩梦呢！"

猫咪道："假若你们睡时能梦见你们的自由，那该多好哇！"

第三个奴隶对伙伴说："看来她梦见了无辜被她杀害的所有冤魂排成的队列。"

猫咪道："正是，她梦中看到你们祖辈和子孙组成的队列。"

第四个奴隶说："你们在女王睡时议论她，是多么愚蠢呀！这对你们或我又有什么益处呢？难道那能减轻我站着为她打扇的疲劳吗？"

猫咪道："是啊，你们将永远打扇，因为天上的情形与地上一模一样。"

这时，女王动了动睡姿，王冠落在地上，一奴隶说："这是凶兆！"

猫咪道："一些人倒霉，恰是另一些人的福气。"

第二个奴隶说："假若女王现在醒来，发现自己的王冠掉在地上，我们会有什么命运临头呢？天哪，她非把我们统统宰掉不可！"

猫咪道："蠢货们，你们还不知道，自打你们一出世，她就把你们宰杀了。"

第三个奴隶说："当然，无疑她会杀掉我们，因为她认为自己的这种行为是祭神。"

第四个奴隶不让伙伴们再说下去，而是轻手轻脚拣起王冠，稳稳当当给女王戴上，女王并未醒来。

猫咪高声说：“老实说，只有奴隶才会去拣落在地上的王冠。”

片刻之后，女王醒来，打着哈欠，向四下环视一周，然后对奴隶说：“我刚才做了个梦，梦见一只蝎子正围着巨大的橡树追赶四条毛毛虫。好一个噩梦！”

说完，女王合上双眼，又进入了梦乡，顷刻间如雷的鼾声回荡在大厅之中。四个奴隶继续、照常为她打扇。

猫咪说：“打扇吧，瞎子，愚人们，打扇吧！你们扇出的是吞噬你们肉体的火焰！”

圣徒

我年轻时，来到小丘间一处僻静禅房，拜访一位圣徒。正当我们谈论着什么是美德时，发现丘上有个贼，只见他疲惫不堪，走起路来一瘸一拐，边走边朝我们俯视。那盗贼来到禅房，双膝跪在圣徒面前，说：“心地善良的圣徒，我寻求安慰来了。我的罪恶已淹没了我的头顶。”

圣徒回答道：“亲爱的，我的罪恶也淹没了我的头顶。”

贼说："先生！我是个盗贼、土匪，您怎么和我一样？"

圣徒回答："亲爱的，你想错了，其实我和你一样，也是盗贼、土匪。"

贼说："您说什么？我的先生！我是个杀人犯，无数鬼魂在我耳边呐喊。"

圣徒说："亲爱的，我也是个杀人犯，无数阴魂在我耳边叫冤。"

贼说："先生，我干的坏事无数，罪恶滔天。而您是上帝的伟大的儿子，怎好与我等量齐观呢？"

圣徒回答说："如果你早知道我的罪恶，那么，你就不会再提你的罪过。"

贼立即站起身来，久久凝视着圣徒，两眼间充满惊愕神情。尔后，只字未吐，悄然离去。

至于我，则一直沉默到此时此刻。我望了望圣徒，问道："我的先生，你明明干净圣洁，何苦说自己恶贯满盈？难道你没发现这个人并不相信你的话，愤然而去了吗？"

圣徒回答道："是啊，亲爱的，你判断得完全正确，他并不相信我的言谈，但实际上，我应该对你说，他满心欣慰地离去了。"

那时，我们听到贼在远处唱歌，整个山谷回荡着他那充满快乐、慰藉的歌声。

饕餮

我在地球上周游时，曾在一个荒岛上看到一种野兽，生着人头铁蹄，正在不停地吃土地、喝海水……我停下脚步，望了许久，然后走近野兽，问道："你还没有吃饱喝足吗？难道你永无足饱？"

野兽回答："不，不！我已经吃饱喝足了，而且厌腻了吃喝。可是，我却担心到了明天，此处既无土地可食，亦无海水可饮。"

大自身

古拜勒国王努菲斯比尔加冕典礼结束之后，回到自己的房中，那是山中修道士们为他建造的房舍。他摘下王冠，脱掉朝服，站在房间中央，想到自己作为当时大权在握的古拜勒国王，威武至极，不禁自我陶醉起来。

房间中有一面镜子，是母亲送给他的礼物。他猛一回头，突见一裸体男子从镜子里走了出来。

国王心惊肉跳，大声喊问道："你想干什么？"

男子答："国王陛下，我仅有一事相问：为什么人们拥戴你为国王？"

国王说："他们之所以拥戴我为王，因为我是他们当中最高贵者。"

男子："假若你真像你说的那样高贵，那么你是不会接受王权的。"

国王："他们之所以拥戴我为王，因为我是他们当中最勇猛者。"

男子："假若你真是他们当中最勇猛者，那么，你也便不肯成为他们的国王。"

国王："我的人民之所以拥戴我为王，因为我是他们当中最有智慧者。"

男子："凭主起誓，假若你果然像你现在这样最有智慧，那么，你就不会选择为王之路。"

这时，国王倒在地上，伤心地哭了起来，裸体男子用同情、怜悯的目光望着国王，对国王的无知与傲慢深表遗憾。他拿起跌落在地上的王冠，轻轻将它戴在国王那低垂的头上，继之也用充满忧伤与温顺的目光注视着国王，便像从镜子里出来时那样，回到了镜中。

国王突然站起来，走到镜前，仔细观看镜子，映入眼帘的只有头戴王冠的大自身。

战争与弱小民族

草原上，一只母羊和它的羊羔正在吃草，天空中有只兀鹰，边盘旋边用饥饿的目光盯着羊羔，思捕而食之。它正欲俯冲捕捉羊羔时，飞来另一只兀鹰，拍翅盘飞在母羊及其羊羔上空，心怀同种贪婪意念。

二鹰相遇，厮杀开始，天空中回荡着粗野、凄惨的叫声。

母羊抬眼仰望双禽，心中惊愕不已，它又回头望着羊羔，说：

“孩子，你瞧呀！多么奇怪，这两只尊贵的大鸟厮杀起来了！天空是那样宽阔，足以供二位和平共处，相安无事，却要拼个你死我活，岂非大耻大辱吗？不管怎样，你祈祷吧！衷心祈求上帝赐你那两位生着翅膀的兄弟以平安！”

羊羔衷心祈祷起来。

批评者们

一日黄昏，一旅行者骑着马去海滨，途中来到一家旅店，下了马，把马拴在店门前的一棵树上。因为他像所有去海滨的旅行者一样，都对夜晚及人们感到放心。之后，他与众旅客走进旅店。

夜半，店中人都进入梦乡之时，来了一个贼，把马盗走，谁都不曾察觉。

翌日晨，旅行者醒来后，随即来到拴马处，马却不见了。经认真寻找，得知贼于昨夜将马偷走，不禁心中十分难过。然而使他更感难堪的是人们之中竟有人怂恿他去行盗。

旅伴们得知失马之后，纷纷来到他的身旁，开始严厉地责备起他来。

第一位说："你这个人真呆！为什么把马拴在马厩外面呢？"

第二位说："真奇怪，你拴马时，怎么不给马腿加上镣呢？你这个人多笨呀！"

第三位对前两位说："骑马到海边旅行，压根儿就是愚蠢举动。"

第四位说："我则认为，只有行动缓慢的呆瓜才要马呢！"

事情已经发生，旅伴们个个能言善辩，又是劝诫，又是指教，令失马者大为惊异。失马者生气地说："朋友们，我的马被盗走了，你们的口才都来了，一个接一个地数说我的过错。然而，使我吃惊的是，尽管你们如此口齿伶俐，却没有一个人对盗马之贼加以半句评论！"

四诗人

四位诗人围坐在餐桌旁，桌上放着一杯醇酒。

第一位诗人说：

“我看到酒香腾空，宛如林中群鸟盘旋。”

第二位诗人抬起头来，说：

“我亲耳听到鸟儿鸣啭，歌声充满我的心间，林中蜜蜂、鸢隼翩跹起舞。”

第三位诗人闭上眼睛，举起胳膊，说：

“我差点儿亲手捉住鸟儿，只觉鸟翅轻扇，微风拂面，恰似春睡海棠，呼吸甜润柔缓。”

第四位诗人站起来，双手捧杯，说：

“兄弟们，请原谅，兄弟我目光短浅，听觉迟钝，触觉麻木，既看不到鸟群，也觉不出鸟翅扇动，可惜呀！除了酒，我什么也感触不到。因此，我应当饮下这杯酒，以此唤醒我的迟钝感官，借诸位灵感之火，点燃我的精神之薪。”

话毕，他举起酒杯，一饮而尽。

三个伙伴惊愕、贪馋地望着他，眼里燃烧着扑不灭的干渴之火，闪烁着难以平息的怨恨之光。

风向标

风向标对风说：“该死的风，你多么使人厌烦！莫非你不能不冲我的脸上吹？难道你不知道你干的这种事搅乱了上帝赐予我的清静？”

风只言未答，只是在空中笑个不停。

国王

艾尔杜赛城的长老们站在国王面前，请求国王颁布一道命令，禁止在城中酗酒。

国王没有答话，而是转身走去，心中暗笑那群老朽。

长老们绝望地离开了朝廷。

行至宫门，他们遇到宰相。这位宰相聪慧过人，见众长老局促不安的样子，便知事端缘由。

宰相对他们说：“喂，朋友们，你们有些不走运哪！假若你们乘我们的国王醉时前来，你们定能如愿以偿！”

我的信仰之鸟

一只鸟自我心之深处飞出，直上青天，越飞越高，越飞越大；初如燕子一般大小，继而似金翅雀，尔后像雄鹰，直至变得像春天的云朵，充满了镶嵌着星斗的苍天。

一只鸟自我心之深处飞出，直上青天，越飞体躯越大。

虽然如此，它仍居于我心之深处。

啊，我的信仰！啊，我那任性多能的真知！

我怎样才能和你飞得一样高，与你同观影印在天幕上的人的巨大自身?

我又如何将我心之深处的海变成浓密的雾，伴你一道翱翔在无边无际的苍穹?

处于神庙暗处的囚徒能够看到神庙那镀金的圆顶吗?

果仁能够渐渐伸延，最后像果实包裹自己那样将果实包起来吗?

是啊，我宽厚温和的信仰！是的。我身缚铁链，被关在狭窄的监牢阴暗处，这由骨肉制成的隔墙将你我分开，我现在无法与你同飞向无垠世界。

然而你自我心之深处飞上广阔天空，而你仍然居于我痛苦的心之深处，我对此感到心满意足。

分歧

伊沙纳国王后在产床上，正经历着阵痛。国王及朝臣们坐在“飞牛厅”❶，个个忐忑不安，人人如坐针毡，期待着王后尽快摆脱剧烈痛苦。就在这个时候，一信使急匆匆走进大厅，跪在国王脚下，禀报道：“国王陛下，我给你们，给王后、给国王的所有奴仆带来喜讯一则：陛下的凶恶敌人、比特隆国王、暴虐的米赫拉卜一命呜呼了。”

国王及国家要人们听到这个好消息，一个个喜形于色，额手称庆。因为如果暴虐的米赫拉卜再多活一年，就要入侵伊沙纳国，掠其百姓到他的国家去当奴隶。

就在这时，宫廷御医向国王躬身施礼，然后说：“祝愿国王陛下万寿无疆！上帝赐国王一贵子，王位后继有人，必将使陛下以传世万代，伊沙纳国泰民安！”

国王容光焕发，欣喜不已，因为同一时刻劲敌丧命，适逢王室添后，恰是双喜临门。

当时伊沙纳城有位真正的预言家，而且是位勇敢无畏的青年人。

国王当夜差人去叫预言家，预言家不多时便被带到了国王面前。

---

❶ 飞牛是古亚述人崇拜的一种神，人头牛身，生着翅膀。头象征思想，身象征意志，翅膀象征想象力。作者所说的“飞牛厅”指的是以该神命名的大厅。

国王说："喂，先知先觉的预言家，你来预言一下，我这个刚刚为王国生的儿子的前程如何？"

预言家立即回答道："国王陛下，请听我说，我将如实预言你这位今天出生的儿子的前程：昨夜国王的死敌米赫拉卜国王驾崩，但他的阴魂仅随风飘飞一夜，随后又降落在大地上，再次寻找躯壳投生；找来找去，没找到比你的这个新生儿子更合适的躯壳，故择之而寄生。"

国王勃然大怒，口吐白沫，抽出宝剑，亲手削下了预言家的首级。

许多年过去了，伊沙纳的贤哲们私下议论："自古有个传说，且岁月已证实了那种说法：伊沙纳一直处于其敌人统治之下。难道不是吗？"

全知与半解

大河边上，有一根圆木，上面趴着四只青蛙。一个巨浪打来，圆木被冲到河心，遂顺水缓缓而下。河面宽阔，情趣无穷。青蛙欢快起舞，庆祝这前所未有的航行。

片刻过后，第一只青蛙喊道："好奇妙的圆木，同伴们，你们仔细瞧瞧，它像动物一样，能走会动。凭上帝起誓，我压根儿没听说过这种怪事情！”

第二只青蛙答：“朋友，这圆木不能走，也不会动的，并不像你想象的那样妙趣横生，而是奔向大海的河水带着这圆木，同时也带着我们漂游远行。”

第三只青蛙说：“凭我的宗教起誓，不是这样的。二位朋友，你俩都想错了，圆木没有动。和圆木一样，河水也不动，而是我们的思想在动，是思想使我们以为我们静止的身体在动。”

三只青蛙为究竟什么在动而争论起来。争论越来越激烈，嗓门亦越来越高，终不能取得一致意见。

它们一齐把目光转向一直在留心听它们争论的第四只青蛙的身上，问它有何看法。

第四只青蛙说：“伙伴们，你们说的都对，谁也没说错。因为运动同时存在于圆木、河水和我们的思想之中。”

这话并未使它们都感到高兴，因为每只青蛙都认为自己的见解正确，而其余两个伙伴的意见显然是错误的。

之后发生的事可就离奇了：三只青蛙相互之间化敌为友，同心协力将第四只青蛙从圆木上推入河中。

白纸

一张雪白的纸说："我生来纯洁无瑕，我将永远洁白。我宁愿被焚化而为白灰，也不愿让黑色接近我，亦不愿让污秽触摸我。"

墨水瓶听到白纸这番话，漆黑之心暗笑，但又害怕起来，没去接近白纸。各种颜色的笔也听到了白纸的这番话，再也没有触摸白纸。

就这样，那张纸依然白如雪，纯洁无瑕。然而，终究是白纸一张。

学者与诗人

蛇对金翅雀说："喂，金翅雀，你飞得多好看哪！不过，假若你能在地下洞穴之中潜行，那该多好；那里，生命的浆汁在寂静中微微颤动！"

金翅雀答道："一点儿不错！你不仅博学多才，简直是至聪至慧者。不过……假若你会飞翔，那该多好！"

蛇好像没听到什么，而是说："金翅雀，你真可怜！你不能像我那样看到大地深处的秘密，不能漫游地下王国宝库，看看那里珍藏的财宝。我则和你不同，我昨天还栖身于一个红宝石洞中，那里酷似一颗成熟的石榴心，最弱的光线也能将它映成晶莹透明的玫瑰花。除了我，谁能看到这样的奇景呢？”

金翅雀说：“大学者，你判断得很对。除了你，谁也不能躺在往事记忆和古代遗迹所凝结成的床上安睡。但是，很遗憾，你不会唱歌！”

蛇说：“我知道有一种植物，根插大地之腹；谁吃了它的根，谁就会变得比阿施塔特[1]还美。”

金翅雀答：“除了你，谁也摘不下大地神奇思想的面具。不过，很可惜，你不会飞翔！”

蛇说：“我知道有一条紫色的小溪，流经一座大山脚下；谁喝了该溪之水，谁就会像神仙一样长生不老。除了我，不管飞禽还是走兽，都找不到这条小溪！”

金翅雀说：“是啊！如果你乐意，你本可以像神仙一样长生不老。可是，很遗憾，你不会唱歌。”

蛇说：“我知道地下埋有一座神殿，尚未被研究家或考古家发现，我却每个月都去游览一次，那是古代巨人留下的一座建筑物，墙上刻着所有时空秘密；谁读懂了那些铭文，谁的智慧和知识就能与神仙媲美。”

金翅雀说：“亲爱的学者，你说的全对。如果你愿意，你能以你

[1] 阿施塔特，古代闪族腓尼基人所信奉的女神，司掌繁殖与爱情，以貌美而闻名。

自己的柔软躯体围住历代知识。不过，很可惜，你不会飞翔！”

蛇终于厌腻了金翅雀的谈话，掉头向自己的洞穴爬去，口中念念有词：“上帝诅咒这个头脑空空的歌使！”

金翅雀拍翅飞去，高声唱道：“可惜呀，你不会唱歌！可怜呀，我的学者，你不会飞翔！”

价值

一个人掘地时，挖出一尊精美的大理石雕像，送到一个十分喜欢古董的人那里，让其观看。那个人便以很便宜的价钱把石雕买下，之后各自回家。

回家路上，卖者边想边自言自语：“这些钱会带来多大的力量和生计呀！真怪，令我吃惊的是，一个头脑健全的人，怎么肯花这么多钱换取一块既听不见，又不会动，在地下埋了千年，谁都不曾梦想到的石头呢？”

与此同时，买者仔细端详着手中的石雕，自言自语道：“啊，真是精美至极！果然气韵生动！你究竟是哪位高尚灵魂的梦幻！正是我将它从地下沉睡千年的梦中唤醒，给了它青春生命！天哪，我简直不能理解，像这样的稀世珍宝，那个人怎么就要那么少的钱呢？”

另有大海

一条鱼对其姐姐说："我们这个海的上面另有一个大海，就像我们在这里生活、游泳一样，那里有各种各样生物在生活、游泳。"

姐姐回答道："那是幻想！纯系幻想！亲爱的妹妹，任何生物只要离开我们这个大海一步，在外面待上片刻，就会马上死去，难道你不知道？再说，你有什么根据说别的大海里会有生物呢？"

忏悔

一个漆黑的夜里，一个人走进邻居的瓜园，摸到一个大西瓜，便摘下偷回自己的家中。

打开西瓜一看，却是个尚未长足的生瓜，突然良心发现，自我责备起来，后悔自己偷了西瓜，由衷表示忏悔。

临终者与兀鹫

莫急，朋友，千万莫着急！
我这具遗体，很快就交给你，
临终挣扎之久，竭尽了你的耐力。
我怜悯你的饥腹，不想让你久等，
即使残喘结成的镣铐，砸碎谈何容易？！
我愿意死——死是我的最高愿望，
却被我的最低愿望——欲生锁链所缚羁。
朋友，原谅我行动缓慢迟疑。
因为记忆把握着我的灵魂，
令其将历史上闪过的队列一一观看回忆：
观看我在梦中度过的青春年华，
眼前出现一张面孔令我不要合上眼皮。
让我听到一种回音久响的声音，
让我的手感触到一只看不见的手臂。
朋友，原谅我让你等待久矣！
然而时辰已过，一切都会枯萎而成过去，
脸面、二目、双手及领头的雾气。
看哪，结扣已经松启，
绳索也已断裂分离。

既非食物又非饮料的东西已被搬走，
来吧，我饥饿的兀鹫兄弟！
靠近些吧，宴席已经摆好，
食欠丰盛，却充满真挚友谊。
来呀，先啄我的左肋，
务请救出胸腔中的那只小鸟；
因其双翅再也不能扇动，
求你带着它盘飞高天云际。
来吧，朋友，来吧！
今夜，我做你的东道主，
欢宴你这位嘉宾兄弟！

我的孤独之外

我的孤独之外，另有一种更遥远的孤独。
与隐居在那里的人相比，我的孤单只不过是挤满人的广场。
与居住在那里的人相比，我的寂静不过是一种喧闹嘈杂而已。
我年轻鲁莽，怎样才能到达那遥远孤独境地呢?
那个山谷的乐曲在我耳际波涌，

它那黑洞洞的阴影遮住了我的视线，
我怎样到那高远孤独境地去呢？
这些山谷和丘陵之后有一个爱与恋的森林，
与居住在那里的人相比，我的平静则是狂烈风暴；
与那里的情侣相比，我的迷恋只不过是欺骗与自负。
我年轻而莽撞，怎样才能到达那神圣的森林中呢？
血腥味依旧在我嘴上，
父亲的弓和箭仍在我的手中，
我怎么到那高雅孤独境地之中去呢？
我这个被囚禁的自身后有我一个放任自由的自身，
在它的信条中，我的梦仅是黑暗中的战斗，
面对它的愿望，我的愿望只是骨头的嘎嘎响声。
我年轻且尽受奴役侮辱，
怎么能让自己成为那自由的自我呢？
是啊，我不起来宰掉我那被奴役的自我，
或把所有的人都变成自由者，
我又怎能让自己成为那自由的自我呢？
我的根不扎入大地之黑暗处，
我的叶又怎能高歌在云风之上呢？
我的雏鸟不离开用汗水筑起的窝巢，
我的精神雄鹰又怎能展翅翱翔在太阳面前呢？

最后的醒悟

在黎明前的黑暗中，微风夹带着黎明之始的芳香而至，“先行者”——耳朵尚未听到的声音的回声——起来，离开卧室，登上自家屋顶。他站立许久之后，抬起头来，望着静夜之中的城郭，仿佛那些熟睡人们苏醒着的灵魂已聚集在他的周围，他向人们演说道：

“兄弟们，邻居们，每天打我们门前经过的人们，我想在你们熟睡时和在你们梦幻的谷地里对你们讲话。我想赤身裸体自由行走。你们醒着时，比你们睡觉时还要粗心大意；你们被嘈杂之声累赘的耳朵，像寂静无声的深夜。

“我对你们的爱甚厚甚深。

“我爱你们当中的一个人，他如同你们所有的人。

“我爱你们所有的人，如同你们就是一个人。

“在我心中的春天里，我在你们的花园里吟唱；在我心中的夏令里，我守卫着你们的打谷场。

“是的，我爱你们所有的人，不论君王还是平民，也不论患病者还是健康人。我爱你们当中夜下寻路之人，也爱那些白日起舞于山冈上的人。

“强者啊，我爱你，虽然你那铁蹄的痕迹依然印在我的肉体上。

“弱者啊，我爱你，尽管你怠慢了我的信仰，荒废了我的耐心。

“富人啊，我爱你，纵然你的蜜糖到了我的嘴里就变成了苦瓜汁。

“穷人啊，我爱你，虽则你已晓得我两手空空，一贫如洗。

“诗人啊，我爱你，虽然你一味模仿，借来邻居的吉他，用自己的断指弹奏，但我仍爱你的慷慨与厚道。

“学者啊，我爱你，虽然你在瘦弱的陶工的田地里采集腐烂的殓衣，耗尽了平生精力。

“牧师啊，我爱你，因为你坐在昨日的寂静中探问明天的运气。

“拜神者，我爱你，虽然你将自己愿望的幻影作为神灵膜拜顶礼。

“干渴的女子，我爱你，虽然你的杯子总是满的，因为我熟知你的秘密。

“打更女子，我爱你，我同情你。

“多嘴多舌者啊，我爱你；我心想，生活当中有许多等待你说出来的东西。

“寡言少语者啊，我爱你；我心想，假若我能听到表达你的静默含义的声音，那该多合我的心意！

“法官、评论家啊，我爱你；可是，当你们看见我被钉在十字架时，你俩却说：‘从他血管流出来的血多么可爱！血在他那白皙皮肤上留下的线条何其美丽！’

“是的，我爱你们所有的人，不论青年还是老翁。

“我爱你们那摇曳的芦苇和根深叶茂的橡树。

“然而多么遗憾！我心中充满着对你们的厚爱，却使你们的心背离了我。

“因为你们只贪吮小杯中的醇酒，而不身临奔腾的大河畅饮。

“你们只能听到爱神在你们耳边低声细语，却听不到爱神对着你们的耳朵放声欢呼。

“你们见我对你们一视同仁，你们却讥讽道：‘他的心多么容易驾驭，他的聪慧偏离他的轨道多远！他的爱是叫花子的爱，习惯于拣面包渣吃，哪怕是坐在君王摆设的宴席上；他的爱是卑贱弱者的爱，因为强者只爱强者。’

“你们见我对你们爱得深切，你们便说：‘他的爱是瞎子的爱，分不出美与丑；他的爱是鉴赏力缺乏的爱，把喝醋等同饮酒；他的爱是好管闲事者的爱，有哪个陌生人能爱我们如同我们的兄弟、姐妹和父母？’

“这就是你们所说过的话，此外还有许多。你们常在城市街头巷尾、市场广场指着我嘲笑：‘你们瞧这个老小孩儿，不管春夏秋冬，不论岁月年龄，整天和我们的孩子一道嬉戏，傍晚与我们的老翁对坐，冒充斯文，装有学问。’

“当时我则心想：没什么，我将更爱他们，越来越爱他们。不过，我要在我的爱之前挂起用厌恶制成的帐幔，用强烈的恨遮罩起我的柔情。我还要戴上铁面具，披上铁甲去追赶他们。

“之后，我把一只沉重的手放在你们的伤口上，同时就像黑夜里的狂风一样，呼啸吼叫在你们的耳边。

“我站在房顶上，向你们揭露口是心非、奸猾狡诈的法利赛人[1]和大地上虚假空洞的泡沫。

---

[1] 法利赛人，希腊文 Pharisaios 的音译，意为“隔离者”。公元前 2 世纪至公元 2 世纪犹太教内的一个派别，主要由文士和律法师组成，为哈西德派精神上的后继人。其神学思想对后世犹太教有影响。福音书载耶稣称之为伪君子。

“我诅咒那些鼠目寸光之徒是瞎眼蝙蝠。

“我把你们当中那些俯着在地上的小人比作没有灵魂的鼹鼠。

“至于你们当中那些口齿伶俐、能言善辩者，我则将他们称为舌头生叉者；将沉默无声之人称为石心石舌者；而天真单纯之人则说：‘死者都不会厌恶死神。’

“我把你们及你们儿女当中那些追求人类知识的人判作亵渎神圣精神者；我把宠爱精神及大自然之外之物者判作捕捉幻影的猎手；他们把网撒入死水之中，只能捞起他们那愚蠢的倒影。

“我用双唇中伤你们，而我的心在滴血，正以最温柔、最甜美的名字呼唤你们。

“朋友们，邻居们，爱在自己的鞭策下向你们发表演说；高傲蒙着失败的尘埃，忍受着痛苦的煎熬，在你们面前舞蹈；我对你们爱的渴望，在房顶上大发雷霆，狂喊咆哮；然而我的爱无声地跪着，祈求你们恕饶。

“众人们，我给你们带来了奇迹：我的掩饰，擦亮了你们的眼睛；我的憎恶，开启了你们的心窍。

“现在，你们爱我了！

“你们只爱刺向你们心房的宝剑，你们只喜欢射穿你们胸膛的利箭；因为你们只为自己的伤口感到欣慰，只有把自己的血当酒喝才会烂醉。

“就像飞蛾扑灯寻死，你们天天聚集在我的花园里。你们仰着脸，睁大双眼，望着我撕扯你们白日的织物，相互窃窃私语：‘他借上帝的光明观察，他像先知那样说话，他揭去了我们灵魂的面纱。

他打碎了我们心上的锁，就像兀鹰熟知狐狸的行踪那样，对我们所走的道路了如指掌。’

“正是。我确乎熟知你们所走之路，就像兀鹰知其雏鹰所行道路。我敞开心扉，向你们展示我的秘密。但是，我为接近你们之需要，我要佯装疏远你们；我担心你们的爱近乎完结，我则牢牢守护着我的爱的堤坝。”

先行者讲完这番话，双手捂住脸，失声痛哭起来。因为他心里明白：被人瞧不起的赤裸裸的爱，比伪装着求胜的爱要伟大。此时，他自感羞愧。

片刻后，他猛然抬起头来，宛如从沉睡中醒来，伸展双臂，说：

“啊，夜已经过去。当黎明爬上山冈之时，我们这些黑夜之子就该死去了。从我们的灰烬之中，将生出比我们的爱更加强烈的爱，它将在阳光下欢笑，它将是永恒的爱。”

人之子耶稣

——认识他的人 谈他的言行

西庇太之子雅各[1]

那是在耶路撒冷城，一年春季里的一天，耶稣站在市场的广场上，向人们讲述天国。

他责怨那些在向往天国的人们所走的路上设置陷阱和罗网的文士和法利赛人。

在人群中，有一些人为法利赛人和文士们辩护，他们企图加害于耶稣，也加害于我们。

但耶稣躲开了他们，离开那里，向城北门走去。他边向北门走，边对我们说：

"我的时辰尚未到来，我还有好多话要对你们说。在我献身于这个世界之前，我还有多少要尽的职责啊！"

之后，他用含着喜悦的声音继续说：

"让我们到北方去迎接春天吧！冬天已经过去，跟着我一起到丘山中去吧！看哪，黎巴嫩山上的积雪正向着山谷倾泻，与溪流同唱欢歌。

"田野和葡萄园的困意已经消失，苏醒过来，用青青的无花果和

---

[1] 雅各（James），西庇太的儿子，渔夫，耶稣在加利利湖边最早招收的四个使徒之一。他弃业离家，历尽艰险，跟随耶稣积极传道。耶稣受难复活之后，他和其他使徒一起送耶稣升天，并四处宣传耶稣复活事迹，劝大家信仰救主基督。耶稣升天不久，雅各死于希律王的屠刀之下，成为第一个殉难者。

鲜嫩的葡萄向太阳致敬。”

那天和第二天，他走在前面，我们跟着他走去。

第三天下午，我们到达了黑门山顶，耶稣站在那里俯视平原及坐落在平原上的城市。

耶稣回头望着我们，但见他容光焕发，如同涂上一层熔化了的黄金，伸开双臂对我们说：

“看哪，大地已披上了绿装，那涓涓溪流为绿装镶上了银边。

“大地是多么美丽！大地上的一切又是多么美丽啊！

“但是，在你们看得见的一切地方之外，还有一个治理权将属于我们的王国；如果你们非它不选择，而且确实愿意，那就来和我一起治理它。

“我和你们观看人们，都不用戴假面具；我们的手既不用执利剑，也不用持权杖；人们将爱戴我们，充满安全感，不会觉得我们可怕。”

耶稣如是说，而我的双眼就像蒙着眼罩，既看不见地上的任何王国，也看不到那里的城郭和高塔；但我的心怦怦直跳，决意跟着引路人到他的王国去。

就在此时，加略人犹大[1]走上前来。他走到耶稣跟前，说道：“你放眼望望世上的辽阔王国吧！你会看到大卫和所罗门的城市将战胜罗马人。犹太人若甘于做你的臣民，愿意你当他们的国王，我们将手持宝剑和盾牌站在你的周围，我们将战胜与你为敌的人。”

听犹大这么一说，耶稣转脸望着犹大，面浮愤怒神情。他用天

[1] 加略人犹大，耶稣的十二使徒之一，即出卖耶稣的犹大。

空惊雷般的声音说:“魔鬼,你滚开吧!难道你以为我到下界来这么多年,就是为了对蚁冢统治一天吗?

“我的宝座是你的目光所看不到的。能用双翅环抱地球者,会在一个被遗忘的巢穴里找栖身之处吗?

“莫非活人还要获得身裹殓衣者的赞颂和高抬吗?

“我的王国并不是这个世界上的王国之一,我的宝座也不建在你们先人的头颅之上。

“倘若你向往的不是精神王国,那么,你最好还是离开我这里,下到你的死人们的洞穴中,那坟墓里埋葬着古时候曾戴着王冠的脑袋。他们仍然在上朝听政,也许正在给你的先人的遗骨授勋嘉奖。

“我的前额所寻求的,不是昴宿便是你的荆冠。此时此刻,你怎敢用废渣做的王冠来引诱我!

“如若不是为了萦绕着被遗忘的几代人头脑的梦,我就不会允许你的太阳在我的内心上升起,也不能容忍你的月亮把我的影子投在你的道路上。

“如果那不是一位母亲的愿望,我早就脱掉我的襁褓,逃回天上去了。

“如若不是哀伤笼罩着你们所有人,我是不会等在这里哭天抹泪的。

“加略人犹大,你是什么人?你会成为什么人?你为何与我为敌?

“你确实称量过我,发现我率领着侏儒大军、驾驶着无形者们的战车冲向仅在你们的仇恨中集结安营、只在你们的恐惧中前进的敌人吗?

“在我脚上爬行的虫蚁太多了……我是不会跟它们厮杀的。

“我对玩笑和戏谑感到厌烦。我可怜那些爬出使我遭难的人，而它们却把我看成胆小鬼，只因为我没登上它们的城墙，没有在它们的防卫塔楼之间行动。

“遗憾的是我注定要同情它们，直到巡视终点。我是多么愿意走入同情它们大人物生活的更大世界啊！可是，路又在何方？

“你的祭司和国王要我流血。在我离开这个世界之前，他们会如愿以偿的。我无意挑战法律，也不想统治轻浮、愚昧。

“就让无知自我繁衍，直至对自己的子孙感到厌烦。

“让盲人带着盲人跌入深渊。

“让死者埋葬死者，直到大地自食其果而窒息。

“我的王国并不是大地上的王国。

“我的王国是你们三三两两相爱而欢聚的地方；在那里，你们将惊叹生活美好多彩，惊叹生活欢乐甘甜……之后也会想起我。”

然后，耶稣突然转向犹大，说：“你这个家伙，快离开我吧！我的王国里绝不会有你的什么王国。”

*　*　*

那时，黄昏来临，耶稣转过身来，对我们说：

“夜幕就要垂降，我们现在下去吧！是啊，光明正伴我们行进时，我们就在光明中行走吧！”

耶稣走下山去，我们跟着他走去。犹大跟在我们的后面，但离我们很远。

*　　*　　*

当我们行至平地时，夜幕已经降临。

多马[1]说："主啊，现在夜幕已经垂降，我们没有法子看清路了。如果你乐意，就带我们到亮着灯光的那个村子里去吧；也许在那里，我们既能找到肉吃，也能找到住的地方。"

耶稣回答多马说："你们饥饿时，我把你们带上了高山；而你们更加饥饿时，我把你们带到了平原。但是，今夜我不能和你们待在一起，我想独自待些时辰。"

这时，原名西门[2]又名彼得的人走上前来，说："主啊，请不要让我们摸着黑回去。请允许我们在这条小路上和你在一起。只要有你和我们在一起，夜色和黑暗是不会滞留许久的；只要你乐意待在我们中间，晨光会很快照在我们身上的。"

耶稣回答道："今夜，狐狸将到自己的洞穴里藏身，鸟雀将入自己的巢穴栖息，而亚当之子却在大地上找不到自己的头可以倚枕之处。现在让我单独待一会儿吧，这就是我的愿望。如果你们想找我，你们将再次在我找到你们的湖边找到我。"

---

❶ 多马（Thomas），耶稣的十二使徒之一。因他怀疑耶稣死后复活的预言，后来耶稣复活时，有意在他面前显现，并让他摸自己的手，多马这才深信地说："我的主，我的上帝！"

❷ 西门（Simon），又名彼得，耶稣的十二使徒之一。

我们带着沉重的心情离开了他，因为我们不愿意离开他。

我们不时地停下脚步，转过脸去，望着他，只见他面孔表情严肃，独自向西走去。在我们中间，只有加略人犹大没有转脸去望望孤独蹒跚而行的耶稣。

自那天起，犹大变得忧郁愠怒不合群。我察觉到他的眼里隐藏着阴险神色。

马利亚[1]之母亚拿[2]

我女儿的儿子耶稣，一月出生在拿撒勒城。耶稣出生的那天夜里，几位东方客人来我家造访。他们都是波斯人，同米甸人的商队一起到埃及去，中途路经艾斯德拉伊伦。

当他们找不到下榻之处时，便来到我家，以期借宿。

我对他们表示欢迎之后，说："我的女儿今夜生下一个儿子。如果我对你们的接待没有尽到主妇的责任，想必你们会原谅我的失礼的。"

他们感谢我对他们的招待。他们吃罢晚饭，对我说："我们能看看男婴吗？"

马利亚的儿子容貌俊美，马利亚也是一位美女。

波斯人看过马利亚和她的儿子，随后从包袋里取出一些金银、没药和乳香，全都放在婴儿的脚头。

之后，他们开始跪拜，用我们听不明白的语言祈祷。

当我们把他们带往为他们准备好的卧室时，他们一边走，一边

---

❶ 马利亚（Maria），耶稣的母亲，亦称圣母。她是犹大伯利恒人，后住在加利利的拿撒勒。她原许配给木匠约瑟，婚前从圣灵怀孕，生下一个儿子，起名叫耶稣。除了耶稣，马利亚还给木匠约瑟生了雅各、约西、西门、犹大四个儿子和几个女儿。

❷ 亚拿（Anah），以色列女先知，亚设支派法内的女儿，婚后七年丈夫死去，寡居八十四年，从不离开圣殿。

仿佛对他们所看到的一切表现出谦恭、敬慕的样子。

天刚亮，他们便离开我们，踏上了去往埃及的征程。

但临别时，他们对我说："孩子出生尚不满一天，但我们已从他的二目之中看到了我们的上帝之光，在他的双唇上看到了上帝的微笑。我们恳求你好生关照他，以便他关怀你们所有的人。"

他们话音刚落，便骑上骆驼，转眼再也看不到他们的踪影了。

马利亚对自己的新生儿充满惊异感，远远超过了欣喜心情。

她久久注视着婴儿，然后把脸转向窗子，眺望着遥远的天际，仿佛在看幻象。

她的心与我们的心之间隔着山谷。

孩子的身与心渐渐长大，与我们所知道的孩子们的情况大不相同：他喜独处，难以施教，谁的话也不听，我都不能用手抚摸他。虽然如此，拿撒勒城的人们却都喜欢他。这其中的秘密，我是一清二楚的。

他常把我们的食物拿去送给过路人。他常把我给他的糖果分给孩童们，而他还未尝过糖果的滋味。

他常爬上我的园中的树上摘果子，但他自己不吃。

他与童伴们赛跑，他跑得比他们快，但他有意放慢脚步，以期童伴们先于他到达标桩。

当我带他上床睡觉时，他有时会对我说：

"我不是对我的母亲及别人说过吗，睡觉的只是我的躯体，而我的神魂将永远和他们一起，直到他们的神魂寻觅到我所期盼的早晨。"

他小时候还说过许多惊人妙语，只因我年迈，已记不得了。

如今，人们对我说：“我再也看不到他了。”可是，我怎能相信人们说的话呢？

他的笑声仍响在我的耳边，而且我仍能听到他在我家周围跑来跑去的声音。每当我亲吻女儿的面颊，他的香气便弥漫我的心间，他的容貌便浮现在我的面前，仿佛他就在我的怀里……

然而我的女儿却不对我说起她的头胎儿，岂非咄咄怪事？

有时，我对他的想念超过对女儿的想念。她站在阳光下，有些像一座紫铜塑像；与此同时，我的心却因悲伤而融化，泪水化作小溪流淌。

也许她知我所不知。

她能把自己所知道的告诉我，那该多好！

马利亚抱着婴儿耶稣献给上帝时，亚拿确认耶稣为救世主。

以“苏尔[1]演说家”而知名的亚萨

耶稣的演说

关于他的演说，我该说什么呢？

也许他的相貌赋予他的言词以力量，吸引了听众们的注意力。

他容颜俊美，容光焕发，堪与日光相比。

不论男子汉还是女子们，期盼看他一眼，胜过想听他演说。有时，他向自己的言词里注入一种力量，那力量就像某种精神，对他的听众具有权威说服力。

我年轻时听过罗马、雅典和亚历山大的演说家演说，但这位拿撒勒青年与他们不同。

他们为他们的言词披上美丽的外衣，借以诱惑听众的耳朵。当你听他的演说时，你的心便飞腾起来，继之漫游到先前不曾看到的天际中去。

他讲一个故事或说一则寓言，那都是人们在叙利亚不曾听过的，仿佛那故事或寓言是从他四季里纺织出来的，就像时光把岁岁年年和世世代代纺织出来一样。

他讲故事总是这样开头：“耕夫走向自己的田地，以便播下

[1] 苏尔，又译作推罗，黎巴嫩一古城，位于贝鲁特以南八十公里的地中海岸。

种子。”

或者说：“相传有个富翁，他有许多葡萄园。”

或者说：“黄昏时分，牧羊人数自己的羊，发现少了一只。”

这些话会把他的听众们带到他们那单纯的“自我”境界中去，把他们带回往昔的岁月里去。

在我们的心底里，我们都是耕夫，我们都爱葡萄园。在我们记忆的牧场里，我们会发现一个牧羊人、一群羊和失去的那只羊；那里还有犁头、榨汁机和打谷场。

他了解我们“古老自我”的源泉，他了解我们织出来的经线、纬线。

古希腊和古罗马的演说家，是按照他们自己头脑里所理解的人生，向他们的听众们宣讲的。那位拿撒勒青年谈的却是居于内心的憧憬与向往。

他们观察人生，用的是比你我仅清晰一点点的目光；而他观察人生，借的是上帝的光明。

我总认为，他向众人谈话，就像高山对平原谈话。

他的演说里有一种力量，那是雅典和罗马演说家们所没有的。

抹大拉的马利亚
谈第一次见耶稣

我第一次见到耶稣是在六月。当时，他独自在麦田边上漫步，而我却带着我的几个侍女。

他的脚步节奏不同于别的男子。他的动态也与我见过的人异样。

我没有看见过男子们像他那样在地上行走。

直到今天，我也弄不清他究竟走得快还是慢。

我的侍女们指着他，腼腆地相互窃窃私语。

我则停下脚步，含羞地向他挥手。然而他既没有把脸转向我，更没有看我一眼。我已讨厌他，恨起他来了。

我缩成一团，自感寒冷无比，仿佛身处暴风雪之中，周身战栗不止。

那天夜里，我梦见了耶稣，事后，侍女说我睡觉时大喊大叫，在床上翻来滚去，平静不下来。

我透过窗子看见耶稣是在八月。当时，他坐在我的花园对面的柏树荫下。他一动不动，如同石雕，活似安塔基亚或其他北部城市中的塑像。

我的埃及女奴走来对我说："这个人是第二次出现在这里了。他就坐在你的花园的对面。"

我望着他，只觉心荡神驰，神魂颠倒……他是位美男子。

他的躯体独特；在我看来，他身体的各个部位相亲相爱，相互依恋。

我穿起一件大马士革绸衫，离开房间，朝他走去。

吸引我朝他走去的，究竟是我的孤独感，还是他的芳馨呢？

究竟是我眼中有一种对美的渴望，还是他的美夺去了我的目光呢？

时至今日，我对此一无所知。

我穿着带有香味的衣衫和罗马元首赠送给我的金鞋向他走去……当我走到他的身边时，我说："早上好。"

他说："早安，米利暗[1]。"

他用足以穿透幔帐的目光望着我，这是他人所没有的目光。

突然间，我只觉得自己仿佛赤身裸体站在他的面前，羞涩地低下头去。

虽然他只是说："早安，米利暗。"

我对他说："你愿意到我宅院去吗？"

他说："我不是已在你的宅院了吗？"

当时，我不明白他的意思，但现在已经明白了。

我说："你乐意与我一道用点儿面包和葡萄酒吗？"

---

[1] 米利暗（Miriam），以色列利未族人，女先知，暗兰的女儿，亚伦和摩西的姐姐。摩西带领以色列人出埃及，胜利越过红海时，米利暗领着众妇女击鼓跳舞，颂扬上帝，鼓舞队伍前进。后来，摩西在旷野娶古实女子为妻，米利暗大为反对。因此，米利暗受到上帝惩罚，得了麻风病。不久，米利暗死在寻的旷野（Desert of Zin）的加低斯（Kadesh）。

他说："好的，米利暗，但不是现在。"

不是现在，不是现在，他这样说。

这两个词里，回响着大海的浪涛声……同时响着风打树枝的沙沙声。他对我说出这两个词时，生在与死谈话。

我的朋友啊，想必你知道我是个死人。因为我是个丢掉灵魂的女人。

我远离你现在所看到的"自我"而生活着。我是每一个男人的抵押物，但又不属于任何一个男人。人们把我称为妓女，把我叫作被七个魔鬼附身的女人，我是被咒骂的女人。我是被嫉妒的女人。

但是，他那黎明的双眼刚刚与我的目光相遇，我的夜空星斗便隐翳了。我变成了米利暗……仅仅是米利暗，一个已经脱离他所生活的大地的女人，以便在新的天际寻觅自我的女人。

我再一次对他说："请到我的宅院中，与我一起用点儿面包和葡萄酒吧！"

他问："你为什么要我做客呢？"

我说："我想请你光临家宅。"

仿佛呼请他的，是我心灵中的每一块草地和每一片苍天。

他望着我，他那落在我身上的目光，就像中天丽日的光芒。他说：

"你的情人何其多啊！但真正爱你的只有我一个。

"别的男人在与你的接触中只爱自己，而我爱的才是你本人。

"别的男人在你身上看到的那种美，将比他们的年龄早衰；而我在你身上看到的那种美，永不凋零，永不消隐。

“当你到了人生秋季之时，这种美将自照镜子，毫无惶恐，毫无悲伤。

“唯独我爱你内在之美，那是别人看不见的美。”

之后，他又低声说：

“你现在就走开吧！假若这棵柏树是你的，你又不乐意让我坐在树荫下的话，那么，我现在就走。”

我高声呼喊他，说：“先生啊，到我宅院里来吧！我这里有香，将为你焚燃，让宅中角角落落香气扑鼻。我这里有银盆供你洗脚。你是异乡客；但在我们这里，你不是陌生人。我恳请你光临寒舍。”

他站起身来，压低目光，望着田地，微笑着，又说：

“男人们与你接触爱的是他们自己，而我爱的才是你本人。”

他抬脚走了，渐而远去。

我从未见过像他那样走路。

莫非那是起自我的花园，吹向东方的一阵微风？

还是撼动万物之根的狂飙？

我不知道。

我只知道一件事，那就是：那天，隐藏在我内心深处的怨恨之火，伴随着他双目中的夕阳光而熄灭了。我变成了一个女人，我变成了米利暗——麦吉代里耶的米利暗。

希腊药剂师腓利门[1]

大医师耶稣

拿撒勒的耶稣是他的民族的大医师。

对于人体及其要素、性能的认识，他比任何人都了解得深广。

多少患说不清道不明的疾病的希腊人和埃及人，都经过他的医治而痊愈了。人们说："他能起死回生。"不论这种说法正确与否，却道出了他的巨大成功的秘密，因为只有卓有成就的人，才配得到这般美名。

据说，耶稣访问过印度和两河流域的国家，那里的祭司们曾把他们所知道的关于人体的奥秘传授给他。也许耶稣所获得的知识源于神而非源自祭司们。为数代人所一直不了解的知识，耶稣在片刻之间便领悟了。也许阿波罗[2]把手按在蒙昧者的心上，赋予耶稣以智慧。

天门总是向忒伊拜人和苏尔人洞开着。对于这个拿撒勒人，原来紧闭着的门也总只洞开着。当他进入灵魂的庙宇——躯体——时，便知晓恶魔们在聚而损坏我们的肌体，阻碍其成长，同时知晓善

---

[1] 腓利门（Philemon），歌罗西富翁，基督教信徒，家里设有教会。使徒保罗给他写信，赞扬他的爱心，肯定他为教会做出的贡献。同时，保罗也劝他要宽恕曾有过失的奴隶阿尼西母，重新接纳对方，不再将其当作奴隶，而要将其当作教友。

[2] 阿波罗，希腊神话中的太阳神。

灵们在织补我们的肌体。

我以为他是用推动力和反抗力使病人痊愈的，但他并未将他的经验告诉我们的哲学家。

他用冰露般的抚摩突袭热病，高烧便退了。

他用他那特有的镇静突袭僵硬的四肢，僵硬便屈从了他，人走向健康。

他感触到枯矮树皮里的生命之液面临衰竭，但他是怎样用手指触到的，我对此一无所知。

他知道铁锈下藏着好钢，但如何去掉宝剑上的锈，使其重新放光，谁也说不出来。

* * *

有时，我依稀猜想耶稣听到太阳照耀下的万物诉说体内病痛。于是他走去将之扶起来，还之以新生，不仅仅凭自己的医道，而且引导其知道自身的力量所在，以便使其从跌倒站起，渐而康复。

耶稣是位医师，但不大关心医事。使他全神贯注的是他那块土地上的宗教和政治事务。

这使我感到很惋惜，我们首先应该关心的是体魄健全。

但是我们看到，这些叙利亚人生病时，他们关心争辩胜于他们求医问药。

可惜得很，我们发现他们的大医师宁肯做市场上的一位演说家，而不关心医治心灵之病。

被称为彼得的西门

当他兄弟俩[1]被召唤跟从耶稣时

我第一次见到耶稣基督是在加利利湖边。

我和我的兄弟安得烈一起，正在向水里撒网。

当时浪涛很大，我们的网只打到一点点鱼。我们俩忧心忡忡。

突然间，耶稣出现在我们面前，仿佛他是原地现身，因为我们不曾看到他向我们走来。

他呼唤了我俩的名字，说："跟我来吧！我把你俩带到一个鱼儿成群的水湾去。"

我刚一看到他的面容，渔网便脱手落在了水里。我认识了他，心中燃烧起热爱的火焰。

我的兄弟安得烈望着他，说："我们对这湖边的每一处水湾都很熟悉。此外，我们还知道，像这样的大风天，鱼儿都会躲藏到我们的网所伸不到的深水中。"

耶稣回答他："就请随我到更大的海边去吧！我将让你俩网罗上鱼来，你俩的网是不会空撒的。"

---

[1] 指彼得、安得烈兄弟俩。安得烈是加利利的渔民，原为施洗的约翰的门徒，后按约翰的指示，跟从耶稣，成为耶稣的十二使徒之一。

我们丢下船和网，跟着他走去。

我发现我被他的身影上一种无形的力量吸引而去。

我屏着呼吸走在他的身旁，心中充满惊异。我的兄弟安得烈跟在我们身后，亦惊愕不已。

我们正在沙滩上走着，忍不住地对他说："我的先生，我和我的兄弟将紧跟你的脚步，你走到哪里，我们就跟你到哪里。你若能在今夜光临寒舍，那将是我们的幸福和吉祥。我们的茅舍既不宽大，也不高，而且只有家常便饭相待，但只要你光临，在我们看来，茅舍也便成了宫殿；倘若你能与我们共餐面饼，就连世上的君王也会嫉妒我们与你在一起。"

耶稣说："好的，我今夜就去你们家做客。"

我满心欣喜，跟着他默不作声地向我家走去。

当我们站在门槛上时，耶稣说："愿这房舍平安，愿居者平安。"

之后，他走进房间，我们随之而进。

我的妻子、岳母和女儿迎接他，赞美他，向他叩拜，亲吻他的袖边。

她们眼见被主所选、为主所爱的耶稣光临，惊喜不已，张口结舌。她们曾在约旦河边见过耶稣，那是在施洗的约翰[1]当着人们宣告

[1] 施洗的约翰，犹太祭司撒迦利亚的儿子，出生八天行割礼，成人后，四处传道，并在约旦河一带给人施洗，耶稣就专门来到这里接受过他的施洗。他因指责希律王淫乱，被关进监狱。希律王见他在群众中威望很高，不敢杀他。后来希律王做生日设宴，希罗底的女儿跳舞祝贺，希律王高兴，答应满足她的任何要求。她就按母亲所嘱，要约翰的人头，结果约翰被斩。

耶稣的身份的时候。

我的妻子和岳母立即动手准备晚饭。

我的兄弟安得烈是个腼腆的人，然而他对耶稣的信仰比我更深。

我那仅仅十二岁的女儿，站在他的面前，紧紧抓着他的衣角，仿佛生怕他离开我们，回到夜幕中去。她就像迷途的羊羔，刚刚回到牧人身旁，紧紧依偎，须臾不离。

我们围桌坐下。他伸手把面饼掰开，倒上葡萄酒，望着我们说：“朋友，就像上帝赐予我们这份食物一样，请惠我以共享此餐。”

他按照将贵客当作主人的古训，伸手掰面饼之前说了这番话。

我们与他一起围桌而坐，自感就像身临伟大君王的盛宴。

我那尚且稚嫩的女儿比特妮拉凝视着他的面孔，留意着他双手的动作。我发现一片泪云遮住了她的双眼。

他离开餐桌，我们随之走去，在葡萄架下围着他而坐。

他对我们谈话，我们侧耳聆听。我们的心似鸟儿在胸间拍翅鼓翼。他谈到复活，谈到天门开启，谈到天使下凡为全人类送来和平和欢乐，又带着人类对天主的思念与敬慕回返天宫御座前。

他注视着我的双眼，他的目光足以穿透我的心底。他说：

“我选定了你，也选定了你的兄弟。你俩要跟我同行。你俩劳作不止，十分辛苦，现在我要让你们休息。你俩架起我的轭，要学我的样子，因为我心存平静。你俩的灵魂将得到宽舒和安详，如同返回故乡。”

他说这些话时，我和我的兄弟在他面前站立起来。我对他说：

"先生，我们将跟随你奔走天涯海角。我将甘心情愿与你一道负重，哪怕重荷如山。倘若我们倒在路旁，我们将知道我们是倒在通天的路上……我们将心满意足。"

我的兄弟安得烈说："主啊，我们愿成为你织机上的线。你若有意，就请你把我们织成衣；我们甘愿做至圣者衣上的一块布。"

我妻子仰望着他，但见她的面颊上淌着泪水。她高兴地说："以圣主之名来访的贵客，为你祝福。我为孕育你的肚腹祝福，为哺育你的乳房祝福。"

我那仅满十二岁的女儿坐在他的脚旁，紧紧依偎着他。我的岳母坐在门旁，一言不发，一直在默默地哭，泪水浸湿了披头。

这时，耶稣走近她，捧起她的脸，让她面朝自己，说："你是这所有人的母亲。你流的是喜泪，你的泪水将永远留在我的记忆中。"

古时的明月已升在天边。耶稣望望明月，又把目光转向我们，说：

"时辰不早了。你们上床睡觉吧，愿上帝让你们做个好梦。我将在这葡萄架下待到黎明。我今天撒网，网罗到两个，我对此心满意足。现在，我该向你们道晚安了。"

我岳母说："可是，我们已在家中为你安排好床铺，我求你进屋歇息吧！"

耶稣回答道："凭主起誓，我确实要休息，但不在这堂荫之下。就让我在这葡萄和星斗编制成的棚舍下度过今夜吧！"

我岳母快步走去想取褥子、枕头和被单，耶稣微笑着，说：

“你瞧呀！我就躺在这铺上了双层的卧单上。”

这时，我们才离开他，进了房间。我的女儿最后进屋，而她的目光一直在他的身上，直到我把房门关起。

我是这样第一次认识圣主的。

虽此事已过多年，但旧景时时复现眼前，就像发生在昨天。

大祭司该亚法[1]

关于耶稣正法

当我们谈论耶稣其人及其死因时，我们不应该忽视两个事实：必须保证讨拉[2]不受侵犯，这个王国必受罗马保护。

由此看来，此人是敌视我们和罗马的。

他搅乱了普通百姓的头脑，用魔术师的伎俩诱使他们抗拒我们和恺撒，我的男仆女婢听了他在市场上对他们发表的演说，便变得桀骜不驯，仇视反抗。

自打此人出现之后，我的部分家奴已出走，逃到荒漠、旷野去了——他们原先就是从那里出来的。

我们不能忘记，讨拉是我们的根基，也是我们要珍视和加强的堡垒。只要我们用这种力量控制人们的手和脚，就没有人能够战胜我们；只要耶路撒冷的古老城墙牢牢耸立在大卫留下的坚石上，也便没有人能够征服我们。

---

❶ 该亚法（Caiaphas），犹太人，犹太大祭司亚那的女婿。后来，该亚法当上了大祭司，成为杀害耶稣的元凶。公审耶稣时，该亚法作为犹太公会的当权者，煽动群众迫使总督彼拉多下令，将无罪的耶稣钉死在十字架上。

❷ 讨拉，系 Torah 之音译，指《旧约》书卷首的五书，即摩西五经，亦称摩西律法。

如果亚伯拉罕❶的种子注定要真的成活、结果，那么，这块土地将永远洁净无污。

耶稣此人系玷污者和腐败者。我们处死他完全对得起我们无可置疑的良心。那些敢于蔑视、诋毁摩西律法，并试图亵渎我们的神圣遗产的人，我们定将他们统统处死。

我们和彼拉多❷都深知此人是潜在危险，送他一死乃是英明举措。

我们将使他的追随者与之同归，让他的声音永远消隐。

要想使犹迪亚❸存在下去，就必须使反对者化为尘埃。

犹迪亚灭亡之前，我要像先知撒母耳❹那样，把灰撒在我那苍白的头上，脱去身上那件亚伦❺传下来的外套，穿上麻衣❻，直至死神降临。

---

❶ 亚伯拉罕（Abraham），希伯来人，挪亚长子闪的后代，他拉的儿子，哈兰的哥哥。他原名亚伯兰，在他九十九岁时，上帝向他显现并对他说："我必使你的后裔极其繁多，国度从你而立，君王从你而出。"上帝命他将亚伯兰之名改为亚伯拉罕，意为"多国之父"。他的子孙众多。上帝为了考验他，要他杀爱子以撒献祭。他捆起爱子，正要举刀砍时，上帝派天使拦住了他，让他以一只公羊来代替儿子作祭品。

❷ 彼拉多（Pilate），即本丢·彼拉多，罗马人，公元 1 世纪被罗马帝国委任为驻犹太等地总督。他审问耶稣时，原想释放无罪的耶稣，后却同意犹太公会的要求，把耶稣钉死在十字架上。

❸ 犹迪亚，古巴勒斯坦的南部地区。

❹ 撒母耳（Samul），以色列以法莲族人（一说米利人），以色列著名的先知和世师。

❺ 亚伦（Aron），以色列米利人，犹太教第一任大祭司，暗兰的长子，摩西的哥哥。

❻ 按古代以色列民族习惯，亲朋好友过世，人们都要举行哀悼活动，包括哀哭、守丧、禁食。有的人还撕裂衣服，穿麻衣，往头上撒灰尘。

希律[1]王管家之妻约亚拿

关于孩子

耶稣未曾结婚，但他是妇女之友，他了解妇女，就像女性之间相互了解那样。

他出自信任和理解喜欢孩子，而孩子也应该得到这样的喜爱。

他的目光里，既有作为父亲的目光，也有作为兄弟和儿子的目光。

他也许会把一个孩子抱在膝上，说："你的力量和你的自由像这样来，你的精神王国也像这样来。"

人们说耶稣不把摩西律法放在心上，他对耶路撒冷城里及周围城区里的娼妇过分宽容。

当时，我也被认为是一淫妇，因为我所爱的男人不是我的丈夫；我的丈夫是一个（既不信从安息日又不信从末日的）撒都该[2]。

有一天，我正与我的情夫幽会，一伙撒都该突然闯入我的家，将我牢牢抓住，而我的情夫却将我撇下，自己溜之大吉了。

---

[1] 希律（Herod），又称大希律，是罗马帝国统治时期第一任犹太国王。他为了除灭降生于伯利恒的耶稣，下令屠杀伯利恒城内两岁以下的男孩。

[2] 撒都该是古代犹太教的一个派别，由有钱有势的祭司组成。他们只承认犹太教的旧传统，不信死人复活。有一次，在复活问题上，撒都该和耶稣辩论起来。

他们将我带到耶稣宣教的市场。

他们之所以把我带到他面前，目的在于试探并陷害他。

但是，耶稣并未判我罪，反而羞辱了那些试图羞辱我的人，而且还狠狠责斥了他们一顿。

之后，耶稣让我走了。

自那之后，人间一切乏味水果在我的嘴里都变得甜滋滋的，而那些无香之花也变得芳馨四溢、扑鼻而来。我变成了一个自由自在的女人，完全挣脱了可耻记忆，再不因羞怯而垂头丧气。

迦拿[1]新娘

拉芙卡

我正在母亲的花园里修剪玫瑰时，他在我家门前站住。

他说："我口渴了，你能给我一口井水喝吗？"

我跑去拿了银杯，倒满水，再滴入些许茉莉花露。

他一饮而尽，很是高兴。

他注视着我的眼睛，说道："我要为你祈福。"

他的话一出口，我便感到似乎有一阵风吹入我的体内。登时，我既不害怕，也不害羞了。

我对他说："先生，我已同加利利的一个迦拿青年订了婚。下周的第四天就要结婚。请你莅临婚礼赏光，好吗？"

他回答说："我的孩子，我一定来。"

请留意，他称呼我"我的孩子"，然而他不过是个小青年，我则快满二十岁了。

之后，他便起身上路了。我在花园门口站着，直到母亲叫我回房间。

---

[1] 迦拿，巴勒斯坦北部的一座古城。《新约》中记载，耶稣在该城的一个喜筵上，显示了把水变成酒的神迹。

下周的第四天，他们把我接到新郎家，举行婚礼。

耶稣来了，陪伴着他来的还有他的母亲和弟弟雅各[1]。

他们与我们的宾客们一起围婚礼喜筵而坐，我的女伴们唱起所罗门王的婚礼曲。耶稣边吃着我们的菜，喝着我们的葡萄酒，边向着我及他人微笑。

耶稣留心倾听每一首歌：情郎哥把情妹领过自己的帐篷；年轻的葡萄园丁爱上主人的千金小姐，并将她带回他的母亲家中；王子遇讨饭姑娘，将之带回父王宫中，给她戴上王冠。

仿佛他还听到其他歌曲，而我是听不到的。

夕阳西下之时，新郎的父亲走到耶稣的母亲面前，低声对她说："我们的酒已告罄，而白天尚未过去……"

耶稣听到那低语，说道："上酒人知道还有酒呢！"

他说得果然不错，宾客只管留在那里，好酒足以供饮者尽兴畅饮。

片刻后，耶稣开始向我们侃侃而谈。他讲到大地和高山上的种种奇观，讲到夜幕降临之时天上盛开的百花，又讲到繁星隐翳在白昼的灿烂之中时闪闪放光的大地之花。

他给我们讲故事和寓言，他的声音神奇，令我们陶醉，仿佛身落

---

[1] 雅各（Jacob），以色列国王大卫的后代，约瑟和马利亚所生长子，约西、西门和犹大的嫡系哥哥，耶稣名义上的弟弟。起初，雅各对耶稣传道活动很不理解，耶稣死而复活后，雅各却积极参加传道活动，并成为基督教会主要负责人，还写了《圣经》中的《雅各书》。他在耶路撒冷的基督徒中很受人尊重，因拒绝谴责耶稣而遭到攻击，受大祭司煽动蛊惑的犹太人最终用棍棒和石头将他打死。

幻梦之中，使我们完全忘记了喜筵上的美酒佳肴。

我听他讲话，仿佛进入了一个遥远而陌生的天地。

过了一会儿，有位客人对新郎的父亲说：“你把最好的酒留到喜筵即将结束之时，别家主人是不会作如此安排的。”

大家都相信耶稣显了神迹，而且相信他们将在喜筵结束之时，能够喝到更多的比婚礼开始时更加好的葡萄酒。

我也认为正是耶稣使葡萄酒源源而来，但我并不觉得惊异，因为我从他的话语里已经听到他们说：“拿撒勒人耶稣的精神是至美至醇的葡萄酒。”

大马士革的波斯哲人

谈古今神灵

我不能预言此人的命运，也无从谈他的门生们的未来。

苹果核里的一粒种子，都是一座看不见的果园。这粒种子若落到一块顽石上，那就长不出任何东西。

然而我要说，以色列的古神是冷酷无情的。

以色列人理应需要另外一个神：一个慈悲、宽容的神，一个满怀怜悯之情俯瞰他们的温柔之神，一个随着阳光下凡，沿着通往他们目的地的神，而不是永远高踞审判台称量他们的错误与过失的神。

以色列人应该崇拜这样的神：他既不记仇又无嫉妒之心；他只记起他们的稍许缺点；他不会使自己的仇恨殃及他们的第三、四代人。

叙利亚人和世界各地的人何其相似：他总会对着自己的思想与理智的镜子照，那里正是他的崇拜神灵所在；他总是按照自己喜好描绘神，顶礼膜拜那反映自身形象的神灵。

其实，人总是在祈祷自己那深藏心底的希冀，期待它升腾，满足他的全部愿望。

在人的心灵之外，再没有深渊。心灵就是呼唤自我的深渊；除此，别无声音在说话，也没有别的耳朵在倾听。

我们在波斯，常在太阳的圆盘里看我们自己的脸面，我们的体躯则在我们点燃的圣殿火舌上舞蹈翩跹[1]。

这样看来，被耶稣视作“父”的神灵，在他的门徒眼里并不陌生，定能实现他们的愿望。

埃及诸神灵抛开压在他们肩上的石头重担，逃往努比亚[2]沙漠，自由自在地生活在那些尚未开化的人们当中。

希腊、罗马的众神灵，正随夕阳西下而沉没。他们太像人了，故而不能使人的灵魂醉酣。

至于在他们的魔法中诞生的丛林，则早就被雅典和亚历山大哲学家的斧头砍倒了。

而在这个国度里，高高的神坛也都被贝鲁特的律师和安提阿的年轻修道士夷为平地了。

除了老妇人和体弱的男子，谁也不去寻找先人的神殿；只有精疲力竭的人，才会在路的尽头回望路的起点。

但是耶稣，这个拿撒勒人，他所谈论的神，因其博大而与所有人之灵魂相仿，因其全知而不屑于惩罚人，因其泛爱而不记人之罪过。

这个拿撒勒人的神将跨越门槛去会见天下所有的孩子，坐在他们的炉火旁，在四壁之内为他们祝福，为他们照亮前进的道路。

但是，我所信奉的神是琐罗亚斯德[3]所信奉的神。我崇拜天上的太阳和地上的火焰以及人们胸中的光。我已感到心满意足，无需别的神灵。

---

❶ 此处指信奉拜火教的古代波斯人所举行的礼拜仪式。

❷ 努比亚，指今埃及南部与苏丹北部一带。

❸ 琐罗亚斯德（Zarathustra），古代波斯祆教（拜火教）的创始人。

耶稣的门徒大卫

谈务实的耶稣

直至他离开我们，未见到他再出现在我们中间，我才理会了他的讲演和寓言的内涵。

是的，直到他的言词化为活生生的形象展现在我的眼前，并且化为体躯行走在日间的生活行列之中时，我才明白了那些含义。

听我给你谈谈此事：一天夜里，我正坐在家中仔细沉思、回忆他的言和行，以期集为一书，不料突然有三个盗贼闯进我家。

我因为正在深思之中，既没有想提起宝剑与他们对仗，也没有喝问他们一声："你们来这里要干什么？"虽然我知道他们是来劫取我的东西的。

我照旧书写我那关于主的回忆录。

三个盗贼走去，我才想起耶稣那句话："贼来偷你的这件衣服，你把你的另一件衣服也让他拿去。"

我已经明白了。

当我坐着记录耶稣的言论时，没有人能够使我搁下笔来，哪怕盗贼来把我的所有财物卷走。

虽则我既要保护我自己，又要保卫我的财物，但我更晓得我那更大的珍宝所在。

路加[1]

耶稣论伪君子

耶稣鄙视、轻蔑伪君子。他愤怒起来，就像暴风一样鞭笞他们。他的声音如同惊雷，令伪君子闻之丧胆。

他们因恐惧而密谋杀害耶稣。

他们就像居于黑暗洞穴的鼹鼠，竭力在耶稣的脚下挖陷坑，但他们未能使耶稣中他们的诡计。

耶稣嘲笑他们，因为他完全明白：圣灵将保护他免受他们的坑害，使他绝不会落入他们编制的圈套。

他从手中的镜子里，看到有行动懒散的人，有脚步沉重的瘸子，还有的步履蹒跚，因疲惫倒在崎岖山路上，而他们都尚未到达顶峰。

他同情这些人，他多么想托他们一把，让他们与自己等高，多么想替他们负重，甚至让他们那柔弱身躯汲取他的力量。

他对撒谎者、偷盗者或谋杀者并不严加责斥，而是把盛怒完全撒在那种戴着假面具和手套的伪君子身上。

我时常沉思，他那颗心，为什么对来自荒原旷野，到他的圣殿寻

---

[1] 路加（Luke），原为医生，后来受到使徒保罗的影响，信奉基督教，随保罗外出传道。《圣经》中的《路加福音》《使徒行传》二书为他所作。

求平安的人们，他一律包容，而对那些伪君子却总是心扉紧闭呢？

有一天，我们与他一起在石榴园里休息。我对他说：“主啊，你宽容、安慰罪人和那些体弱、志衰之辈，却唯独不宽恕伪君子们！”

他对我说：“你把罪人称为体弱、志衰之辈，说得恰如其分，一语中的。我的确宽恕他们体躯薄弱、意志衰萎。他们因从先人那里继承下来的罪恶，或受邻居的贪婪之心浸染而跌入错过之中。

“但是，我不能宽容伪君子。因为他总是把轭套在诚直、温顺者的脖子上。

“被你称为体弱的罪人，就像从巢里跌落下来、羽毛未生的雏鸟，而伪君子则是伏候在岩石上等待捕食猎物的兀鹰。

“那些弱者是荒漠中的迷路人；而伪君子则没有迷路，他们知道往哪里走，但他们在风沙中嬉戏、狞笑。

“因此，我不能接纳他们。”

我的主这样说，当时我不理解。现在，我完全理解了。

之后，这里的伪君子们联手捉拿他，审判他。他们这样做，自以为完全正确。因为他们在古犹太最高会议上征引摩西律法，并制造了人证和物证来控告他。

他们这些人每日伴着太阳东升玩弄法律，又随着日落西山再次玩弄法律，正是他们把耶稣带走杀害了。

马太[1]

耶稣山顶论道

在一个收获的日子，耶稣邀我们和他的朋友们到山上去。大地馨香浓郁，活像婚礼上的公主，佩戴着所有的珠宝；青天亦着意一番打扮，就像公主的新郎。

当我们到达山顶时，耶稣静静地站在桂花树丛中，说道：

“我们就在这里休息一下吧！不要烦你们的心，让它平静下来，调好心弦，留意聆听。因为我有好些话要对你们讲。”

于是，我们坐在草地上，四周布满盛开的各种夏日繁花。耶稣坐在我们当中，开始说道：

“为那些宁静淡泊的人们祝福。

“为那些正为钱财所累的人们祝福，因为只有他们才能享受充分自由。

“为那些牢记痛苦，并在痛苦中等待欢乐降临的人们祝福。

“为那些如饥似渴追求真与美的人们祝福。因为他们吃的面包源于他们的饥饿，他们喝的甜水源于他们的干渴。

---

[1] 马太，又名利米，犹太人，亚勒腓的儿子，原为罗马政府向犹太收税的官员。被耶稣选召后，他成为耶稣的十二使徒之一。相传，《圣经》中的《马太福音》一书为他所作。

“为那些慷慨、厚道的人们祝福，因为慷慨和厚道给他们带来最好的慰藉和最大的快乐。

“为那些心地纯洁的人们祝福，因为他们绝不会远离上帝。

“为那些慈善的人们祝福，因为慈善也将成为他们所得的一部分。

“为那些缔造和平的人们祝福，因为他们的精神将超越争端，将把战场变成锦绣花园。

“为那些被追求的人们祝福，因为他们将变得脚步轻快，展翅高飞。

“难道你们不感到欢欣喜悦？你们发现天国已近在咫尺。

“在你们之前，歌唱天国的人们曾受到折磨和压迫，而你们也将遭受同样的折磨和压迫，但你们可从中得到恩惠和报酬。

“你们是大地上的盐，倘若盐失去了自己的咸味，人们赖以生存的食物也便失去了香甜。

“你们是照亮万物的光，莫把这光放在升或斗里，而要把它放在山顶之上，为那些寻求上帝圣殿的人们照亮道路。

“你们不要猜疑我是废除文士及法利赛人的法律的。因为我与你们在一起的日子是有限的，我的话也不多了，我要在几个时辰里完成另一法律，揭示一种新约。

“有人对你们说，你们不要杀人！但我要对你们说，你们不要无端发怒！

“你们的先知曾嘱咐你们，要把牛、羊和家禽带到圣殿，放在祭台上宰杀，以便让神闻到脂肪的香味，使其喜欢你们，宽谅你们的过错。

“但是，我要对你们说：难道你们想把本来属于上帝的东西献给上帝？难道你们想安抚宝座前身临无限旷野、双臂环抱苍穹的上帝？

“你们在寻觅圣殿之前，要到你们的兄弟那里去，与他们和睦相处，并向邻居慷慨施予。因为在那些人的灵魂中，上帝建造了毁灭不掉的圣殿；在那些人的心目中，上帝已筑就了永不坍塌的祭台。

“有人曾对你们说：要以眼还眼，以牙还牙。但是，我要对你们说：你们不要抗恶，因为抗是恶的营养物，久抗会使恶强而壮之，亦使之兴奋、聪慧。

“只有弱者才思报仇雪恨。心灵上的强者总是以宽待宽，而受损者宽恕他人恰是莫大荣光。

“只有硕果累累的树，我们才摇而晃之，或者以石投击，期待果子落下而食之。

“你们不要忧虑明天，而要关注今日。因为今天展现在你们面前的奇迹也很可观了。

“当你施舍时，你不要为自己想得太多，而要思考施舍的急切和必要。因为施舍者将从圣父那里得到报偿，而且所得要比施舍多出数倍。

“你就按照每个人的需要施予吧！圣父不向干渴者送盐，不把石头给饿汉，也不会给断奶者送奶。

“不要把神圣之物丢给狗，也不要把你的珍珠放在猪行的路上。因为你用这样的礼品嘲弄它，它也会嘲弄你的礼品，而且它会因为仇恨而生出毁灭你的意念。

“你们不要为自己积存易腐易损的珍宝，因为那有可能成为盗贼的偷劫之物；而要贮藏既不腐损，又不被盗的珍宝，因为那种珍宝会因观赏目光的差异而更加精美可爱。

“那种珍宝在哪里，你的心也便在哪里。

“有人对你们说：对杀人犯，必以刀剑处之；对盗贼，必以绞刑处之；对娼妇，必以乱石击死。但是，我要对你们说：杀人犯、盗贼和娼妇的罪行与你们不是没有关系的；当你们处置了他们的肉体时，你们的灵魂也将暗淡无光。

“其实，世间的任何一项罪恶，都不是单由男子或单由女子造成的。世上的一切罪行，都是人们共同犯下的。也许受到惩处者会砸碎套着你们手腕的锁链的一环。

“也许他会以自己所遭受的巨大痛苦换来你们所感触到的瞬间的欢乐。”

耶稣这样宣讲时，我真想跪在他面前，向他顶礼膜拜，然而因为害羞没有行动，也未吐出一句话。

耶稣讲完，我才开口说话。我说：“我很想即时祈祷，但我的舌头沉重，那就请你教我怎样祈祷吧！”

耶稣说：“当你想祈祷时，就让你的渴望向你口授言词。现在，我的渴望向我口授道：

世界之主，天地之主，

你的名字多神圣！

你的意愿在人间化为现实，

就像在天国一样。

请赐予我们足够白日享用的面包。

用你的慈悲胸怀宽恕我们，

给我们以力量，

让我们彼此容谅。

把我们引向你的正道，

黑暗中向我们伸出手来。

天国属于你，

只有依靠你的力量，

我们才能如愿以偿。

夜幕降临，耶稣走下山去，我们紧跟走去。

我边跟在他的身后，边重复着他的祈祷词。他所说的，我完全记得。因为我知道，那天他的祈祷词就像冰雹一样落在我们的头上，一定会变得坚如水晶石；在我们头上拍击的翅膀，定会像铁蹄一样捣击大地。

西庇太之子约翰[1]

耶稣的各种名字

你们一定发现我们当中有的人称耶稣为基督，另一些人称之为道[2]，还有人称之为拿撒勒人，也有人称之为人之子。

我将借赐予我的光，对这些名字作诠释。

基督乃是古代救世主的名字；基督是上帝寓人魂中的一束光，又是降予我们的生命的气息，继而又为它营造肉体，如同我们的肉体，以便让生命气息居住其中。

基督是上帝的意志和愿望。

基督是太初之道，想行动在我们的声音里，生活在我们的耳际中，但期我们留意之，理会之。

上帝之道为自己营造了骨肉之躯，成了如同你和我这样的人。

我们听不到无形之风的歌声，看不到雾霭中的“大我”。

---

[1] 约翰，耶稣的十二使徒之一。他是渔夫西庇太的儿子，家住加利利湖边。一天，他和哥哥雅各在船上补渔网，被耶稣召唤，跟从了耶稣，后来成为耶稣喜欢的门徒。耶稣死后，他不畏艰险，宣传福音，创办基督教会。相传，《圣经》中的《约翰福音》《约翰一书》《约翰二书》《约翰三书》和《启示录》，都为他所作。

[2] 因《新约·约翰福音》中有“太初有道，道与上帝同在，道就是上帝”，故采用“道”这个译法。

基督到这个世界上来过多次，周游过许多地方。他每次来，都被世人视为异乡客，认为他是患疯病者。

但是，基督的声音从未消失，人们在不留意之中将他的话语保留在了记忆里。

这就是深邃而高远的基督，与人们一道走向永恒。

在印度的路口，在祆教盛行的国度，在埃及的沙漠上，你没有听人们谈起他吗？

在这里，在你们的北国里，古诗人们歌唱盗神火的普罗米修斯[1]：他是人们实现了的愿望，又是挣脱牢笼的希冀。古诗人们还歌唱奥菲斯[2]：他带来歌声和七弦琴，足以慰藉兽与人的心灵。

难道你没有听说过密特拉[3]王和波斯先知琐罗亚斯德？他们从古人的梦中醒来，站在我们的梦床边。

我们每一千年在幽冥的殿堂相会一次，我们也将变成头抹香膏的人[4]。

到那时，将有一个骨肉之躯的人向我们走来……我们的沉默将化为歌声。

尽管如此，我们却充耳不闻，视而不见。

拿撒勒人耶稣像我们一样出生、成长。他的父母也与我们的父

---

❶ 普罗米修斯（Prometheus），希腊宗教中的提坦之一，是善用诈术的神和火神，他的名字意为“先知”。

❷ 奥菲斯（Orpheus），希腊神话里的琴师，其琴声可感动禽兽木石。

❸ 密特拉（Mithras），古波斯崇拜的光明之神。

❹ 头抹香膏是古犹太人的一种风俗。

母一样，耶稣是人。

至于基督，太初之道，想让我们过完美生活的生灵，则已来到耶稣身边，与他合为一体。

生灵乃上帝之巧手，耶稣是七弦琴。

生灵是诗歌，耶稣则是抑扬顿挫的音韵。

拿撒勒人耶稣是基督的主人和喉舌。

他与我们一道行进在阳光下，称我们为他的朋友。

那些日子里，加利利山上和谷中，只能听见耶稣的声音。那时，我是一个青年，一直在他的后面，紧跟着他的脚步走。

我紧跟着他，从加利利人耶稣双唇间聆听基督的声音。也许你们现在已经知道，我们当中的一些人为什么称他为人之子。

他也喜欢人们称呼他这个名字，因他深知人的饥渴，亲眼看见人在寻求自己的“大自我”。

人之子就是大慈大悲的基督，希望他自己属于我们大家的。

拿撒勒人耶稣把兄弟们带往基督那里，带往太初之道。加利利人耶稣居于我的心中。他是最完美的人，他是使我们大家都变成诗人的诗圣。他是圣灵，叩击我们的门，但期唤醒我们，让我们起来，赤身裸体、不受任何羁绊、没有任何负担地迎接真理。

迦百农的年轻祭司

谈魔术师耶稣

他是个道地的魔术师。

他用妖术和魔法欺骗头脑简单的人。他拿先知之道和先人圣德耍把戏。

是的，他甚至要死者为他做证，让无声的坟墓作他的预言者和支持者。

他常到耶路撒冷及附近村庄里的妇女们中间去，用蜘蛛捉拿苍蝇的伎俩，使她们落入自己的网中。

女人柔弱且智慧短缺，她们常跟从以温言柔语安慰她们的男人。若没有那些意志薄弱，又被他那丑恶灵魂左右的女人，那么，他的名字也早就从男子们的记忆中消失了。

追随他的男子又是些什么人呢？

他们都是被蔑视的戴着奴隶枷锁的牧民。他们愚昧而胆怯，不敢反抗他们的合法主人。

但是，耶稣把他描述的海市蜃楼式的王国的高位许给他们，于是他们便像陶泥屈从于陶工之手那样依从了他。

难道你不晓得，奴隶在梦中也想变成主人，懦夫也想成为雄狮吗？

这个拿撒勒人是个魔法师和骗子。他能宽恕一切罪犯的罪行，为的是从他们的龉龃口中听到赞美声。他安慰处于绝望中的苦涩之心，以便让他们侧耳聆听他的宣教声，服从他的命令。

他破坏安息日❶的规程，以便赢得没有宗教信仰者的支持。他诋毁大祭司们的见解，以便取得犹太人公会的信任，并借此提高自己的知名度。

我常说：我憎恨这个人。

是的，我憎恨他甚至超过憎恨统治我们国家的罗马人。他来自拿撒勒，那是我们的先知诅咒的地方。一个偶像崇拜的地方，绝不会出现什么好人。

❶ 安息日是古代以色列民族的圣日。人们每周工作六天，第七天为安息日，停止一切工作，进行宗教活动。人们要用一岁的公羊和调油面向上帝献燔祭。当初，守安息日的规定很严格："凡这日之内做工的，必把他治死。"后来，耶稣在安息日给人治病，犹太教徒要控告他。耶稣说："你们中间谁有一只羊？人比羊何等贵重呢！所以，在安息日做善事是可以的。"

拿撒勒邻居，一利未富翁
谈出色木匠耶稣

耶稣是位出色的木匠。他做的门，盗贼永远打不开。他做的窗子，随时可以迎接东西方向来的风。

他用香柏木做的大箱子，不仅光亮，而且结实耐用。他制作的犁杖和长把叉，不但坚固，而且用起来得心应手。

他用金色的桑木，为我们的犹太教教堂雕刻就读经书的圣台。在放置经书的两根支柱的边上，他雕刻了展开的翅膀；而在支柱的下面，他雕刻了公牛、鸽子和明眼羚羊的头像。

所有这一切，他都是照迦勒底和希腊风格制作的。

但是，在雕刻的细部，既非迦勒底式，也不是希腊式，可言独具风貌。

就拿我的房舍来说吧！那是三十年前，经许多匠人之手建造的。当时，我从加利利所有城镇中物色瓦匠和木匠，那些匠人各身怀建筑艺技；他们的工艺水平，令我感到心满意足。

现在，就请你来看一看拿撒勒人耶稣所制作的两门一窗吧！这门窗坚实稳固，足以笑傲房舍中的其余一切。

难道你看不出这两扇门与其他门完全不同吗？

这朝东向的窗子，难道你看不出它与其余窗子大相径庭吗？

除了他做的这二门一窗，其余门窗都因年久而破损摇动；唯有他的手艺经得起岁月考验，依旧坚固挺立。

你看看这横梁，他安插得多么得当，你瞧瞧那些钉子，又怎样从板子的两边进入，将另一边牢牢钉在一起。

奇中之奇的是：这个足以顶两个人工作的雇工，却只收一个人的工钱；又正是他，如今已被以色列人尊称为先知。

假若我当时就知道那个背锯荷刨的青年人是位先知，我定会求他宣教，而不会让他做木工，并且还会付重金以赏他布道有功。

时至今日，仍有许多人在我的家中和田里做工。可是，我如何区分手拿工具做工者与假上帝之手做工的人呢？

是啊，我怎样辨认上帝之手呢？

南黎巴嫩一牧羊人

一则寓言

夏令即将过去，耶稣和另外三个人第一次在那条路上相遇。

黄昏时分，耶稣停下脚步，站在牧场的边上。

我吹着笛子，羊群在我的四周吃草。耶稣停下脚步时，我站起身来，走到他的面前。

他问我："以利亚[1]的坟墓在哪里？就在附近吗？"

我回答："就在附近，先生，在那大堆石头下面。时至今日，每个过路人都要搬一块石头，放在石头堆上面。"

他谢过我，随后离去。他的朋友也跟着他走去。

三天过后，另一个牧羊人伽马伊尔对我说："那天路过这里的那个人，他是朱迪亚的一位先知。"

但是，我不相信他的话，却一连好几个月我都在想念他。

---

[1] 以利亚，以色列著名的先知，提斯比人，寄居在基列。他针对以色列国王亚哈崇拜偶像之罪，预言基列有旱灾。后来，果然三年无雨。他曾显示许多奇迹：使一穷寡妇家里的面粉和食油永远吃不完；又使一寡妇死去的儿子复活；还招来圣火烧尽燔祭，烧干沟里的水。他因反对王后耶洗别崇拜异神偶像，招来杀身之祸，只好上何烈山避难。后来，以利亚收以利沙为门徒，让他继承先知之职。最后，以利亚乘旋风而升天。

春天到了，耶稣再次路过这个牧场，但这一次只有他一个人。

那天，我没有吹笛子，因为我丢了一只羊，心中闷闷不乐，于是向他走去，默不作声地站在他的面前。

他望着我，说：“你今天不吹笛子，眼中含着忧伤神情，原因何在？”

我回答说：“我的羊群里少了一只羊，我找遍各处，怎么也找不到，一时不知如何是好。”

他沉默片刻，然后微笑着对我说：“在这里稍等，我帮你去找。”

他转身走去，片刻身影消失在丛林之中。一个时辰过后，他带着我那只羊回来了。当他站在我面前时，那羊像我一样仰望着他的面孔。

我高兴地拥抱那只羊。

他拍着我的肩膀说：“从今天起，你爱这只羊将胜过你爱你的羊群中的任何一只羊，只因为它是失而复得的。”

我再次高兴地拥抱那只羊。那只羊靠近我，我默默无言。

可是，当我抬起头来要向耶稣道谢时，只见他已走远。我没有勇气去追赶他。

施洗的约翰

牢中与一门徒谈话

当耶稣的声音回旋在战场上时，我在这龌龊的小牢里决不保持沉默。而耶稣自由之时，我也不甘心口舌被封锁。

他们对我说，毒蛇缠住了耶稣的腰。

但是，我要回答他们，毒蛇将使耶稣的力量倍增，他将用脚踩死毒蛇。

我只不过是伴随耶稣闪电的隆隆雷声。如果我首先开口说话，那么，我讲的一定是他的道，我讲的宗旨一定是他的宗旨。

未曾警告，他们便把我逮捕了。也许他们也会抓耶稣。

但是，在他讲完道之前，他们是不会动手的。

他将征服他们……

他的战车将从他们的身上轧过，他的战马铁蹄将把他们践踏。

他将取得胜利。

他们将手持长矛和宝剑而来，而他将用精神的力量迎击他们。他的血将流淌在大地上，但他们自己也将感受那种创造和痛苦，他们将沉浸在自己的泪水里，直至他们的罪恶得以洗净。

他们的军团装备着铁的战车，向着他的城市开去。但是，在他们开往他的城市的途中，将会被淹死在约旦河里。

他的城墙和城楼将会更高，他的士兵们的盾牌将在太阳下闪出比原来更明亮的光。

他们说我与他结成集团，并且说我们的目标是鼓动人们起来造反，反抗朱迪亚国王。

我回答道：但期我用火焰代替语言，如果他们认为这充满黑暗和邪恶的地狱是一个王国，那就让他们的王国灭亡，顷刻化为废墟。就让它步苏杜姆城和阿姆拉城[1]的后尘，让这个种族在上帝记忆中消失，让这片土地化为灰烬吧！

是的。在这座监牢高墙的后面，我确实是拿撒勒人耶稣的盟友。他将率领我的军队，包括骑兵和步兵。我虽然是部队一将领，却不配为他解开他的草鞋的鞋带。

你到他那里去，把我的这些话重复一遍，并以我的名义求上帝赐予我们以安慰和祝福。

我不会在这里逗留许久。深夜里，在我两次醒来之间，我感触到缓慢的脚步正从我的躯体上踏过。当我高声呐喊时，我感到雨水已降临到我的坟墓上。

你到耶稣那里去吧！你要对他说：海杜鲁尼的约翰，原本灵魂充满幻象，之后又是一片空白。当他为自己祈祷的时候，掘墓人就站在他的身旁，刀斧手正伸手向他索取酬金。

---

[1] 苏杜姆城和阿姆拉城是《旧约·创世记》中记载的两座被上帝毁灭的古城，其毁灭原因在于城中居民罪孽深重。

亚利马太人约瑟[1]

谈耶稣的首要目的

也许你想了解一下耶稣的首要目的，我又是多么乐意把他的经验告诉你呀！然而谁也不能用手指触摸神圣葡萄树的灵魂，谁也看不到流动在树枝里的营养液。

我虽然吃过葡萄，也喝过刚榨出来的葡萄酒，但却无能力将一切告诉你。

我只能向你谈谈我所了解的耶稣。

为我们敬重、爱戴的耶稣仅仅生存的先知的三季：圣歌高唱的春天，狂热布道的夏季，殉道受难的秋令。每季均达一千年。

* * *

他那圣歌高唱的春天是在加利利度过的。在那里，把自己的拥护者团结在自己的周围，在那蓝色湖畔开始讲到天父、解放和自由。

就在加利利湖边，我们迷了路。可是，多么奇怪啊！我们的损

---

[1] 亚利马太人约瑟是犹太财主，议士，耶稣的秘密门徒。他心地善良，为人公正。耶稣被杀害后，他挺身而出，找总督彼拉多，要来耶稣的尸体，用干净细麻布裹好，安葬在原为自己准备好的盘石墓里。

失是多么少，而收获何其大呀！

在那里，天使的赞颂之声传入我们的耳际，诱使我们离开荒芜不毛之地，奔向我们心所向往的乐园。

他谈到绿色田野、青翠牧场和黎巴嫩山坡，那里盛开着雪白的百合花，而从不去注意山谷中扬尘穿行的商队。

他谈到野玫瑰在阳光中绽现微微笑容，将自己的芳香赠送给吹拂而过的惠风。

他曾经说："百合花和野玫瑰只开一天，但那是永恒的一天，她在自由中欢快度过。"

一日黄昏时分，我们正坐在小溪边时，忽听他说：

"你们看看这溪流，听听水声，那流水总是在寻找大海，虽然它在不停地寻找，但却从午间到午间都在揭示着秘密。但期你们像溪流寻找大海那样寻找你们的天主。"

* * *

之后，他狂热布道的夏季来临了。那时，他对六月的热爱也波及了我们。他只谈到别的人：一位邻居和一位路人，以及我们的童年伴侣。

他谈到从东方到埃及去的旅行者，谈到黄昏时分牵着牛回家的农夫，谈到天黑时来我们家门求宿的不速之客。

那时他说："你的邻居便是出现在你眼前，你却不认识的'自我'。他的面容就映在你那静止的水中；假若你注目凝视他，能从他的面孔上看到你自己的容貌。

“假若你在静夜里留心聆听，将能听到说话，并将从他的言词里听到你的心脏跳动的声音。

“你想让他如何对待你，你就如何对待他吧！

“这就是我的规矩。我要讲给你们听，讲给你们的子女听，要他们再讲给他们的子女听，子子孙孙传下去，直至时间告尽，人类消没。”

有一天，他对我们说：

“你不要独自寻觅自我，而要在他人的行动中去寻找。这些人，即使你并不知道，他们伴随着你的终生。

“任何一桩罪恶，都是你与他们一起造成的。

“只有你们跌倒时，他们才跌倒，同样你们站起时，他们才站起。

“他们去圣地的路，也是你们要去的路。他们寻觅荒地时，你们也要跟着他们一道寻觅。

“你们和你们的邻居只不过是播在田里的两颗种子，一道发芽成长，一起随风摇曳。你们谁也不会将田地独占。因为一颗种子生长时，什么都不求，只是在自我陶醉状态中。

“今天我和你们在一起，明天我就要去西方了。但是，在我上路之前，我要对你们说：你的邻居便是呈现在你面前的你那看不见的‘自我’。你要怀着爱心去寻找他，但期你能发现自我；只有找到了自我，才能成为我的兄弟。”

*　　*　　*

他的秋令到了，那是他的殉道受难之秋。他向我们谈论自由，就像在加利利那圣歌高唱的春季一样；不过，他今日所希望的是我们对他的言词更深刻的理解。

他向我们谈到树叶；只有在风中，才能听到树叶的歌声。

他谈到人，人就像一只杯子，值班的天使将之斟满，以便让另一个天使解渴。不管杯子满还是空，放在上帝的餐桌上，它总是晶莹透明的。

他说："你们是杯子，你们是饮料。你们喝自己，直至饮尽。或者向着我来，也可解你们的干渴。"

我们同去南方的路上，他对我们说："高高耸立在丘山上的耶路撒冷城，将坠入深深的吉罕努姆山谷；到那时，你将看见我独自站在那圣城废墟之上。

"圣殿必将坍塌，在廊柱周围，你们将听到鳏夫的呐喊声和孤儿的号啕声。人们急忙逃离，因为惊惶过甚而兄弟互不相识。

"但是，假若你们当中两个人在那里相遇，低声呼唤我的名字，然后把脸转向西方，就将看见我，我的话也将再次进入他俩的耳际。"

我们刚行至比特阿尼山，他便说：

"我们到耶路撒冷去吧！它正在等待着我们的到来。我将骑着一匹小驴驹进城，向聚集在那里的人们宣教。

"那里有多少人想用枷锁将我束缚！又有多少人想熄灭我的光明！然而，你们将在我的死亡中找到生命，你们将成为自由人。

“他们将寻觅游动在心与脑之间的气息，那气息就像飞返在田野与巢儿之间的鸟雀。但是，我的气息已经掠过他们，他们对我无可奈何。

“天父在我周围筑的垣墙是不会坍塌的，上帝圣化的大地也是不可侵犯的。

“东方破晓，太阳将为我戴上王冠，我将与你们一道迎接我们的白昼。这一天将是漫长的，世界将看不到日落。

“文士们及法利赛人说，大地干渴欲饮我的血。我将用我的血灌溉大地。我的血滴将长出橡树和枫树，东风将把它的种子送往其他地域。”

然后，他又说：

“朱迪亚民族期望有一个向罗马军队发动进攻的国王，但我不当它的国王。郇山❶的王冠是为比我的前额窄的前额准备的，所罗门❷的宝戒也太窄小，容不下我的手指。

“你们何不看看我的手呢？我的手比握权杖的手高贵，我的手比握利剑的手强壮。

“我不会率叙利亚人对罗马人作战！但是，你们将用我的言谈唤醒那座城市，我的灵魂将与它的第二个黎明对话。

“我的言词将成为一支既不见战马、辎重，又不见长矛、利剑的

---

❶ 郇山，耶路撒冷的圣山。

❷ 所罗门，古代以色列国王，犹大伯利恒人，法勒斯的后代。他生下之后，受到上帝的喜爱，于是先知拿单给他赐一个名字“耶底底亚”，意为“上帝所爱之人”。他既是政治家，又是作家和学者。他重知识，求智慧，人们把他看成智慧的化身。

大军，我将用它像战胜罗马皇帝那样，征服耶路撒冷的祭司们。

“奴隶统治奴隶的宝座，我是不会坐上去的。同样，我也不会对意大利儿女宣战。

“不过，我要成为他们天空里的风暴，成为他们灵魂中的歌声。

“他们将记起我。

“他们将称我为耶稣基督。”

*　*　*

耶稣进城之前，在耶路撒冷城外讲了这样一番话，仿佛他的话语是用凿子凿出来的。

拿坦业[1]

耶稣并不温和

人们说，拿撒勒人耶稣谦恭而温和。

人们说，尽管他为人正直、公平，但却是个弱者，常在暴虐者面前被弄得手足无措。他站在官宦面前，如同温顺的羊羔落入狮群。

然而我却要说，在众人中间，耶稣自有自己的权威。他深知自己的力量，他曾在加利利丘山之间，在朱迪亚大地和腓尼基的城市里宣布过这种力量。

你听屈辱、卑贱的人说过“我是生活，我是通往真理的道路”吗？

你听谦恭、潦倒的人说过“我是主之魂，主魂深入我心”吗？

你听对自己的力量一无所知的人说过“不相信我的人，既是不信此生，又不信永生”吗？

你听怀疑自己明天的人说过“我的言词尚未吐完，你们的世界将走向死亡，化为灰烬，随风而逝”吗？

你听怀疑自己，却拿娼妇问难的人说过“你们当中谁没有过失，

---

[1] 拿坦业，耶稣的门徒之一。《新约全书·约翰福音》中载：“腓力找着拿坦业，对他说：‘摩西在法律上所写的，和众先知所记的那一位，我们遇见了，就是约瑟的儿子拿撒勒人耶稣。’”

就让他用石头将她砸死”吗？

你看见过因怕官宦而将钱庄驱出神殿，虽然祭司们允许其存在的人吗？

你看见过被剪去双翅却高喊“你们大地上的王国，都比不上我的王国”的人吗？

你看见过在言词庇护下寻觅安全，却反复说“把这座殿堂捣毁吧！三天之内我再给你们建造一座神殿”的人吗？

你看见过本是胆小鬼，却指着当权者的脸面骂道“骗子、劣种、混蛋、败类”的人吗？

面对着统治朱迪亚大地的人，敢说出耶稣所说的话的勇敢的人，能被称为温和和谦恭之人吗？

不能！不能！鹰不会在垂柳树上筑巢，狮子不会在羊齿植物中择穴。

当我听到懦弱者把耶稣说成温和、谦让者，以此为自己的懦弱辩护；遭欺压者为了找到同情者，把耶稣说成在他们身旁闪光的萤火虫时，我心烦意乱，只觉得五脏六腑翻腾，气不打一处生。

是的，我打心里厌恶这些人。

我要宣扬的是耶稣，一位出色的猎手，一种不可征服的卓越精神。

安提阿人伯赛

泰图的扫罗[1]

今天，我听泰图的扫罗在本城的犹太人中间宣传耶稣。

他现在自称为保罗，基督教的使徒。

我青年时代就认识他。在那些日子里，他总是与拿撒勒人耶稣为敌。他的伙伴们用乱石将被称为司提反[2]的优秀青年打死。他对他的伙伴们的行动是那样称道，其神色表情在我的记忆中清晰犹新。

保罗确乎是个怪人。他的灵魂不是一个自由人的灵魂。有时，他就像林中的一头狮子，因遭猎人击伤，很想找一个洞穴藏身，不愿让世人知道自己的痛苦。

他既不谈耶稣，也不重复耶稣的言词。但是，他宣扬古先知们预言中的基督。

虽然他是一位学识渊博的犹太人，但他用希腊语与他的同伴们谈

---

❶ 扫罗（Saoul），使徒保罗的原名。当耶稣信徒司提反被犹太教使徒用乱石砸死时，一个名叫扫罗的少年在场，他在帮投石者看管衣服，并对司提反被害表示高兴。此人就是后来的保罗。

❷ 司提反（Stephen），耶稣的信徒，早期耶路撒冷基督教会负责供给的执事。他遭诬告，而被捉拿到犹太公会。

话；而他的希腊语并不流畅，支离破碎，遣词亦不高明。

尽管如此，他却是个内含实力的人，周围的人也公认他具有权威。有时，他也要求他们相信他并不完全相信的东西。

* * *

我们这些认识耶稣，并听过他布道的人都说，耶稣教人们如何打碎枷锁，以期从昨日的桎梏中解脱出来。

然而保罗却为明天的人们打制镣铐；他以自己所不认识的先知之名，用铁锤在铁砧上锻打不止。

拿撒勒人耶稣想让我们在热情和微醉中度过时辰。

与此同时，泰图人保罗则要我们留心古籍里的法律。

耶稣向死者输入的是活活生气。

当我独处寂静黑夜里时，我相信了他，理解了他。

他坐在餐桌上，他讲的故事给应邀者送去的是欢娱。他用自己的喜悦和诙谐，给食肉和饮酒者增添的是可口和芳香。

但是，保罗开给我们的面包和酒水像苦药。

现在，请让我转过脸去，望望大路的另一边吧！

他在申诉时，揭露犹太公会当权者杀害耶稣的罪行，宣扬耶稣已经升天，站在上帝左边，于是公会众人大喊大叫地用石头将他打死。

萨露美对女友说

一个未实现的愿望

他像阳光下闪光的白杨。
又像孤寂山中的一汪湖水，
湖面在阳光下闪闪放光。
亦像山顶白雪熠熠闪光。

是啊，他与这一切何其相似！
我已经深深爱上了他。
然而我却怕他出现，
只因爱他而难以站立起来。
为伏在他的两脚前，
我伸开双臂将他的双脚抱住。

我多么想对他说：

“我在任性时害死了你的好友[1]，
你能否宽容我的过错？
能否怜惜我的青春，
将我从迷途中解救，
步上你指出的光明之路？”
我知道他会宽恕我，
为取他朋友的圣洁首级而舞蹈。
我相信他能在我的行动中，
看到他致力于布道的题目。
世上没有他过不去的深谷，
也没有他穿越不过去的干渴沙漠。

是啊，他像白杨树，
他像山岭中的湖泊，
又像黎巴嫩山顶上的冰雪。
我多想在他衣褶里令我热唇降温！

---

[1]《新约全书·马太福音》载：先知约翰因指责希律王不该娶兄弟之妻希罗底为妻，因此被监禁；但因见他在群众中威望高，希律王不敢杀他。后来，希律王过生日设宴，希罗底的女儿萨露美跳舞祝贺，希律王甚为高兴，当场答应满足她的任何要求。萨露美就按母亲的唆使说：“请把施洗约翰的头，放在盘子里，拿来给我。”希律王果然差人在牢中斩了约翰，把头放在盘子里，拿来给了萨露美，让她拿去给了她母亲希罗底。此处所讲正是《圣经》中的这一故事。

可是，他离我多么遥远，
我又是那样腼腆怕羞；
我有心跟踪去找他，
却又被我的母亲拉住。
每当他从我面前走过，
我的心总被他的美貌吸引。
但我母亲因蔑视他而蹙眉，
总阻止我凭窗眺望。
我每回卧室她便大声喊：
“他还不是大漠上食蝗蛮汉？
他不是个嘲弄人的叛逆者，
煽动暴乱，企图夺取我们的权杖、王冠？
他诱使他那块可恶土地上的狐狸、胡狼，
嚎叫着冲过来，妄图登上我们的宝座？
从今以后遮起你的脸面，
等待他的头被取下，只是放在他人之盘。”

母亲说了这些话，
但我却完全听不进心里。
我偷偷地依然爱着他，
睡梦中只觉周围满是火焰。

如今他已离我而去，
我的心气也随着他走了。
或许我的青春一去不复返，
因为青春之神已被戮斩。

女门徒拉希勒

耶稣是幻象与人

我的心里充满疑惑，耶稣究竟是血肉之躯的真人，还是人头脑里没有形象的幻影，或者是人的一种想象……

我总觉得他是个梦，在一个比所有黎明更宁静的黎明里，在一个比所有睡眠更深沉的睡眠里，在同一个时间里，无数男女同做的一个梦。

好像每个人都向同伴讲述自己的梦境时，我们便认为这个梦已成真，是一个毫无疑问的现实，再按我们的想象赋以形体和声音……

然而他确实不是梦。我们认识他已是三年之前的事，而且是在中天丽日之下亲眼看见过他的。

我们触摸过他的手，曾跟着他从一个地方走到另一个地方，听到过他的训诫，目睹过他的行动……

莫非你认为我们是寻求更多思想的一种思想，或是梦幻王国里的一个梦幻？

伟大事件与我们熟悉的日常生活多么不同啊！但它的本质与我们的本质却同属一根。尽管如此，我仍觉得伟大事件突如其来，又突如其去，而其时间跨度实际上以数年或代来计……

拿撒勒人耶稣本身就是伟大事件……我们认识他的父母和兄弟，而他本身便是发生在朱迪亚城的奇迹。

是的，倘若他的奇迹彼此相摞，其高度也超不过他的脚踝骨。

昼夜、岁月的流逝抹不掉我们对他的记忆……

夜里，他像一座燃烧的大山，然而他却又像丘山后的一束微光……

他像回荡在天空的惊雷，然而他却又像晨曦中的喃喃细语……

他像由高山直泻而下深谷的洪流，荡涤一切，同样又像儿童笑容的柔和与甜润。

我多么向往每年的春天，期待一览他降临的深谷！我盼望着百合花和迎客花盛开。可是，我年年感到痛苦忧伤，因为我盼随春姑娘到来的一切，均未化成现实。

然而耶稣刚刚与我的时光发生联系，便成了我所寻觅的春天。我多么希望随日月与他相伴！我心中充满欢乐。他就像生长着的紫罗兰，而我却像生长在他的光芒里的含羞草。

如今，季节的更替无法将他的美从我们这个世界上抹去。那世界上的季节更替尚且不属于我们。

不，耶稣既非诗人的一种意念，也不是诗人的一种幻想，而是一个像你与我一样的人，有视觉、触觉和听觉，但其余与我们并不相同。

他是一个心灵快乐的人，但在快乐的路上却遇到了人的痛苦。

他在自己的痛苦天空俯视人们的欢乐。

他看到了我们所看不到的幻象，听见我们所听不见的声音。他在向他看不到的广大众生宣教，间或通过我们向尚未诞生的诸民族布道。

耶稣常是孤独的。他生活在我们中间，却不是我们当中的一员。他行走在大地上，却属于天上世界。只有在我们孤独之时，才可访问他那孤独的境地。

他深深爱着我们，爱中充满怜悯之情。他的心像榨汁机一样溢出爱怜之情，你与我均可伸手接上一杯畅饮。

但是，关于耶稣，我有一点尚不明白。他总是与听众开玩笑，给人们的心灵送去欢乐，话语妙趣横生，听者欢笑相继；即使你发现他双目充满忧虑神情，感到他的言词中不乏悲伤语调时，他仍是笑语连珠，听众乐趣不减。然而现在我已全然明白。

我总想象着大地酷似一位身怀头胎儿的大腹妇人。耶稣降生时，正是这个头胎儿。耶稣死去时，便是第一个人死亡。

难道你没有发现，在那悲凉的星期五，大地无声无息了吗？难道你没有发现天对天怒吼、对战吗？

难道你没有发现，当他的面容在我们的眼前消隐时，仿佛我们已不存在，只不过是遥远天际中的一种记忆了吗？

贝恩隆的革流巴[1]

谈法律与先知

耶稣传道时，整个世界鸦雀无声，都在静听他的声音。他所讲的道，不仅是专供我们的耳朵听的，而且是讲给上帝在这个世界上创造的万物听的。

他与大海说话——那是当初孕育我们的伟大母亲；他与高山说话——那是我们的长兄，山顶乃是我们的希冀。

他与大海、高山之后的天使们说话——太阳将我们体内的泥土烤干之前，我们的梦想曾寄存在他们那里。

他的话依然安睡在我们的胸中，酷似介于记忆与遗忘之间的爱情之歌。他的话也许会燃烧，化为轻烟，直升腾入我们的记忆之中。

他的话轻快顺畅，他的声音就像淌入旱土里的清澈流水。

有一次，他把双手举向天空，但见他的手指像无花果树枝。之后，他用洪亮的声音说：

“古代先知们曾向你们传道，你们的耳里充满着他们的声音。但我要对你们说……你们把所有听到的，都从你们的耳朵里倾倒

---

[1]《路加福音》中记载，耶稣被钉死在十字架上之后，革流巴与另一门徒遇见耶稣，他们留耶稣在马忤斯村住下，并共进晚餐。耶稣给他们饼时，他们才认出对方是耶稣，但耶稣随即无影无踪。

出去吧！”

耶稣的那句话——“但我要对你们说”——既不是出自我们这个民族的一人之口，也不是出自我们这个世界上的一人之口，而是由一群飞过迦南大地上空的六翼天使讲出来的。

他一再征引法律和先知们的话，但紧接着又说：“但我要对你们说……”

啊！那是烈火般的语言，那是汹涌的波涛，幽冥大海将之抛向记忆的岸边，这就是那句话：“但我要对你们说……”

那是穿透灵魂黑暗天空的星斗！那是期盼黎明的失眠灵魂！

没有耶稣的讲话能力，没有他的门徒的复述才思，是无法像耶稣一样讲道的！

我既无那种讲话能力，也没有那等复述才思。

请你们原谅我仅仅讲了一个头，却没有能力把故事讲完。故事的尾声尚未传到我的唇边，依然是飞扬在风中的一支情歌。

加大拉的乃缦
谈司提反之死

耶稣的门徒们四分五散了。但是，死神夺取他的生命之前，他把痛苦作为遗产留给了他们。他们像草原上的羚羊和狐狸一样被追捕，而猎手们的箭囊里依然装满了利箭。

但是，当他们被抓起来并被送上断头台的时候，他们笑迎死神，一个个脸上闪闪放光，神采奕奕，就像婚礼上的新娘。因为耶稣把痛苦作为遗产留给了他们，同时也把欢乐留给了他们。

北方有我的一位朋友，名叫司提反。因为他被带到市场时，高声宣布耶稣是上帝之子，当场被人们用乱石砸死。

当司提反倒在地上时，他伸开双臂，仿佛想像他的主人一样死去。他双臂伸展，酷似两个翅膀，他想借以腾空飞翔。当他双目中的最后一线光明消失时，我亲眼看到他的双唇间绽出一丝微笑；那微笑就像冬天将逝时刮起的一阵轻风，恰是春姑娘即将到来的喜讯的保证。

我该怎样描述那种景象呢！

为保卫存在于他身上的真理和我现在亲身感触到的真理，我一定当众高声宣布他是上帝之子。

在那里，我发现一个人站在我的身旁，幸灾乐祸地观望着被乱石击打的司提反。

那个人名叫扫罗，泰图人。正是他把耶稣交给了祭司、罗马人和众人，让他们用乱石将耶稣砸死。

扫罗是个秃头，小矮个儿，斜肩膀，而且面容丑陋。我不喜欢他。

我如今听说他站在房顶上阻止耶稣的脚步，他依旧可以走到敌人营中去，用行善训教和俘虏那些曾经与他为敌的人。

虽然我还是讨厌这个泰图人，而且听说他在司提反死之后去大马士革的路上被驯服了，但他的脑袋与他的心相比要大多了。因此，他不可能成为真正的信徒。

但愿我错了。我的判断时常出错。

多马

谈先人的疑问

我的祖父是位律师。一天，他对我说：“我们遵从真理，但在真理清晰地显现在我们面前之前时。”

耶稣一召唤我，我便倾心于他。因为他的命令中有一种东西，比我的意志坚强。但是，我的意见藏而不露。

耶稣讲道时，围在他四周的人高兴得左右摇动身子，就像风中的树枝。我却留心细听，纹丝不动，但我由衷热爱他。

耶稣三年前离开我们，伙伴们也都四分五散，大多歌唱着他的名字，并在各民族间作他的证人。

在那里，我被称为多疑的多马。祖父的影像总闪现在我的眼前。我总希望这显示在面前。

我甚至不时地伸手去摸伤口上的血，这才相信自己确实受了伤。

但有那么一个人，心怀敬慕之情，头脑里却存疑团，只想做船上劳作的奴隶，不料依着船桨睡着了，做着获得自由的梦，直到主人用鞭子抽打他时，他才惊醒过来。

我本人就是那个奴隶，我也梦想着自由。但是，我依然沉睡在祖父的梦境里，我的肉体需要时光的皮鞭抽打。

即使在那位拿撒勒人的面前，我也是合着双眼，看不见自己的双手被锁链锁在船桨上。

怀疑是受孤独压制的一种痛苦，甚至不知道信仰就是自己的孪生兄弟。

怀疑像一个不幸的流浪弃儿，虽然生母想拥抱他，但他还是小心翼翼、惶恐不安地退缩。

伤口愈合之前，怀疑是不会相信真理的。

我一直对耶稣复活怀疑，直到他在我们面前现身，我的手摸到他的伤口。

那时，我深信不疑了。此后，我才真正与自己的昨天告别，与先人们的昨天决裂。

至于我内心已经死亡了的东西，则也把对先人的记忆抹去了。我内心里活着的东西，必将只为基督耶稣而活着；耶稣曾经作为人和人之子活在我们当中。

就在昨天，人们叮嘱我，说我必须到波斯人和印度人中去传播耶稣的名字。

我要走了。从今天起，一直到我生命的最后一天，伴着黎明和黄昏，我都将看到我的主庄重地复活，我将聆听他讲道。

逻辑学家埃尔马丹
谈叛逆者耶稣

你要求我向你谈谈拿撒勒人耶稣，我的确有许多话要说。但是，时辰尚且未到。不过，现在我要向你谈的都是真理……因为任何谈话，如果不能揭示真理，那将是毫无价值的。

你瞧瞧那个叛逆者，会发现他反对一切法纪。你瞅瞅那个乞讨者，会发现他敌视一切私有财产。你看看那个醉汉，会发现他在那些流浪者中间兴高采烈。

他在他的国家里，既没有得到国民的体面；他在他的帝国里，也没有臣民权利。因此，他蔑视那个国家，鄙夷那个帝国。

他想像鸟儿飞翔在天空那样，无拘无束，自由自在，毫无责任地生活着。正因为这样，猎人们的箭想把他射中而使之掉在地上。

毁坏昔日城堡的人，能够逃脱落石的砸头之灾吗?

开启前人建造的水库闸门的人，能够挣脱被水淹的命运吗?

这就是规律。以为那个拿撒勒人破坏了这个规律，所以他和他的愚蠢的追随者便遭到毁灭。

有许多像耶稣一样的人，试图改变前定的轨道。但是，结果是他们被改变了，他们成了失败者。

你会发现城墙一侧生长着一株不结葡萄的葡萄藤，正在攀着石头而向上长。

假若葡萄藤自言自语说：“我将依靠自己的力道和分量捣毁这堵城墙！”别的植物听到后会说什么呢？毫无疑问，它们会讥笑它愚不可及。

先生，现在除了讥笑这个人及其迷路的门徒们，还有什么好说的呢？

一位马利亚[1]
谈耶稣的悲伤与微笑

他的头总是高高昂起，他的两眼里闪烁着上帝的光。

他总是悲伤，但他的悲伤中包含着对痛苦者的一片怜悯，给每个孤独者送去快慰。

他微笑时，他的微笑就像向往幽冥世界者脸上的渴望之情，又像是繁星掸落在儿童眼皮上的细尘，还像是喉咙里的面包屑。

他是悲伤的，然而那悲伤会升至唇上，变成微笑。

他的微笑像是秋天降临到世界之时，撒在森林上的金色夜幔。有时候，那微笑就像笼罩湖滩的月光。

他微笑时，仿佛他的双唇要在婚礼宴上唱一首歌。

然而他是悲伤的；他的悲伤酷似双翅有力的鸟，能够高飞，但却不想飞得比同伴高。

---

❶《圣经》中有七位马利亚：其一，耶稣的母亲，即圣母马利亚；其二，耶稣的一位女信徒，住在抹大拉；其三，雅各和约西的母亲，也是耶稣的信徒；其四，马大的妹妹，住在耶路撒冷以东的伯大尼村，耶稣的女信徒；其五，革罗罢的妻子，耶稣的女信徒；其六，马可的母亲，耶稣的女信徒；其七，罗马基督教会的女信徒。作者未指明此处是哪位马利亚。

希腊诗人罗曼努斯

谈诗人耶稣

耶稣是位诗人。他的眼睛替我们观看，他的耳朵代我们聆听。他的双唇间洋溢着我们的无声言词。他的手指能触摸到我们不能感触到的东西。

无数只鸟儿从他的心中飞出，唱着歌儿飞向北方和南方。在那崎岖的山路上，初开的花儿簇拥着他那登天的脚步。

我看见他不时地弯下腰去，用手触摸那些草叶。我的心听他说道："翠绿的小草儿，我的王国里是不能缺少你的，就像不能缺少尼桑的橡树和黎巴嫩杉一样。"

他爱一切美的东西：儿童那稚嫩、腼腆的面孔；从南方运来的没药和乳香。

他爱来自亲情赠送的石榴和杯中的葡萄酒；不论赠者是陌生人，还是一位富商巨贾。

他喜欢杏花。我曾看见他手捧着采来的杏花，间或把杏花瓣盖在脸上，仿佛他欲用神情拥抱世上的一切树木。

他熟悉大海，也熟悉天空。他谈到珍珠具有异乎寻常的色泽，还谈到存在于我们常见夜空之外的星辰。

他就像鹰隼那样熟悉高山，又像大河和小溪那样熟知峡谷。他的静默里有孤寂大漠，他的言谈中有茂密的花园。

是的，他是一位诗人。他的心择丘山后的丛林而居。他的歌唱给我们听，唱给别的耳朵听，也唱给这个世界之外另一个世界的人听；那里生命永远年轻，那里的时光全是黎明。

我曾自以为是诗人。但是，当我在伯大尼村[1]站在他的面前时，方才明白手持一把单弦琴站在精通全套乐器的人面前，究竟有怎样一种感觉了。因为在耶稣的声音里，不仅有雷鸣般的笑声，也有淅沥雨水的泣哭，还有树叶在风中起舞的沙沙响声。

我自打知道自己的琴只有一根弦，知道自己的声音既不能编织昨天的回忆，又不能编织明日的希冀，便将之丢弃在一旁了，自此，我不再动口说话。但是，伴着黄昏，我依然要留心细听，细听诗人之王的吟诵。

[1] 伯大尼村，在耶路撒冷城以东，马大的妹妹马利亚所住的村庄。

门徒利未[1]

谈那些试图刁难耶稣的人

一天晚上，耶稣路过我家门，我的精神因此而振奋。他对我说："利未，到我这里来，跟着我走吧！"

那天，我便跟着他走去。

次日傍晚，我请他到我家做客，他和他的朋友们刚一踏进我的家门，便为我及我的妻儿祝福。

当时，我家中有许多客人，有的是税吏，有的是文化人。但他们都是打心底里厌恶耶稣的。

席间，有一税吏高声问耶稣："你和你的门徒破坏法规，在安息日用火，这可是真的吗？"

耶稣回答道："我们确是在安息日用过火。我们想烧掉安息日，我们要用我们的火炬把所有日子里的干枝全部烧掉。"

另一税吏高声问道："听说你和不三不四的人一起在酒馆里喝酒。"

耶稣回答道："是的，我们要安慰这些人。我们来你们这里，就是为了和你们当中不戴冠冕的人同餐面饼、共饮美酒。"

---

[1] 利未（Levi），雅各和利亚的儿子，原为税吏，后成耶稣的门徒。他曾在家设宴招待耶稣，有很多税吏和罪人作陪。他和耶稣十二门徒之一的马太可能就是一个人。

“是啊！没有一根羽毛的，又敢于迎风搏击的太少太少了；生着翅膀且羽毛丰满的，却躲藏在巢穴里的太多太多了。而我们还要用我们的喙来喂他们，不管懒惰的，还是勤快的。”

又一税吏问耶稣：“我听说你保护耶路撒冷的娼妓，是吗？”

这时，我看到耶稣的脸像黎巴嫩的山冈一样高低不平。他说道：

“这是事实。清算之日，这些女人将站在上帝宝座前，用自己的眼泪洗刷自己的罪过。但你们，也将被戴上镣铐，以此作为你们责备别人罪恶的惩罚。

“巴比伦的隐没不是因为那里的娼妓的作为。但是，巴比伦变成了一片灰土，即使伪君子们也看不到白昼的光明。”

* * *

不止一个税吏责问耶稣，但我示意他们住口，因为我知道耶稣会反问他们的，而他们也是我的客人，我不忍心使他们受羞辱。

午夜时分，税吏们方才离开我家；他们一个个无精打采，心神疲惫不堪。

我一合上眼，便有幻象出现，看见七个身穿白袍的妇女站在耶稣周围，个个双臂交叉胸前，人人低垂着头。我凝神仔细观看，只见其中一个露着脸，正是那张闪光的脸照亮了我眼前的黑暗。

那是一张妓女的面孔，我认识她，她是耶路撒冷城的一个娼妓。

我睁开眼，望望耶稣，但见耶稣在冲着我和尚未退席的人们微笑。

我再次合上眼，只见面前一片光明。在亮光中，我看见七位身着白袍的男子围着耶稣站着，其中一个露着脸。

那是一张盗贼的脸，就是后来在耶稣左侧被钉在十字架上的那个盗贼。

在晚些时候，耶稣及其伙伴们离开我家，上路而去。

加利利的一位寡妇

谈耶稣的冷酷

我的儿子是我的头生儿，也是我的独生子。他在我们的田里耕作，直至听到那个名叫耶稣的人向众人讲道那一天，他安心乐业。

就在那一天，我的儿子突然变了，仿佛一种奇异有害之魂扰乱了他的神志。于是，他丢弃了田地和果园，也丢下了我，变成了没有用的流浪汉。

拿撒勒人耶稣简直就是一种灾难。一个好人怎会把儿子和母亲分离开呢？

我的儿子跟我说的最后几句话是："我要和他的一个门徒到北方去了。我的生命要依附那个拿撒勒人了。你生下了我，我感激你的恩情。可是，我必须走了。我不是把肥沃的田地和我们的全部金银都留给你了吗？除了这件外套和这根手杖，我什么也不带走。"

儿子走之前，对我这样说。

如今罗马人和祭司们将耶稣捉住，并将他钉死在十字架上。他们干得好。

一个把母亲与儿子分开的人，绝不可能成为圣人。

一个把我们的儿女推入非犹太人城中去的人，也绝不能成为我们的朋友。

我相信我的儿子不会回到我的身边了。我从他的眼神中看出了这一点。我讨厌拿撒勒人耶稣，正是他使我独自生活在一个树木干枯的果园中。

我讨厌所有赞扬他的人。

几天前，人们对我说：“一次耶稣说，谁听我传道，跟随我走，便在我这里位同父母和兄弟。”可是，他为什么要号召儿子离开他们的母亲而跟从他呢?

怎能为了还未尝到的泉水，竟把乳汁忘掉呢?

怎好抛弃我的双臂的温暖怀抱，而去寒冷寂寞的北方呢?

是的，我到死憎恶那个拿撒勒人，他夺去了我的头生儿——我的独生子。

耶稣之弟犹大[1]

谈施洗的约翰之死

八月的一天夜里，我们和耶稣基督一起在离湖不远的一个草原上，我们的先辈将这个地方称为骷髅草原。

耶稣躺在草地上仰望着星斗。

突然间有两个人朝我们跑来，气喘吁吁、上气不接下气。二人仿佛遇到了什么灾难，跪倒在耶稣的两脚前。

耶稣站起身来，问道："你俩打哪儿来？"

其中一个回答道："打马卡留斯来。"

耶稣神色不安地望着那个人，说："你俩知道约翰的情况吗？"

那个人说："他们今天把他杀了……他们在牢中割了他的首级。"

耶稣昂首望天，然后走了几步，又转回来，站在我们当中。他说："国王本来就能在今天之前杀掉先知，国王有意试探民意。在过去，国王们把先知的头颅交给专门猎取人头的人，那时他们并不像现在这样缓慢拖延。

---

[1] 犹大（Judas），《圣经》里有十一个犹大。此处的犹大当为约瑟与其妻马利亚所生的儿子，耶稣名义上的弟弟。除耶稣外，犹大有两个哥哥——雅各和约西，一个弟弟西门。耶稣生前四处传道时，犹大对耶稣不理解。耶稣复活升天后，犹大才相信耶稣是救世主，积极宣传耶稣之道，并写《犹大书》，号召人们信仰救世主基督。

“我并不为约翰感到悲伤，相反倒为希律王感到忧虑，因为是他命令刀斧手将约翰的首级取下来的。好一个可怜的国王，多像一头牲口，被人用鼻弦、绳索牵着走！

“可怜的小君王啊，自己在黑暗中迷了路，脚被绊住，仰背朝天。在死水海里，除了成死鱼，还会成什么呢？

“我并不憎恶国王，就让他们统治百姓吧，只要他们的智商高于民众。”

耶稣望望那两张愁苦面孔，又望着我们，接着说：

“约翰天生有伤，他的伤口的血与他讲的道一起喷涌而出。

“他所期盼的自由是本身未得到解放的自由。

“他是个有耐心的人，但只对正直人。

“他是聋子世界里的高声呐喊。我已经深深热爱他，无论他在灾难中，还是在孤独境地。

“我爱他凛然难犯，宁可脖颈对刀，绝不让头颅挨尘土。

“我要给你们说：约翰，撒迦利亚之子，他是此类型的最后一人，正像他的先人一样，是在神殿的门槛和祭坛之间被杀害的。”

耶稣再次远离我们几步。

片刻后，他走回来，又说：

“事实永远如此：统治一时者，往往杀害统治多年的人物。自古以来，他们进行过多少审判，他们对一个尚未出生的人问罪，又对未犯罪者处以死刑。

“这撒迦利亚的儿子，必将与我们一起生活在我的王国里，寿命久长。”

之后，他对约翰的门徒们说：

“每一行动必有其明天。也许我将成为这一行动的明天。

“你俩到我的朋友们那里去，告诉他们，我将永远和他们在一起。”

那两人离开我们走去，忧虑减轻了许多。

耶稣又躺在草上，伸展双臂，再次望着夜空的星斗。

夜深了。我躺在离耶稣不远的地方。

我很想休息，但一只手叩击了我的睡眠之门。我醒了，耶稣和黎明一起欢呼我登程上路。

从沙漠来的一个人
谈银钱兑换商

在耶路撒冷，我是个异乡人。我是来圣城参拜神殿的，以便向祭坛献供品，因为我的妻子为我的家族生了双胞胎儿子。

献摆供品之后，我站在神殿柱廊下，俯瞰银钱兑换商和向献供者出售鸽子的商贩，倾听大院里的喧哗声。

正在这时，忽见兑换商和鸽子贩子当中出现了一个人。

那是一个面容威严、突然出现的人。

他手里拿着一根山羊皮绳子，掀翻兑换商的台子，用皮绳抽打鸽贩子。我听到他高声说："把这些以天空为巢的鸟儿放回天空！"

男男女女纷纷逃离。他就像吹过沙丘的暴风一样从他们当中走过。

所有这些发生在眨眼之间。大院中的兑换商踪影不见，只有那个人独自站在那里，伙伴们则在离他不远的地方。

我偶然一回头，见神殿柱廊下还有另外一个人，便朝他走去。我对他说："先生，独自站在那里的那个人是谁？他好像是另一座神殿。"

他回答道："这是拿撒勒人耶稣……加利利刚出现的一位先知，耶路撒冷的人都讨厌他。"

我说："我的心有力量，足以支持他的声音。我心甘情愿拜倒在他的脚下。”

耶稣转身朝伙伴们走去，伙伴们正等着他。他还没有走到伙伴们那里，只见神殿的三只鸽子飞了回来，其中一只落在他的左肩上，另外两只则落在他的双脚上。他怜悯地抚摩过每只鸽子，然后走去。他的每一步都很大。

现在能否告诉我：这个人哪来的力量，足以攻击数百男男女女，而他们却无力反抗呢？

他们告诉我，他们都厌恶耶稣。尽管如此，那天却没有一个人敢于顶撞他。难道说他在去神殿大院的路上，便把憎恶的利爪全拔掉了吗？

彼得[1]

谈耶稣追随者的明天

一天，太阳落山之时，耶稣带着我们走进伯萨大村。我们的同伴一个个走得精疲力竭，周身尘土，当我们走到坐落在花园中间的一座大房子时，但见房子的主人站在门旁。

耶稣对他说："这些人已走得脚痛腿酸，疲惫不堪，可否允许他们在贵宅借宿一夜？再说夜间天很冷，他们需要温暖、休息。"

那个富翁说："不能在我宅借宿。"

耶稣说："能否准许他们在花园里睡一觉？"

富翁说："不行！不能睡在我的花园里。"

耶稣回过头来，望着我们，说："这就是你们将面临的明天。你们的现在多么像你们的未来！你们面前的门将都是紧紧关闭着的，就连静卧在夜空繁星的花园，也不准你们在那里睡上一觉。你们若能忍着脚痛继续赶路，紧跟我而来，也许你们不但能找到食物和床铺，也还能找到面饼和美酒。

"若命中有幸找到这一切，千万不要忘记你们曾与我一起熬过的

---

[1] 彼得，原名西门，加利利一渔民，耶稣十二使徒的核心人物，罗马基督教会的创始人。耶稣复活后，彼得率先召集门徒们积极传道，曾被捕入狱。公元 64 年，彼得在罗马被尼禄处死，据说被倒钉在十字架上。

困境。

“起来，和我一起上路吧！”

此时，那富翁心神不安，脸色突变，似乎自言自语了些什么，我没有听清楚，之后他离开我们，向自己花园走去。

我们跟着耶稣上路了。

巴比伦天文学家迈拉赫

谈耶稣的奇迹

你想问我关于耶稣所创造的奇迹。

我知道，每隔一百万年，太阳、月亮和地球及其姊妹行星，要在一条直线上相会，一起商议片刻，然后分散开，等待另一个一百万年过去。

除了季节不同，没有什么奇迹。假若季节变成一个人出现在我们面前，那会怎样呢？

我们的肉体和思想元素按既有规律聚合在耶稣身上。耶稣到来之前的一切无时间性的东西，在耶稣的身上都变成了有时令性的了。

人们说，耶稣能使盲人重见光明，能使瘫痪人走路，能从疯人身上驱走魔鬼。

也许盲目只是一种乌云，闪光的云便可将之驱散。也许肢体的无力源于懒惰，一种力量可使之活跃起来。也许我们生命中的不安定因素便是魔鬼，安静的天使便能将之逐走。

人们说他能起死回生。如果你能对我说出什么是死，我就能告诉你什么为生。

我在田野上留心观察着橡树子，发现它一动不动，看上去一点儿用都没有。春天一来，我便发现那橡树子生根、发芽，继而长出枝叶，长成一棵大橡树，摩天而迎太阳。

你一定把此当作奇迹，然而这样的奇迹成百上千次地发生在秋末和春初。

为什么这种景象不能显现在人的心里呢？

难道季节不能在圣洁的人的手里或他们的唇间相聚会合吗？

当一颗种子好像已经死去时，上帝能启示大地拥抱它，使之长成大树，难道上帝就不能启示人心，给一颗看上去已死的心吹入生命之气，让之复活吗？

*　　*　　*

我现在给你谈的奇迹，与那个伟大的奇迹相比，就算不上什么了。那个伟大奇迹便是耶稣本人。正是耶稣这位过路人，将我的废渣变为黄金；正是他，教我如何热爱讨厌我的人；正是他的作为，给我带来了宽舒；正是他，给我的睡眠送来了甜蜜的梦。

这就是我的生活奇迹。

我的灵魂盲目而跛足，不安的鬼魂遏制住了我。我是一个死人。

我现在看得见，双脚走路。我平平安安，活了起来，伴着白日时辰，均可看到并宣布自己的存在。

我不是耶稣的伙伴。我只是一个年迈无力的天文学家，总是带着幻想，每个季节里观测天体一次，一心想探索宇宙的规律和奇迹。

我已步入生命的黄昏时分。但是，当我想观看黎明时，我总是追求耶稣的青春。

壮年总是追求青春。

如今，我发现自己正在追求梦幻。

一位哲学家

谈惊异与美

耶稣和我们在一起，观察我们，审视我们的世界时，二目中总是充满惊异神情。因为他的眼并未被岁月的纱幕遮掩，所看到的一切，都被他的青春之光照得清楚、明亮。

虽然他深深懂得美，但总是惊叹美的庄重与静宜。他站在大地面前，就像世上第一个人站在古来第一天面前。

我们的五官是迟钝的，大白天里不住地观望，但什么也看不见。我们侧耳聆听，但什么也听不到。我们伸手出去，但什么也摸不着。尽管阿拉伯世界的香遍焚着，但我们还是走自己的路，什么香味也闻不着。

耕夫披着晚霞由田间归来，我们却看不见他。牧童赶着羊群进圈栏，我们却听不到笛声。我们既不伸手触摸夕阳的余晖，我们的鼻子也不渴望去闻沙仑的玫瑰。

是啊！我们的灵魂还未高尚到赞扬没有王国的国王的境地。我们不会去听琴声，除非我们琴弦被我们的手扯断。我们不会转目去看在橄榄树林里戏耍的儿童，因为儿童就像小橄榄树苗。我们一定要听发自肉唇间的话语；不然，我们彼此会认定对方是聋子、哑巴。

实际上，我们视而不见，听而不闻，吃喝而不觉滋味。

这就是拿撒勒人耶稣与我们之间的区别。

他的五官随日月更新。因此，在他的眼里，世界总是身着新衣。

在他看来，婴儿的咿呀学语，其清晰程度绝不亚于全人类的齐声呐喊；而在我们看来，那不过是“咿咿呀呀”罢了。

在他看来，金凤花的根是对神的一种向往；而在我们看来，那不过是根而已。

拿撒勒老翁奥鲁亚

“耶稣是个陌生人”

耶稣在我们这里是个陌生人，他的生命蒙着一层厚厚的纱幕。

他不走神的路，而走着一条罪恶、龉龃者所走的路。

他童年时代固执而任性，拒绝吃天然的可口奶汁。

他的青年时代如同黑夜熊熊燃烧的干草堆。

他长大成人后，便与我们所有的人作对。

像这样的人物，他们的母亲是在人类仁慈退潮之时怀上他们的，他们是在毁灭性的暴风中出生的。他们仅在风暴中生活一天，然后便永远消亡了。

你可记得他是个傲慢、偏激的孩子？你可记得他常跟我们的老学问家争辩，并且拿他们的尊严取笑？

你可记得他青年时代靠锯和凿子度日？他在节日里宁可独自散步，也不陪伴我们的子女。

别人向他们问好，他从不还礼，仿佛他比他们高贵。

有一次，我在田间遇到他，我主动向他道安，而他仅仅朝我微微一笑，笑中显然含有傲气和蔑视意味。

那之后不久，我的女儿和她的女伴们去葡萄园摘葡萄。我的女儿主动跟他说话，他也没有回答。

他跟摘葡萄的人们说了话，仿佛我的女儿不是他们当中的一员。

他离开众人，独自流浪，便变成了一个多嘴多舌的人。他的话就像利爪一样刺入我们的肉体。他的话的回声留在我们记忆里的只有痛苦和忧伤。

他总是提起我们和我们父辈、祖辈的恶迹。他的话就像毒箭一样射穿我们的胸膛。

耶稣就是这样一个人。

如果命中注定他是我们的儿子，我会把他托付给征战阿拉伯大地的罗马兵团，恳求他们的长官把他派到最前线，让敌人的弓箭手瞄准他，使我永远挣脱他的羞辱。

但我没有儿子。也许我应该感到幸运。

假如我的儿子与自己同胞为敌，岂不使我的苍苍白发蒙上尘土，令我的雪白胡须染上污秽？

公会[1]中最年轻的长老、诗人尼哥底母[2]

谈傻子和伪造者

那些人多傻。他们竟然说耶稣自己挡自己的路，自己反对自己。他们还说耶稣不知道自己想什么，因此自己糊里糊涂，不知如何行事。

他们这些人多像猫头鹰，除了自己的叫声，什么也不知道。

你我都知道，说假话的人只敬重比他们更能造假的人。这些人把他们的头脑装到篮子里，然后拿到市场上，卖给第一个讨价还价的人。

我们对这些诋毁巨人的侏儒了如指掌。我们完全清楚芳草会对橡树和雪松发什么议论。

我可怜那干枯的荆棘竟然嫉妒敢于与季节搏斗而生存的榆树。

---

❶ 公会是古代犹太教的司法机关，由大祭司、长老和文士组成。耶路撒冷公会是犹太教最高审判机关。耶稣在耶路撒冷被捕后，“祭司长和全公会寻找假见证控告耶稣，要治死他”。教会执事司提反因宣讲福音，被带到公会受审。使徒保罗在公会受审时，大祭司命人打他的嘴。保罗反抗道：“你坐堂为的是按法律审问我，你竟违背法律，吩咐人打我吗？”

❷ 尼哥底母，在众祭司议论如何对付耶稣及其扰乱人心的说教时，曾与他们争辩，反对未经审问即定罪。耶稣被处磔刑后，他带了百斤没药和沉香，与约翰等一起安葬了耶稣。

即使天使们满怀惋惜、怜悯之意为这种可怜心理说情，也无法给他们带去光明。

我熟悉这种“稻草人”——身着破烂衣衫，站在麦田，随风摇晃。虽然如此，但对于麦子和呼啸的风而言，它却是死物。

我熟悉这蜘蛛，它虽然没有翅膀，却织了一张能追拿生着双翅的飞虫的网。

我熟悉这些狡猾鬼、吹笛子的和鼓手们，他们在自己制造的喧闹声中，既不能欣赏夜莺的歌喉，也无法听到林中的婆娑风鸣。

我熟悉这种在溪流中逆水划船的人，他永远不能到达水的源头。这种人虽然随大河流动，但却从不敢闯入大海。

我熟悉这种人，他的两手没有丝毫技艺，却敢于向神殿建筑师走去。当建筑师拒绝他的手时，他内心深处暗想：“我将毁掉他建造的一切！”

我熟悉这所有的人，他们反对耶稣传道。一天，耶稣说：“我给你们带来了和平。”另一天，他说：“我给你们带来了宝剑。”

他们无法理解耶稣那两句话的真实内涵。其实，耶稣在说：“我给心怀善意的人们带来了和平。我在期望和平与意欲战争的人们当中放上一把宝剑。”

他们感到奇怪的是：耶稣时而说“我的王国不在这个世界上”，时而又说“把属于恺撒的全部给恺撒吧”！他们不明白，如果他们真想进入自己的激情王国，他们就不应该无视守门人的心中欲望，而应该慷慨地向他们施舍些什么，以便进入那座城市。

这些人说：“他主张宽容、仁慈和博爱，而当他的母亲和兄弟在耶路撒冷大街上寻找他时，他却不去理会他们。”

他们根本不知道他的母亲和兄弟找他，不是为了别的，而是要用亲情将他拉回木匠铺去，而他想的却是要打开我们的眼界，让我们迎接新的一天的黎明。

他的母亲和兄弟要他生活在死亡阴影下，而自己却正在那山上与死亡搏斗，以求活在我们的无眠记忆中。

我深知鼹鼠所挖的路是通不到什么地方的。耶稣曾对众人说：“我就是通向灵魂得救的道路，我就是通往灵魂得救的大门。”他还把自己称为“生命与复活”。那些称耶稣这样的话为自吹自擂的人，多么像鼹鼠啊！

然而耶稣所表白的并未超过五月里的宣言。

真理是光彩夺目的。难道他不应该把真理的光彩讲出来吗？

耶稣委实说过，他就是心的道路，生活的道路，又是心的复活。我本人就是他道出的真理的见证。

我就是尼哥底母，一个除了法律、规则，什么也不相信的人，一个生活永远离不开法规的人。你们还记得我吧？

今天，你们看看我吧！我成了一个伴生命诞生而昂首阔步的人，一个随日出东方而喜笑颜开，从晨光初照山岭时刻，一直笑到夕阳戴着面纱隐藏到重峦背后的人。

“灵魂得救”的字眼怎么能停下你们的脚步呢？我正是凭借耶稣得救的。

我不担心明天有什么事会降临到我的头上。我发现耶稣已向我的睡眠注入了生命，使我那遥远的梦伴我上路同行。

难道你们认为，因我信从了一个比我更伟大的人，我的男子气概就会降低几分吗？

当加利利的诗人与我谈话时，遮掩我的眼目的骨肉幕帘不见了，我被一位神灵抓住，神灵将我高高举向空中。当我到达宇宙的核心时，我的双翅拥抱到思念之歌。

当我从空中降下来时，我双翅上的羽毛在公会里被剪去，我那没有羽毛的肢体和翅膀一直保护着那些歌。这干旱的不毛之地未能夺走我的宝库。

我现在说够了，就让聋子把生命的回声隐藏在他那寂静的耳朵里吧！

耶稣的双手被钉得淌着鲜血，但依然在弹着琴；我听到那琴声，自感心满意足。

亚利马太的约瑟（耶稣殉难十年之后）

谈流淌在耶稣心中的两条河

拿撒勒人耶稣的心中流淌着两条河：一条河属于上帝，被他称为父亲河；另一条是宗教狂热河，被他称为天国之河。

我常独自暗暗思考耶稣，伴着耶稣心中的那两条河徜徉。在第一条河畔上，我发现了自己的灵魂：这灵魂有时是四处讨饭的乞丐，低贱可怜；有时又是一位公主，居于自己的花园中。

之后，我又随着他心中的另一条河走去。在路上，我看到一个人，不但挨了打，而且金子被抢走了；尽管如此，他却仍在微笑。当我再走远一点时，看到了那个偷金子的人，他的两腮上却挂着泪珠。

那时，我也听到了这两条河在我胸中流淌的汩汩响声，心里不胜欢欣。

就在彼拉多和长老们逮捕耶稣的前一天，我访问了耶稣，我们谈了很久，向他讨教了许多问题。耶稣和蔼、亲切地回答我提出的问题。我刚一离开他，便悟到他就是我们这个世界的主和基督。

那香杉树倒下为时已久，然而它的芳香仍在，而且将发散到大地的四面八方。

贝鲁特的乔治
谈陌生人

他和他的伙伴们在我家篱笆外的松林里，他正在跟他们交谈。

我站在篱笆附近侧耳聆听，听得出他是何人。因为在他访问这海岸之前，他的名声已传到了这方。

当他停止说话时，我走近他，说："先生，请你和你的朋友们一起光临寒舍吧！"

他朝我微微一笑说："朋友，改天再去，改天吧！"

他的话语中充满幸福和吉祥，就像严冬里的外衣将我包裹起来。

之后，他回头望了望同伴，对他们说："你们看哪，这个人并不把我们看作陌生人，虽然在今天之前没有见过我们，但他邀我们到他家里去。

"在我的王国里，确实没有陌生人。我们的生命，就是他人的生命；我们有了这生命，便可去结识人们，在结识的基础上去爱他们。

"不论是隐蔽的，还是公开的，人们的行为不就是我们的行动吗？我呼吁你们，不要成为一个自我，而要成为许多自我：既要成为家宅的主人，又要成为无家可归的流浪汉；既要成为有其田的耕夫，又要成为啄食尚未被埋入土中粟子的麻雀；既要成为慷慨的赠予者，又要成为有自尊心的礼物接受者。

“当今之美不仅仅在你的视野之中，也在他人的视野之内。

“因此，我从选择了我的许多人当中选择了你们。”

随后，他回头望着我，微笑着说：“我的这些话，也是对着你说的，你也要把它牢记心中。”

这时，我恳求他说：“先生，你愿意来我家做客吗？”

他回答道：“我知道你的心意……我已经访问了你的更大家宅。”

当他带着他的门生离去很远时，说：“晚安！但愿你的家宅能容下天底下的一切流浪汉。”

抹大拉的马利亚

他的嘴像一颗石榴的心，他双目中的阴影透露出无限深沉。

他温文尔雅，而他的温雅中包含着男子对自己力量的珍视。

我梦见地上的帝王们在他的面前毕恭毕敬。

我想谈谈他的颜容，可我怎能讲得上来呢?

他颇似黑暗遮盖不住的夜晚，又像白日喧哗无法搅乱的白天。

忧愁笼罩着他的脸，却遮不住他的笑颜。

我记得清清楚楚，一次他怎样把手举向天空，当他的手指分开时，就像是榆树的枝条。

我记得他在黄昏里踱步。他行走与常人不同，他就是大路上方的一条大路，就像大地上空的一片浮云，想降下雨水，以使大地振奋精神。

但是，当我站在他的面前，和他说话时，他是一位男子汉，他的脸比我所看到的要坚强。他问我："米利暗，你想要什么？"

我答不出来。我的翅膀紧紧抱着我的秘密，心里觉得很温暖。

当我经不起他的光芒照耀时，便转身走去，倒没有自惭形秽之感，但却有几分羞涩。我真想手指扶着心的琴弦，独自待些时辰。

拿撒勒人约坦[1]对一罗马人

谈生活与生存

朋友啊，你像其他罗马人一样，宁愿想象生活，也不想投身生活；宁可受地上君王的统治，也不愿意接受天上圣灵对你灵魂的主宰。

你宁肯征服异族又遭咒骂，也不肯幸福、安乐地生活在罗马。

你只想到大军进发，你只想到战船渡海。

既然如此，你怎能理会拿撒勒人耶稣呢？耶稣是个孤独的弱者。他来时既没带着军队，更没有战船，而是为了在人们的心中建立一个王国，要在人的灵魂空间树立自己的统治地位。他不是战士，而是受着浩瀚苍穹的坚强力量支持而来。你怎能理解这样的人呢？

他不是神，而是像我们一样的人。在他的身上集中了大地升腾而起的没药香气与天空的芬芳。在他的言词里，包含了幽冥的低声细语；从他的声音里，我们听到了遥不可测的组歌。

是的，耶稣是人，不是神。我们的惊讶也正在这里。

可是，你们罗马人，只敬畏神，而没有任何一个人能引起你们的

---

[1]《圣经》中有三个约坦：其一，是亚比以谢族人，以色列士师基甸的小儿子；其二，是犹大国王，乌西雅的儿子，在耶路撒冷为王十六年；其三，是以色列犹大族人，西斯仑的后代。此处的拿撒勒人约坦不像其中的任何一位。

惊讶。因此，你们不能理会这位拿撒勒人。

他属于头脑成熟的青春期，而你们却已进入头脑衰弱的老年期。

你们注定统治着今天，且看你们的来日吧！

也许这位没有一兵一舰的人将成为明日的主人，我们怎知道呢！我们将付出血和汗，奋力追随着他前进。到那时，罗马只会成为烈日下的白骨堆。

我们将吃许多苦，受许多罪。但是，我们将忍受这一切，也将生存下去，然而罗马必定崩溃。

罗马注定要在屈辱求生之时呼唤耶稣的名字，耶稣也会注意罗马人的呼唤。耶稣将把新的生命注入罗马废墟，让罗马重新站立起来，成为世界城市中的一座。

耶稣将完成这一切，既不用一兵一卒，也不用奴隶摇橹划桨……而是独自成就。

杰里科的伊福拉姆

另一婚礼

当他再回到杰里科时，我便去找他，对他说："先生，明天我的儿子要结婚，求你参加婚礼，就像你曾在加利利的迦拿出席婚礼一样，为我们增光添彩。"

他回答说："是的，我确实曾到一次婚筵上做客。不过，我不能再次做客，因为现在我是位新郎。"

我对他说："先生，我求你光临我儿子的婚礼吧！"

他微笑着，仿佛想斥责我。他说："你为什么要求我呢？难道你没有备足葡萄酒？"

我说："先生，我的酒锅已满满的。尽管如此，我还是求你光临犬子的婚礼。"

这时，他说："谁知道呢？也许我出席吧。假若你的心居于你的躯体神圣的圣坛，那么，也许我要真的出席了。"

第二天，我的儿子结婚了，耶稣没有出席婚礼。尽管客人如云，但我觉得好像一个人也没有似的。说真的，虽然我在亲自迎接客人，却好像身魂不在那里。

也许我邀请他时，我的心还不是圣坛，或者我在追求另一奇迹。

苏尔商人巴卡
谈买卖

我相信，不论罗马人，还是犹太人，都是不能理解拿撒勒人耶稣的。即使耶稣的门徒们，虽然至今宣诵着他的名字，也是不能理解他的。

罗马人杀害了他，那是一项罪恶。

加利利人把他当作神，那也是误入歧途。

耶稣乃人之心也。

我曾航过七海，与帝王做过易货贸易。我曾在遥远国度的市场上与商界骗子、狡诈鬼打过交道。但是，我从未见识过像耶稣独具商贾眼力的人。一次，我听他举过这样一个例子。

“有一个商人，离开故土，远走异乡。他有两个仆人，给每个仆人一百金币，并且说：

“‘像我外出一样，你俩也外出经商谋利去吧！要公平交易，要在一买一卖中注意获益。’

“一年过去，商人回来了。他问二仆人怎样支配了给他俩的金币。

“第一个仆人回答道：‘主人，你看呀，我又买又卖，赚了钱。’

“商人说：‘赚得的钱归你。你干得很好，你对我和你自己，都

忠实履行了约言。’

“另一个人站起来，说：‘主公，我生怕把你的钱失去，因此既没买，也没卖。看哪，你的金币全在这钱袋子里。’

“商人接过钱袋，说：‘你太不守约言了！做生意即使亏了本，也比不做生意好。就像风吹撒种子一样，等待的是结出果实。商人也应这样。从今之后，你还是伺候别人去吧！’”

耶稣这样谈，倒是揭示了经商秘密，虽然他不是商人。

他举的这个例子常用一种比我的旅行更远的思想武装我的头脑，但它比我的家宅和货物离我更近。

赛达[1]女大祭司福米雅

召唤

扶着你们的竖琴，
让我放声高唱；
弹起金弦、银弦，
我将歌唱那勇敢的男子汉：
他斩杀了山谷中的巨龙，
然后弯腰凝视，
那被杀死的庞然大物，
心中有道不出的伤悲。

扶着你们的竖琴，
请同我一道放声高唱；
高山上的参天橡树，
也在歌唱着那位男子汉：
他心如浩瀚苍穹，
手似海洋无岸无边。

---

❶ 赛达，黎巴嫩一古城，位于贝鲁特以南四十公里的地中海岸，又译作“西顿”。

他吻过死神的苍白之唇，
如今却抖动在生的嘴边。

扶着你们的竖琴，
请和我一道放声高唱；
歌颂那丘山上的勇敢猎手，
他瞄准猎物，射出神箭；
继而收起兽角、犬齿，
豪气满怀轻步下山。

扶着你们的竖琴，
请与我一道放声高唱；
歌唱那征服了山城的勇敢青年，
也征服了平原上的城市，
虽然那城市像蟒蛇盘在沙原。
他不同侏儒搏斗，
仅抗击饮食我们血肉的神仙。
他就像第一只金隼，
只把雄鹰作为对手；
因为它生有巨大翅膀，
从不与小鸟们计较长短。

扶着你们的竖琴，

请与我一道放声高唱，
放声高唱海与岸之欢歌。
神仙已经死亡，
然却依旧躺在
被遗忘的海中荒岛上；
而斩杀神仙的勇士，
仍盘坐在自己的宝座上。
那勇士仅是个青年人，
春天还没有给他长全胡子；
他的人生的夏季原野，
依然碧青翠绿。

扶着你们的竖琴，
请和我一道放声高唱。
放声高唱横扫森林的暴风，
风暴摧毁枯枝和光秃细枝，
却把活根埋入深土里，
让它舒适地睡在大地母亲怀抱。

扶着你们的竖琴，
请与我一道放声高唱。
高唱我们心爱人物的永生之歌。
姑娘们呀，你们先歇歇手，

把你们的竖琴放在一边。
现在我们怎能把他歌唱!
我们的低吟达不到他的暴风里,
也不能渗进他的无声庄严中。

把你们的竖琴放在一边,
快在我的周围围成一圈。
我向你们重复他的话语,
并向你们讲述他的事迹。
因为他的话语的回声,
比我们如今感触到的都更深沉。

文士本亚明

“让死人埋葬死人吧”

有人说：“耶稣是罗马人和犹太民族的敌人。”

然而我却说：“耶稣既不是某个人的敌人，也不是某个种族的敌人。”

我听耶稣说过：“飞在空中和落在山顶的鸟，不会留心藏在黑暗洞穴中的蛇。让死人埋葬死人吧！你在活人的行列里，高高地飞翔吧！”

我并不是他的门徒。有许多人追赶着他，一心想看看他的容貌，我不过是其中的一个。

他瞧瞧罗马人，也瞧瞧我们这些本是罗马人的奴隶，就像父亲瞧瞧正在玩耍玩具的孩子们那样；看着相互争抢布娃娃的孩子们，他站在高处笑个不止。

他不屑与某国或某军为敌，同样不屑于进行革命。

他独自一个人，他唤起人们觉醒。

他淌出了我们未曾淌出的眼泪，而面对着我们的背叛，仅仅付诸微微一笑。

他本能够与尚未出生的人一道出生，并且叮嘱他们不要用他们自己的眼睛观看，而应该借用他的慧眼细察。

耶稣是世间不朽新王国的创始人。

耶稣是所有精神王国开国国王的子与孙。

只有精神国王们才统治过我们的世界。

撒该[1]

谈耶稣的命运

你们相信你们听来的一切……你们何不相信那些还未说出的话呢？因为人们的沉默比他们已经说出的更加接近真理。

你们一定会问：难道耶稣不能从那屈辱的死亡中挣脱出来？难道耶稣不能将他的门徒从受压迫中拯救出来？

我来回答：耶稣确乎能够自救，免于一死。但是，他既没有寻求个人的安全，也没有用心保护他的羊群免遭夜间狼豺的袭击。

他深知自己的命运，也知道明天等待忠实门徒们的是什么。

他预言了我们每个人的未来。他并不寻求自己的死亡，但他之所以接受死亡，就像农夫用灰土把种子盖起来，迎接冬天，等待春天及收获季节的到来，也像建房人将巨石放在房基上。

我们是加利利人，来自黎巴嫩山坡地。我们的主耶稣完全能够把我们带回我们的国家，让我们在他的青春里一起生活在我们的花

---

[1] 撒该是耶利哥城的税吏，财主。一天，耶稣进了此城，众多城民围观，撒该因身材矮小，就爬上桑树观看。耶稣叫他下来，说要住在他家。他就热情接待耶稣，众人议论纷纷：耶稣为什么住在罪人家里？而撒该悔改了，他表示要将自己的一半财产分给穷人，对他讹诈过的人，要赔偿四倍，耶稣立即宣布，撒该得到了拯救。（见《路加福音》第19章）

园中，直到暮年降临，低声召唤我们回到耄耋之期。

难道有什么东西能阻碍到我们村上的神殿中来？那里有许多人在读着先知的书，然后坦然吐露自己的心底秘密。

难道他不能说“我现在乘着西风飞向东方”？说话间唇上挂着微笑将我们支走。

是的。他可以说：“回你们的部族中去吧！这个世界尚未为我做好准备。一千年之后，我再来这里，请你们的子孙等着我吧！”

他如果想这样说，完全可以直言。

但是，他知道，要建造肉眼看不到的神殿，他应该使自己作为基石被埋在土里，而把我们作为石子，放在他的四周。

他知道，他那参天大树的汁液应该从根部上升。他把自己的血灌入树根，在他看来，这不是牺牲，而是一种收获。

死亡是生的昭示者，耶稣的死昭示了他的生。

假若他避开你们及他的敌人，你们便可能称霸这个世界。因此，他没有逃避。

只有希望得到一切的，才肯舍掉一切。

是的，耶稣本可以逃脱敌人的迫害，活到耄耋之期。但是，他深知时光的更迭，他想唱自己的歌。

面对全副武装的世界而奋力抵抗，不遭片刻失败，仍志在征服永远，这是何等的人物！

你们现在会问：究竟是谁杀害了耶稣呢？究竟是罗马人，还是耶路撒冷的祭司？杀害耶稣的既不是罗马人，也不是祭司，整个世界站在那丘山上，赞美颂扬耶稣。

约拿单[1]

在睡莲间

一天，我同我心爱的人在一湖上划船，那湖中的水是甜的。黎巴嫩的群山簇围着我们。

我们在垂柳的宽阔浓荫下划来荡去。

我正执桨划船时，我的心爱之人抱起四弦琴，边弹边唱道：

除了睡莲花，谁知水与太阳？
除了睡莲花，谁解天和大地？
亲爱的人儿，瞧那傲然挺立水天之间的金花，
就像你我洒然被爱神怀抱着，
由来已久，永远继续。

亲爱的人儿，划起桨来，
让我拨动我的琴弦。
让我们与垂柳同步，
但是不要离开睡莲。

[1]《圣经》中有十七个约拿单，此处的约拿单不像其中的任何一个。

拿撒勒人有位心似睡莲的诗人，
一次他访问了一女子的灵魂。
他深知水留给女子的干渴，
更知她对太阳的饥饿，
虽然鲜美食物沾满她的双唇。

人们说他正在加利利步行，
我却说他正和我们一起荡舟。
亲爱的人儿，难道你没看见他的面容？
你没看到柳枝抚摩着他在水中的倒影？
你没看到他和我们一起晃动？

亲爱的人儿，
熟知生命的青春多美！
晓得生命的欢乐多甜！
那船桨不是总属于你！
我的玉指不是常弹琴弦！
莲花在阳光里微笑，
细长柳枝伸向水面，
拿撒勒诗人的声音响在我的琴弦。

亲爱的人儿，
荡起你手中的双桨，

让我弹起我的琴弦。
拿撒勒有位诗人，
知道我们在一起，
对我们怀着无穷爱怜。
亲爱的人儿，
荡起你手中的双桨，
让我弹起我的琴弦。

伯赛大姑娘哈娜

谈她的姑姑

我的姑姑年轻时便离开我们，住在爷爷的旧葡萄园附近的一座茅屋里。

她独自生活在那里，但附近村庄的村民们有病时常找她，她用青草及在太阳下晒干的植物根和花为他们治病。

村民们把她看作女先知，但也有人认为她是个巫女。

有一天，父亲对我说："把这些面饼和这罐葡萄酒装到葡萄篮子里，把它带给你姑姑。"

我把那些东西放在一头小驴驹背上，便赶着向葡萄园走去。走到姑姑住的茅屋，姑姑为我的到来感到高兴。

天气凉爽时，我们一起坐着，忽见一过路人朝我们走来，向姑姑问好说："晚上好，但期夜晚降吉祥给您！"

姑姑站起身来，恭恭敬敬地立在那个人的面前，说道："晚安，所有善良灵魂的主宰，征服一切恶魔的勇士！"

那个人用充满怜情的目光看了她一眼，然后赶路去了。

然而我，暗自笑了。我以为姑姑有些疯癫。不过，我现在已知道她并不疯，倒是因为我不大懂事。

尽管我在暗自笑，但姑姑知道我在笑。

姑姑并不生气地说："侄女儿，听我给你说，我的话，你要牢记心中。刚才走过去的那个人，像掠过太阳和大地之间一只飞鸟的影子，他必将战胜罗马的恺撒及其帝国。他还将与迦勒底那头戴王冠的公牛和埃及人面狮子搏斗。他必将击败他们，进而统治全世界。

"他现在踏过的大地将化为乌有；那高高矗立于山上的耶路撒冷城，也将化为烟雾，随狂风而消散。"

当姑姑对我说这些话时，我的暗笑平静下来了。我问："这个人是谁？从哪儿来？属于哪个部落？他怎能征服伟大君王及他们的帝国呢？"

姑姑回答道："他就出生在这块土地上。但是，在我们的想象中，他属于太初岁月就已存在于我们的渴望里了。他属于所有的部落，却又不被任何一个部落占有。

"他将凭着他口中吐出的言词和他精神发出的火焰征服世界。"

说到这里，姑姑突然站起来，就像一座石峰。她接着说：

"但期天使宽恕我将此事吐露出来：他将被杀害，他的青春将被用殓衣裹起，他将静静地躺在大地无声之心的旁边，朱迪亚城的少女们将为他泣哭落泪。"

姑姑把手举向空中，又说：

"但是，他们只能杀掉他的肉体。

"他的灵魂却将站起来，率领千军万马，勇敢前进，从太阳诞生的这块大地，走向黄昏时分太阳被杀害的那块土地。

"他的名字也将成为人们当中传诵的第一个名字。"

姑姑说这些话时，已是个年迈的先知，而我还是个小姑娘，一片未耕的田地，一块未砌上墙的石头。

不过，所有这一切，我在她想象的镜子中都看到了，在我的有生之年也都发生了。

拿撒勒人耶稣从死人中站立起来，率领着男男女女向夕阳下山处的人们那里走去。

至于将他推上审判台的那个城市，则已归于毁灭；审问和判决他的厅堂，如今猫头鹰哀婉啼鸣；黑夜泣哭，将泪珠洒在坍塌下来的大理石上。

如今，我已是个饱经风霜的老婆婆，岁月压弯了我的腰，亲眷都已不在人世，我的部落也消亡了。

从那之后，我只见过他一次。

另一次，我只听到了他的声音，当时他站在坡顶，正跟他的朋友和追随者们谈话。

现在，我是个孤独的老妪，然而他仍然时常入我的梦境来探访我。

他来探访我时，就像生着双翅的白衣天使，用他的目光为我驱散黑夜的寂寞，将我带入更高远的梦乡。

我仍然是一片未耕耘的土地，又是一颗不肯落下来的成熟果实。我所拥有的最宝贵的东西，一是太阳的温暖，二是这个人留给我的记忆。

我知道，就像姑姑预言的那样，在我的民众中，既不会再有人站起来成为国王，也不会有人成为先知或祭司。

我们将随江河流淌去，我们将成为被遗忘的人。但是，那些在流淌途中遇见他的人，将因此被人们永远记起。

耶路撒冷律师穆奈西

谈耶稣及其手势

是的，我时常听他演讲。他的口中总是振振有词。

我敬佩他是一个男子汉，超过了敬佩他是一个领导者。

他所讲的超出了我的爱好范围，超出了我的智力所能理会界限。

我不喜欢别人启示我。

我惊佩他的声音和手势，并不被他的讲演题目吸引。他使我着迷，但并不能使我信服，因为他讲得过于深奥，使我难以理会；加之他讲得又过度高远、含糊，始终进入不了我的头脑。

我还认识像他一样的一些人，他们既不坚定，又不稳重。他们虽然能言善辩，口齿伶俐，但他们的见解不能吸引你的听觉，也抓不住你的思想内核，因此人们永远无法抵达你的内心。

遗憾的是，他的敌人们反对他，顽固地为他制造难题。他们那样做徒劳无益，因为我亲眼看到，他们对他的敌视稳固了他的地位，而且使他由软弱变得更为坚强。

当你反对一个人时，却使他获得了勇气，你不觉得奇怪吗？

当你阻挡一个人用双脚走路时，却使他生出了两只翅膀，你不觉得奇怪吗？

我不知道谁是他的敌人，但是我相信，因他们在害怕一个对他们无害之人的过程中，却把力量借给了他，使他成了一个危险的人物。

该撒利亚的耶福塔

厌恶耶稣的人

这位充斥你们白日、扰乱你们夜晚的人物，我对之是深感厌恶的。可是，你们总想用他的话打扰我的听觉，用他的作为影响我的思想。

我对他的讲演及其行动，无不感到厌恶。他的名字及他的家乡名字都令我生气。我不想听到关于他的任何事情。

他不过是个影子而已，你们为什么要把他当成先知？

他充其量是积在牲口蹄印里的几滴水，你们为什么把他说成湖泊？

我既不蔑视谷里山洞中传出来的回声，也不小看夕阳下长长的影子；但是，我既不愿听回荡在你脑海的嗡鸣欺人之谈，也不想打量落在你双目中的幻象虚影。

耶稣讲出的哪一句话，哈利勒没有讲过？

耶稣除了重复迦玛列[1]的话，他还有什么新的创造？

---

[1] 迦玛列，以色列玛拿西族人，比大蓿的儿子，玛拿西支派族长兼军事统领。以色列人出埃及第二年，他作为玛拿西部族首领，协助摩西整编以色列男丁。摩西为上帝建立会幕后，他代表本部族前来献礼，在旷野征战时，他带领的军队有三万两千人。

与斐洛[1]的雄辩口才相比，耶稣又算得了什么？

他拍过的铙钹，有哪一件不是他出生前许久就拍过的？

我听到从寂静深谷山洞中传出的回声，我望见夕阳下那长长的影子；但是，我却不愿意听这个人的心中有另外一颗心的回声，也不想看自称预言家的人却是某位先知的影子。

以赛亚[2]已有预言在先，谁还有什么好讲？

大卫[3]已唱完歌，谁还能够再唱？

所罗门及其先人已逝，哪还会有智者诞生？

我们那口是出鞘的利剑，唇是炽燃火焰的先知们如何了呢？

难道是他们丢给了这个加利利的拾穗人一根谷草？

或者是他们丢给了北方来的乞丐一个从树上掉下来的苹果？

他除了吃我们祖先早就烤好的面饼，饮他们用神圣的脚早就酿成的葡萄酒，也就无事可做了。

---

❶ 斐洛，基督教神学的先驱，主张宗教信仰与哲学理性相结合。

❷ 以赛亚，亚摩斯的儿子，著名先知。他受上帝默示，历经犹大国王乌西雅、约坦、亚哈斯、希西家四个王朝，孜孜不倦地进行传道活动。他反对偶像崇拜，坚持一神论原则。他告诫人们：除了上帝耶和华，再无别的真神。人们背离上帝，所以灾难重重。只有信奉上帝，才能得到拯救。他坚持上帝能拯救犹大人民，亚述国王西拿基立派大军围困耶路撒冷时，他出面向上帝求救，上帝当夜派天使击杀亚述侵略军，使耶路撒冷转危为安。他一生说了很多预言，诸如亚述必灭、以色列人被掳、巴比伦败落、基督降生等，后来都成为史实。荣获文学巨著美称的《以赛亚书》，相传为他所写。

❸ 大卫，以色列犹大族人，公元前1世纪，生于伯利恒的以法他。他是法勒斯的后代，俄备得的孙子，耶西的第八个儿子，以色列国王扫罗的女婿。他生相英俊，能写诗，会弹琴，又智勇善战。大卫妻妾众多，儿女成群。

我敬重的是陶工的巧手，而不是买陶器的人。

我敬重的是坐在织机上的织工，而不是穿衣的粗鲁人。

拿撒勒人耶稣是什么人？他留下了什么？

他是一个不敢大胆实现心中意图的人。因此，他被人们遗忘了，那便是他的结局。

我求你们不要用他的言行干扰我，我的心中充满先知们的训言，仅仅这一点就使我心满意足了。

已入暮年的得意门徒约翰
谈初之道——耶稣

你们想让我谈谈耶稣，可是，我怎能把这个世界的哀歌引入中空的芦笛呢?

白天里的每时每刻，耶稣都能觉察到天主的存在。他看到天主在云层里，他看到天主在掠地而过的云影里，同样也看到天主的面容倒映在平静的水面上。他看到天主落在沙土地面上的光着脚的脚印。他曾多少次合上眼睛眷恋凝视着天主。

黑夜用天主的声音和耶稣谈话。

耶稣独处之时，听到天主的天使呼唤他。

当他入睡时，又在梦中听到天国传来的低声细语。

他以与我们在一起为快乐，把我们称为兄弟。

你瞧呀，那本是太初之道者称我们兄弟，而我们不过是昨天刚才发音的字罢了。

你会问我：为何称他为太初之道?

听我立即回答你。

太初之时，天神显现在空中。由于天神的无边界显示，地球创生了，随之出现了一年四季。

天神再次显示，生命溢出。生命的渴望延伸，开始求高追深，试图求得生命的涨潮。

天神开始讲道，讲的道便是人，人便是天神灵魂的一种。

天神讲道，基督便是神的太初之道，真正的天神之道。拿撒勒人耶稣降生在世，便把太初之道讲给我们听；那声音变成了血肉之躯。

圣洁的耶稣就是天神讲给人的太初之道，就像果园中比其他树木早一天发芽、开花的苹果树一样；天园里的一天等于人间十亿年。

我们大家都是天神的子女，而那个圣洁的人则是天神的头胎儿，以拿撒勒人耶稣的形象走来，活动在我们之间，而我们却看不见他。

我所说的这一切，你们不仅要记在脑海里，还要领会在灵魂里。

脑海能够称量，但直达生命核心，拥抱生命秘密的，非灵魂莫属；灵魂的种子是不会死的。大风起兮，复又息平；大海波涌，转眼浪静，但生命之心是稳定而不移动的。

庞贝人曼努斯与一希腊人

谈闪族人的神

犹太人跟他们的邻居腓尼基人和阿拉伯人一样，不肯让他们所崇拜的神休闲片刻。

他们总是思考他们所崇拜之神的神性，无休止地相互察看对方礼拜、祈祷和给神上供的祭物。

当我们罗马人为我们的神建造大理石殿堂时，这些人却在讨论他们的神的本质和天性。当我们围着朱庇特[1]、朱诺[2]、马耳斯[3]和维纳斯[4]的祭坛欢歌起舞时，他们却身穿着粗麻布衣，头上撒着灰，甚至为他们诞生的那一天而号丧。

耶稣，这位把上帝视为欢乐之源的人，却被他们残酷折磨，最后将他钉死在十字架上。

这些人不愿意与欢乐之神一道欢乐，却只知道为他们带来痛苦之神。

就连耶稣的朋友和门徒们也是这样。虽然这些人深知耶稣的欢

---

[1] 朱庇特（Jupiter），统治罗马诸神，主宰一切的主神。

[2] 朱诺（Juno），朱庇特之妻，司婚育之女神。

[3] 马耳斯（Mars），战神。

[4] 维纳斯（Venus），美神。

乐，并且听见过耶稣的笑声，但他们还是为耶稣塑造了一个痛苦的形象，而且对之顶礼膜拜。

在这顶礼膜拜之中，他们不是把自己提升到他们的神的高度，而是把他们的神降低到与自己一样。

但我坚信，耶稣这位哲学家与苏格拉底[1]并无多大差别。他必将为本民族所信服，说不定也能征服其他民族的理智。

我们都是悲哀之子，也是可疑的小人物。

当有人对我们说："让欢乐成为通往上帝之路吧！"我们禁不住要留心聆听他的话音。

奇怪的是，在此之后，这个人的痛苦竟然成了一种宗教仪式。

这些人想找到另一位在森林中丧命的美神阿多尼斯[2]，他们想庆祝他因被伤害而丧命。

遗憾的是，他们却从不回望这位神的笑颜。

但是，让我们像罗马人向希腊人那样承认吧：你看到我们在雅典的大街上听到苏格拉底的笑声了吗？

或者，你看见我们甚至在狄奥尼索斯[3]剧院里，也忘掉了苏格拉底饮下的那杯毒药了吗？

我们的父辈是否在大街的转弯处停下脚步，以便谈谈他们的困难，追忆一下所有伟大人物的悲惨命运，凭之求得片刻的欢乐呢？

---

[1] 苏格拉底（Socrates，前 469—前 399），古希腊大哲学家，被判极刑，服毒而死。

[2] 阿多尼斯（Adonis），古希腊神话中的美少年，维纳斯爱上了他。在森林中打猎时被野猪咬死。

[3] 狄奥尼索斯（Dionysus），古希腊神话中的酒神。

本丢·彼拉多

谈东方的宗教仪式与教派

祭司长们把耶稣交到我手里之前，我的夫人常常谈起他。

我的夫人是位梦想家，她和许多与她地位相当的罗马妇女一样，深深沉醉于东方的宗教仪式与东方教派之中。这些教派，在我看来已威胁着帝国；当它们找到通往我们的妇女之心的道路时，便在帝国内播下了毁灭的种子。

阿拉伯的希克索斯[1]带着他们的一神信仰由沙漠进入埃及，埃及的王朝便覆灭了。

阿施塔特及她的七位姑娘从叙利亚海岸来到希腊，希腊被征服，且一败涂地。

关于耶稣，祭司们把他作为罪犯和他本民族及罗马人的敌人交到我手里之前，我根本没有见过他。

他是双臂和周身被绳捆索绑着带到审判厅中来的。

当时，我坐在主审席上，耶稣腰杆笔直，昂首阔步朝我走来。

我一时真不知心态起了什么变化，情不自禁地想走下主审席，一

---

[1] 希克索斯，沙漠游牧民族的酋长。公元前1570—公元前730年，埃及受游牧民族入侵，建立“牧人王朝”，史称“希克索斯王朝”。共有六个王朝统治埃及。

下拜倒在他的面前。

我觉得罗马皇帝进了大厅，那简直是一位比罗马帝国本身更加威严的人物。

这种感觉产生在一瞬间。片刻后，我便看见被控告为背叛自己民族的人，而我就是审判他的法官。

我审问他，然而他不想回答。他只是用充满忧伤神情的目光望了我一眼，仿佛他是审判我的法官。

之后，厅外传来人们的呼喊声。但是，耶稣依然沉默无言，还是用充满忧伤的目光望着我。

我顺阶而下，走出大厅。当人们看见我时，停止了呼喊。我说："你们想怎样处置这个人？"

他们齐声高喊："我们想把他钉在十字架上。他是我们的敌人，罗马的敌人。"

有的人喊道："他不是说想毁掉神庙吗？"

另有人说："他不是宣布要称王吗？"

还有人高喊："除了罗马皇帝，谁也不是我们的国王。"

这时，我离开他们，回到审判厅。我看见耶稣仍独自站在那里，头依旧高高昂起。

我想起曾经读过的一位希腊哲学家的名言："最强大的人是独立的。"

在那一时刻，拿撒勒人耶稣比他的民族还伟大。

我并无怜悯他之感。因为他在我的怜悯之上。

我问他："你是犹太人的国王？"

他只言未答。

我又问他："你不是说，你是犹太人的国王吗？"

他望了望我，然后用平静的语气回答道："是你把我称作国王的，也许我正为此目的而诞生；正因为如此，我来为真理做证。"

你瞧这个人，在这样的时刻，竟然谈论起真理来了！

我不耐烦地高声自问，并且也问他："你看何为真理？当刽子手按住一个无辜者脖子的时候，对于无辜的人来说，何为真理呀？"

这时，耶稣坚定地说："若非凭借圣灵和真理，谁也不能统治这个世界。"

我问他："你认为自己来自圣灵？"

他回答："你也一样，只是你自己不知道罢了。"

当我们把一个无辜者送上断头台的时候，圣灵和真理又有何用呢？我这样做是为了国家，而他们把一个人置于死地完全出于嫉妒他们的古代宗教仪式。

一个人，一个民族，一个王国，在实现自我的路上，绝不会在真理面前停滞不前。

我又问他："你是犹太人的国王？"

他答道："那是你说的。此刻之前，我已征服了这个世界。"

在他的所有答话中，只有一句是不合时宜的，因为当时罗马人已征服了世界。

人们的呼喊声再起，喧嘈杂声一片。

我走下座位，对他说："你随我来。"

我再次出现在大厅外的台阶上，耶稣站在我的身旁。

人们一看见他，呐喊声顿如雷鸣一般。从那喧哗声中，我只听到一句话："把他钉死在十字架上，把他钉死在十字架上！"

当我把耶稣发还给押解他的大祭司们时，我对他们说："你们随意处置这个忠义之人吧！你们应该派罗马兵看守他。"

他们把耶稣带走，我决定在耶稣头上方的十字架上写上："拿撒勒人耶稣，犹太人国王。"我最好说："拿撒勒人耶稣，一位国王。"

于是，他们剥掉他的衣服，一场毒打，最后把他钉死在十字架上。

我本来能够救他一命，但救了他会引起一场革命。

罗马的一个省督，能容忍罗马人无视一个被征服的民族的宗教，那是很明智的。

直到现在，我仍然相信这个人不是主张动乱的。我之所以下令处死他，并非出于我的本意，而是为了罗马。

没过多久，我便离开了叙利亚。从那时起，我的妻子成了一个多愁善感的女人，有时候，就在这座花园里，能看到愁云满面。

我听说她常与罗马妇女们谈起耶稣。

多么奇怪呀，我下令处死的那个人，他从鬼魂世界回来，竟闯进我家里来了。

我一次又一次地自问：何为真理？何为非真理？

拿撒勒人乘夜阑更深时分征服了我们，你看到了吗?

不，这是不可能的。

罗马必须战胜我们夫人们的梦魇。

巴多罗买[1] 在以弗苏斯

谈奴隶和弃儿

耶稣的敌人们说，耶稣布道是讲给奴隶们和弃儿们听的，试图鼓动他们反对自己的主人。

他们还说，耶稣出身低贱，他借助的全是他那一类的人，而且竭力想隐瞒他的出身。

不过，请你们来，让我们一起看看耶稣的信徒们及把他尊为领袖的人们吧！

起初，他只选定了少数从北方来的人作为他的伙伴。他们都是自由人，个个身体健壮，人人精神抖擞。早已过去的四十年中，他们甘心情愿，不畏艰险，面对死亡而毫无惧色。

你可曾想到，这些人本是奴隶和弃儿吗？

你可曾认为，黎巴嫩和亚美尼亚的骄横王子们，在承认耶稣是神差的先知时，莫非他们忘记了自己的社会地位？

你可曾想到，安塔基亚、拜占廷、雅典和罗马的出身名门的男男女女，竟然轻易地被一个奴隶们的领袖的声音吸引？

不！这个拿撒勒人既不与仆人一起反抗主人，也不与主人一道反

---

[1] 巴多罗买，耶稣的十二使徒之一，传说他在亚美尼亚被活活剥皮。

对仆人。他不曾与任何人一起反对任何人。

他是一个人上之人，他的血管里奔腾的热血和着痛苦与力量一起搏动。

如果高尚能成为辩护律师，那么，他就是最高尚的人。

如果自由能够伴随思想、言论和行动，那么，他就是最自由的人。

如果高贵出身只屈从于爱，而且永远与温和慈祥的超脱情志为伴，那么，他就是最高贵的人。

不要忘记，只有强健者才能赢得赛跑的桂冠。热爱耶稣的人为耶稣戴上冠冕，就连他的敌人也在为他加冕，虽然他们意识不到。

时至今日，阿尔忒弥斯[1]的女祭司们每天都在神庙的秘密角落里为耶稣戴冠加冕。

[1] 阿尔忒弥斯（Artemis），希腊古老神话中的月神和狩猎女神。

马太[1]

谈站在监牢墙下的耶稣

一天晚上，耶稣从大卫城堡里的一座监牢旁经过。当时，我们跟在他的身后。我们看到他突然停下脚步，面颊贴在监牢的墙上，说：

“昔日的兄弟们，我的心与墙内的你们的心一起跳动。我多么希望你们能够在我的自由下成为自由人，与我和我的朋伴们一道同行。

“你们被囚禁在牢中，但你们并不孤独。有多少囚犯行走在大地上，虽然他们的翅膀并未被剪，但他们像孔雀，只能拍翅，却不能飞翔。

“第二天的兄弟们，我不久就要到监牢中去探望你们，用我的肩膀来承担你们的重负。无辜与罪犯之间并无区别，就像臂上的两根骨头，永不分离。

“我今天的兄弟们，今天是我的日子。你们逆众潮而动，他们要抓你们了。他们说我也是个逆他们潮流而动的人。也许我很快就要步你们的后尘了。犯法人要与犯法人在一起。

“尚未诞生的那一天的兄弟们，这些墙将要坍塌。新的雕像将从

[1] 马太，《新约》中有两个马太，都是耶稣的门徒。此处马太为哪一个，无从考查。

这些石头里站立起来，雕塑师手中的槌子是光，凿子是风。你们将成为自由人站立起来，充分享受我的新日子的自由。”

耶稣说罢，然后走去，手抚摸着监牢的墙，一直到走过大卫城堡。

安得烈[1]

谈淫妇

死亡的苦涩，要比没有耶稣而生活的苦涩好忍受得多。

耶稣遭磔刑而永远沉默时，我们的日子无声无息，只留下回声将他送入我的记忆中，但重述的只有他宣讲的道，而并非他的声音。

一次，我听他说："放开憧憬的缰绳，它就会把你们带到原野上去。

"坐在晚香玉荫下，你们会听它在阳光下鸣唱；它既不为自己织布缝衣，也不用木或石建房；虽然如此，它仍在欢乐歌唱。

"神在夜下劳作，以满足它们的需要，又将甘露洒在它们的花瓣上。

"你们不是也在永不疲倦、从不休息的神灵关怀之下吗？"

又有一次，我听他说：

"天父就像数过你们的头发那样，清点过天上的飞鸟。鸟儿掉在射手的脚下，你们头上的每根头发变白或随年龄落下，皆出于天神的意志。"

---

[1] 安得烈，加利利的渔民，彼得的兄弟，原为洗礼约翰的门徒，后按约翰的指示，成为耶稣的十二使徒之一。

另有一次，他说：

“我听你们的心喃喃地说：‘我们是亚伯拉罕的子孙，神待我们比待那些起初并不认识神的人们更慈善些。’

“但我要对你们说：葡萄园主早上叫一雇工摘葡萄，傍晚再喊一雇工，最后付给二人相同工钱，确乎公平对待，不偏不向。他不是自愿掏腰包付工钱的吗？

“所以，非犹太人敲门时，天父将打开家门，就像你们敲门时一样。因为天父的耳朵就像留意常重复的歌曲一样倾向新乐曲，而且他的心更专注于新曲，原因在于那是他心弦的最新之曲。”

还有一次，我听他说：“你们要记住这一点：小偷是山穷水尽之人，骗子是惊惧之人；贼落入你的守夜人网中，也必落入自己的迷惘网里。

“在这两种情况下，希望你怜悯他们。

“犯错之人也许会去你们家中。你们要为他们打开门，让他们坐到你们的餐桌前。你们若不接待他们，他们犯了过错，你们也难说自己清白无辜。”

一天，我和另外一些人跟着耶稣来到耶路撒冷市场，耶稣给我们讲了一个浪子回头的故事，还讲了一个为买珍珠而卖掉全部家产的故事。

耶稣正在说道时，一伙法利赛人把一个被他们称为“淫妇”的女人带到众人中。他们走到耶稣跟前，说：“这女人背弃了与她丈夫的

约言，被当场捉奸。”❶

耶稣望了望那女人，手抚摸着她的前额，然后凝视着她的双眼。

片刻后，耶稣转向那伙带女人来的法利赛人，久久注视着他们。接着，耶稣弯腰俯身，开始用指头在地上画字。

耶稣写了一个又一个男人的名字，并且在每个人名字旁写上每个人所犯的过错。

耶稣写着写着，只见那些法利赛人羞涩地夺路而遁。耶稣还没有写完，他的面前只留下我们和那个女人了。

耶稣再次审视那女人的双眼，说：“你体验的爱太多，而带你来这里的那些人却只尝到了些许爱。他们之所以把你带到我这里来，是为了使你成为害我的陷阱。现在你可以平平安安地走了。没有一个国王能在这里审判你，如果你能像你那样抱有深爱之情一样的聪明伶俐，那就来找我吧！那时任何人之子都不能判你罪。”

我一时心中不胜蹊跷：我不知道他这样对那个女人说，是否他认为自己也是不无罪过的呢？

但是，自打那天起，我沉思许久。现在，我方才明白：只有心

---

❶《约翰福音》中载，一天，文士和法利赛人带着一个与人通奸时被捉拿的女人来见耶稣，问道：“夫子，这女人是正行淫时被捉拿的。按摩西律法应将她用石头砸死。你说该怎么办？”耶稣不说话，弯着腰用指头在地上画字。众人一再追问，耶稣才直起腰来，对他们说：“你们中间谁是没有罪的，谁就可以先拿石头砸她。”说完，又弯着腰继续在地上画字。众人听了这话，无人敢承认自己无罪，于是从老到少一个个都溜走了，只剩下耶稣和那女人。耶稣起身时对女人说：“没有人定你的罪吧，我也不定你的罪。你走吧，今后不要再犯罪了。”

地纯洁之人，才会容忍那引人走向死水的干渴；只有自己的脚跟站稳的人，才能伸手去拉摔倒在地的人。

我再二再三地说：死亡的苦涩，要比没有耶稣而生活的苦涩好忍受得多。

一个财主

谈财产

他常说财主的坏话。一天，我问他：“先生，我怎样才能使自己心安理得呢？”于是，他便叮嘱我把自己所有的财产分给穷人，使自己成为他的伙伴。

他一无所有，因而既不晓得财产之中所包含的安全和自由，也不知道其中所存在的自尊与威严。

我家拥有一百四十个奴隶和仆人：有的在我的果林和葡萄园里劳作，有的驾着我的船只远航海岛。

设想我按他的叮嘱行事，把财产全都分给穷人，我的奴隶、家仆和妻儿将会落到何种境地呢？

他们也会沦为在城门口上或庙堂廊柱下乞讨的叫花子。

不！那个好人不知道财产的内涵。他和他的朋伴们都是靠他人的施舍过日子的。他认为所有的人都能像他那样生活。

请看这一难解的矛盾：财主一定要把财产分给穷人吗？穷人应在财主请他们吃饭之前，喝财主的酒，吃财主的面包吗？

难道宫殿的主人在自己成为那块土地的主人之前，必须首先接待来客住宿？

储粮以备过冬的蚂蚁，要比一日唱歌一日挨饿的蝗聪明。

上一个安息日，耶稣的一个伙伴在市场里说："耶稣能把自己的草鞋放在天堂门槛，而其他任何人都没有资格在那里叩头。"

但是，我要问：这个忠实的流浪汉配把他的草鞋丢在哪家门槛呢？他本人既无家，也没有门槛，甚至走路时常常连鞋子都没得穿！

拔摩岛上的约翰[1]

谈仁慈的耶稣

我将再次给你们谈谈耶稣。

上帝赐予我喉舌和火热双唇，但未让我宣教传道，而且我也不能完满讲道，只是让我的心驱动我的双唇。

耶稣喜欢我，我不知原因为何。

我热爱耶稣，因为他把我的灵魂提升到一个我力所不能及的高峰，又将之下降到我的智力所达不到的深渊。

爱是一种神圣秘密。

爱，对于那些爱者来说，永远是不言而喻。

爱，对于那些不爱者来说，也许只是冷酷的戏言。

当我与哥哥在田间劳作时，耶稣将我们唤去。

那时，我尚年幼，只有黎明的低声细语响在我的耳边。

耶稣的声音及其回声，是我劳累生活的结尾，又是我的宗教热情生活的发端。

---

[1]《圣经》中有六位约翰。此处既是“拔摩岛”上的约翰，那便是渔夫西庇太之子约翰。他跟从耶稣，成了耶稣喜爱的门徒。耶稣死后，他不畏艰险，宣传福音，创办基督教会。相传，《约翰福音》《约翰一书》《约翰二书》《约翰三书》，均为他所写。他曾被流放拔摩岛，在那里写下《启示录》。

这时，我才把一切抛在了脑后，只在阳光下行走，顶礼膜拜时光之美。

你能想象那种仁慈至极，却不显露的庄严吗？你能想象那种辉煌之至，却不显示的美丽吗？

你能在梦中听到一种使你狂喜，却使你感到羞涩的声音吗？

耶稣召唤我，我便随他而去了。

那天晚上，我回到父亲家里，取我的另一件披风。

我对母亲说："拿撒勒人耶稣要我跟着他走。"

母亲说："孩子，跟他走吧，要像你的哥哥一样。"

于是，我跟着耶稣走去，成了他的伙伴。

耶稣的芬芳吸引着我，为我指路，但只是为了解救我。

爱是耶稣的客人的慷慨主人；但是，对于不速之客，他的家则是海市蜃楼和子虚乌有。

* * *

现在，你们想让我给你们讲解耶稣的奇迹。

我们都是生存在"瞬间"的奇迹显示，而耶稣则是这"瞬间"的中心。

他不愿意向人展示他的奇迹。

我听他对一个瘸子说："站起来回家去吧！你不要对祭司说是我使你康复的。"

耶稣不仅关心残疾人，他更关心强壮的人和身体健全的人。

他的心智寻觅并掌握他人的心智。他的完美灵魂居于其他灵魂之中并予以关怀。当他这样做时，他的灵魂正在重塑这些理智和那些灵魂。

看上去这都是奇迹，但对我们的主和导师来说，轻而易举，就像每天呼吸新鲜空气一样。

*　　*　　*

现在，就让我讲一讲另外一些事吧！

有一天，我和他二人正走在田间时，我们感到有些饿，便走到一棵野苹果树下。

那棵树上，只有两个苹果垂挂枝头。

耶稣抓住树枝一晃，两个苹果落到地上。他拾起苹果，递给我一个，把另一个握在手中。当时我很饿，没有几口，便吃下了那个苹果。

我望了望他，见那个苹果仍握在他的手里……

这时，他把那个苹果递给我，并且说："你也把它吃下去吧！"

我接过苹果，伴随着这不知羞的饥饿，把它吃下肚去。

当我们朝回走时，我望了望他的面孔。

可是，我怎样把我所看到的告诉你呢？

那是一个夜晚，

烛光挂满了天。

那是一个梦，
圣魂不能到达它的边沿。
牧人赶着羊群，
幸福安详地度过午时；
在寂静的黄昏里，
转回家园，
然便是入睡，
又是一个梦中甜眠。

这些全是我从他的脸上看到的。

耶稣给了我两个苹果，我知道他也像我一样饿。

然而现在我已明白：他甘心情愿把两个苹果给我，他从另一棵树上吃到了别的水果。

我很想多向你讲些他的故事，可我又怎能讲得了呢?

当爱变得广大无边时，言语自然也就少了。

当记忆超载之时，自然变得深沉无语。

彼得

谈邻居

有一次耶稣在迦百农城说：

“你的邻居，是住在隔壁的、你的另一个自己。当灵魂相识之时，一切隔墙都将坍塌。

“你要像爱你一样地爱那个自己。

“邻居也是你所不了解的万能之神的一种形象。

“你的邻居是一片田地，你的希望之春身披绿衣在那里徜徉漫步，你的需求之春安卧那里梦想着雪积如山。

“你的邻居是一面明镜，可以照见你的容颜；你会发现，一种你所不知的欢乐和不曾有过的忧伤，为你的容颜增光添彩。

“我希望你像我爱你一样爱你的邻居。”

我问他：“不爱我的邻居，又贪图我的钱财，想占有我的财产，我怎么能爱他呢？”

他回答道：“你在前面耕地，你的雇工跟在你的后面撒种，这时有只鸟儿在啄食你丢下了的几粒种子，你会停下来朝后看，或者丢下犁杖赶飞鸟儿吗？

“你如果那样行事，你就不配获得日后的丰收果实。”

耶稣这样说，使我感到害羞，我只有默默无语。但是，我并不惊怕，因为耶稣在朝我微笑。

耶路撒冷一鞋匠

谈一位中立者的看法

我不喜欢耶稣，但我绝不讨厌他。

我听他讲话，不是听他讲的道，而是听赏他那银铃般的声音；他的声音令我感到快慰。

他所讲的一切，使我难以理解；但是，他那抑扬顿挫的声调，却久久萦绕在我的耳际。

其实，若没有人跟我谈起他的教诲，我简直弄不清他究竟支持犹太人，还是反对犹太人。

马利亚的邻居拿撒勒的苏珊娜

谈耶稣的童年和青年时代

我认识耶稣的母亲马利亚，还是她成为木匠约瑟的妻子之前；当时，我也还没有结婚。

在那些日子里，马利亚常看到种种幻象，听到各种声音，常谈到天使在梦中访问她。

拿撒勒的居民都很留意她，观察她的来去行踪，用温和的目光注视她。因为她的前额上傲骨高高，阔步中包含着某种威严。

有些人说："她有些疯疯癫癫，因为她只为自己的使命才出门。"

她还很年轻时，我就认为她已是老妪。因为她花季里便有收获，春天里就有成熟的果子。

她出生、成长在我们中间，然而她却像从北国迁移而来的异乡人。她的双目常常含着一种惊异神色，就像还不熟悉我们面孔的人一样。

她高傲似古代女先知米利暗；米利暗是亚伦的姐姐，曾带着她的兄弟们从尼罗河谷一直走到荒原。

后来，马利亚与木匠约瑟订婚了。

马利亚怀耶稣时，常到丘山中散步，伴着黄昏回家，双目中总是噙着快活而忧伤的神情。

耶稣出生时，我听说马利亚对她的母亲说：“我不过是株尚未修剪的树，就请你照料这颗果实吧。”

接生婆玛丽听到了这句话。

三天后，我去看望马利亚。我发现她的二目中含着惊异神色。我还看到她的乳房丰隆高耸，双臂抱着自己的头生儿，如同贝壳紧抱珍珠。

我们大家都喜欢并关怀马利亚的婴儿。那婴儿给我们送来一股温暖。婴儿的心脏搏动伴随着生命的脚步。

春去秋来，四季更替，孩子长成了一个少年，笑容长在，却很少出门游逛。

我们都不知道那少年在想什么；在我们看来，他好像不是我们的同时代人。

他勇敢过人，敢于冒险，但从没有人斥责过他的行为。

他总是主动找别的孩子玩，而不是别的孩子来找他。

当他十二岁时，有一天，他手拉着一个盲人过溪流，安全地将盲人领到了大路上。

盲人深怀感激之情问他：“小孩子，你是谁？”

他回答：“我不是小孩子，我是耶稣。”

盲人又问：“你的父亲是谁？”

他答道：“我的父亲是上帝。”

盲人笑了，说道：“你说得多好，我的孩子。不过，谁是你的母亲呢？”

耶稣回答说：“我不是你的小孩子。我的母亲是大地。”

盲人说：“那么，我是由上帝与大地的儿子带着过河的啦。”

耶稣回答道："你去哪里，我就领你去哪里。我的眼睛总是跟随着你的双脚。"

耶稣像我们花园里高贵的椰枣树一样渐渐长大成人了。

当他十九岁时，他就像赤鹿那样漂亮。他的双目透出蜂蜜一样的清澈，充满着对日月的惊异神情。

他的口里噙有沙漠上的羊群对湖水的渴望。

他常在田野上独自行走。我们和拿撒勒的少女们的眼常跟随着他。

爱在美的面前总带着羞色，然而美却永远伴随着爱。

岁月准许耶稣在庙堂和加利利的花园里宣教讲道。

有几次，马利亚跟着耶稣，去听他讲道，聆听那发自她的内心深处的声音。

但是，当耶稣及其爱戴的人们到了耶路撒冷时，马利亚便不想去了。

因为我们这些来自北方的人，经常在耶路撒冷大街上遭到嘲笑，即使我们带着供品去圣殿时也难逃避。

马利亚自尊心强，不愿屈服于南方人。

耶稣访问过东方和西方的其他地区。他访问过什么地方，我们不得而知，但我们总跟着他。

但是，马利亚总是在家门口等着。

每天晚上，她总是注视着大路，等着耶稣回来。

当耶稣回来时，她便对我们说："他的能力远远超过了作为我的儿子的本领。我的心默默无言，而他却能言善辩，口齿伶俐。我对他还能有什么要求呢？”

在我们看来，马利亚简直不敢相信平原会分娩出高山，在她那洁净的心中，她看到山脊便是通往山顶的道路。

那时，她已经晓得儿子的神圣性，但她没有进一步作深刻了解。

一天，耶稣到湖边去找渔民时，马利亚对我说：

“难道人是从大地钻出来的一种处于经常不安状态的存在？除了对星斗的一种渴望，人又是什么呢？

“我的儿子是一种渴望，他是我们每一个人对星斗的新渴望。

“我说过‘我的儿子’吗？愿上帝宽恕我，但我内心里是很愿做他母亲的。”

难以继续再谈马利亚及其儿子了。虽然我已感到喉咙沙哑，但我的话仍然像瘸子拄着拐杖那样，向你们的耳边走去。我必须把耳闻和目睹到的讲给你们听。

那是一年的年初。红红的秋牡丹开满山。耶稣召集他的门徒，对他们说：“跟我一起到耶路撒冷去观看逾越节[1]屠宰羊羔吧。”

---

[1] 逾越节，古代以色列人将每年犹太历正月十四晚上定为逾越节。这是古代以色列民族为了纪念以色列人出走埃及的重要节日。当初，正月十四晚上，摩西率以色列人离开前夕，以色列人奉上帝之命，家家户户屠宰羊羔，将羊血涂在门框和门楣上。当上帝走遍埃及，击杀头胎出生的人和牲畜时，见到门上有羊血的人家便逾越过去。摩西按照上帝的指示，将每年这天晚上定为逾越节。按大俗，以色列人过这个节日，要吃七天无酵饼；受了割礼的男人，才能吃羊羔，而且只能在屋里吃。

就在同一天，马利亚来到我的家门口，说：“耶稣出门到圣城去了，我们和妇女们一起跟着他去好吗？”

我们跟着马利亚和她的儿子，沿着那条路一直走到耶路撒冷。城门外站着一群男男女女在欢迎我们，原来耶路撒冷的伙伴们已经得知他到来的消息。

耶稣及其伙伴当天夜里离开耶路撒冷城，听人们说他到伯大尼去了。

马利亚和我们一直住在小旅店里，等待耶稣回来。

第二个礼拜四的晚上，耶稣在城外被抓了起来，然后被关入监牢。

我们听到耶稣已成囚徒的消息时，马利亚一句话也没有说。但是，我们从她的眼神里却看到了她那同甘共苦的诺言已经得到实践；这种神色，正是她在拿撒勒做新娘时所表露出来的。

她没有哭。她只是在我们中间显得局促不安，就像一位不愿意为儿子幻影落泪的母亲的幻影那样。

我们席地而坐，而她仍然腰杆挺得笔直，在房间里来回踱步。

她时而站在窗前眺望东方，时而用手指将头发向后梳理。

东方已透出黎明的曙光，而她仍然在我们中间站立着，活像竖在空无一名战士的战场上的一面旗子。

我们不住地哭泣落泪，因为我们知道她的儿子明天会面临着什么；她不哭，因为她也晓得儿子将有何遭遇。

她的骨头是青铜铸造的，她的肌肉是老榆木的，而她的眼睛像天空，开阔而饱含勇气。

你可曾听说过，一只会唱歌的鸟，当它的巢在风口中燃烧时，它还在歌唱？

你可曾看见过，一位妇女因过度悲伤而欲哭无泪吗？或者可曾见过一颗受伤的心想超越自己的痛苦而挺立起来？

你没有见过这样的妇女，只因你不曾站在圣母马利亚的面前，也不曾得到肉眼看不见的圣母的拥抱。

在那寂静的时刻，当无声的蹄子踏着失眠者的胸膛之时，西庇太的小儿子约翰出现在我们面前。他说："母亲马利亚，耶稣走了，我们跟着他去吧！"

马利亚手扶着约翰的肩膀，一起走了出去，我们跟着走去。

当我们走到大卫城堡时，看见耶稣背负十字架，周围站着一大群人。

那里还有两个人，也都背着十字架。

马利亚和我们一起朝她儿子的身后走去，只见她高高昂着头，迈着坚定的步伐。

郇山和罗马跟在她的身后。是啊，整个世界都在对一个自由人进行报复。

当我们行至山上时，他们把耶稣高高地挂在十字架上。

我望着马利亚，只见她的脸不是一个丧子的女人的脸，而是带着肥沃大地的面容，永远生儿育女，又总是将儿女埋葬。

之后，她的双目中再现耶稣童年的回忆，她大声说道："我那本不是我的儿子，曾一度访问我的子宫的人哪，我为你的威严感到豪迈。我坚信，从你手上淌下的每滴血，都将变成一个民族的渊源，就像我的心伴随日落般的死亡一样，你将随这场风暴而死亡。我不会悲伤。”

此时此刻，我真想用风衣遮面，逃向北方。

但是，突然之间，我听马利亚说：“我那本不属于我的儿子啊，你究竟对右边背十字架的那个人说了些什么，致使他在痛苦中觉得幸福，脸上的死神阴影变成了一道光明，并且眷恋地凝视着你，目不转睛。

“你对我微笑着，我知道你征服了世界。”

此时，耶稣望着母亲，说道：“马利亚，从现在起，你做约翰的母亲吧！”

耶稣又对约翰说：“做这位母亲的好儿子吧！到她家去，让你的影子越过我曾站过的门槛，就用这个行动来纪念我吧！”

马利亚向他举起右手，好像一棵只有一个枝条的树。之后，她再次高声喊道：“我那本不属于我的儿子啊，如果这是上帝的旨意，那就让上帝给我们以耐心和见识吧！如果这是人的作为，那就求上帝永远宽恕这个人吧！

“假若这是上帝的意志，那么，黎巴嫩的高山积雪将成为你的殓衣；假如只是这些祭司和那些大兵的作为，那么，我这件斗篷将为你遮体。

“我那本不属于我的儿子啊，凡是上帝建在人间的殿堂，永远不会坍塌；凡是他人要捣毁的建筑物，即使人眼看不到，也都将建造起来。”

就在那刹那间，苍天把他交给了大地，伴随着一声呐喊，几次喘息。

与此同时，马利亚把他交给了人类，伴随着一度创伤，一贴止痛膏。

然后，马利亚说：“看哪，现在他已走了，战斗结束了。星斗真的闪闪发光了。船已到达港口。曾经在我怀中的他，如今已搏动在天上。”

我们走近马利亚，她对我们说：“他面对死神，还在微笑。他胜利了，我确实愿意做胜利者的母亲。”

马利亚在年轻门徒约翰搀扶下回耶路撒冷去了。

她是一位完成了任务的妇人。

当我们到达城门时，一看到马利亚的面孔，我不禁大吃一惊。因为那天耶稣的头抬得最高，而马利亚的头也不低于耶稣。

所有这一切都发生在今年春天。

秋季已经来临，耶稣的母亲马利亚回到自己的住所，她孤身一人，形影相吊。

在已过去的两个安息日中，我的心简直就像揣在胸中的一块石头。因为我的儿子已离开我，到苏尔上船去了，将成为一名水手。

他对我说，他不再回来了。

一天晚上，我去找马利亚。

我走进她的家时，她正坐在织布机前，但她不在织布，而是望着拿撒勒外的天空。

我对她说：“你好，马利亚。”

她伸出手臂，对我说：“来啊，坐在我的旁边，让我们一道看看太阳，那太阳正向山冈上洒血呢。”

于是，我在她身旁的长凳上坐下，一同透过窗子向西边天上瞭望。

片刻后，马利亚说：“究竟是谁在今晚把太阳钉在十字架上的呢？”

我说：“我到你这里是寻求安慰的。我的儿子离开我，漂洋过海去了，我独自守在路旁的家中。”

马利亚说：“我很想安慰你，可是，我又怎能做得到呢？”

我说：“只要你谈谈你的儿子，就算是安慰我了。”

马利亚朝我微笑着，伸手抚摩着我的肩膀，说：“我这就跟你谈谈他。我的话能安慰你，也便能给我带来安慰了。”

她开始谈耶稣，从头详细讲起。

在我看来，好像从她的谈话中，分不出她在谈她的儿子还是在讲我的儿子。

她对我说：“我的儿子也是水手。我不知道你为什么像我一样不相信你的儿子能够搏风斗浪呢？女人永远是子宫和摇篮，永远不是坟墓。我们会死去，却能把生命传给生命，就像我们的手总是纺纱织布，但我们总不去穿它；又像我们撒网捕鱼，但我们总不吃它。

“我们为此而感到悲伤，但其中也有我们的欢乐。”

马利亚如此对我侃侃而谈。

我离开她，回到自己家中。虽然白天已经消隐，但我坐在织布机上织出更多布来。

诨号尤斯图的约瑟
谈跋涉者耶稣

他们说：他是个凡夫俗子，门第并不高贵，是个没有教养的粗鲁人。

他们说：为他梳理头发的只有风，能把他的躯体和衣衫集在一起的只有雨。

他们把他当作疯子，把他讲的道归于魔鬼作祟。

但是，就是这个被蔑视的人在高声挑战，而且他的挑战将永远继续下去。

他唱了一支歌，谁也抓不住歌的音律，而这支歌却将一代一代传下去，升上一重又一重天，永远记起那些传唱它的嘴唇和那些聆听它的耳朵；那唇是它生长的地方，那耳朵是它的摇篮。

他是个陌生人。是的，他是个陌生人。他是一位来访者，正在敲击我们的家门；他是一位客人，来自遥远的国度。

只因他没有寻到慷慨的主人，只得原路而归，回到自己住的地方。

腓力[1]

“耶稣死时，人都死了”

我们爱戴的人死时，人都死了。

一时间，世间万物一片沉寂，无一不蒙上尘埃。

继而东方发黑，风暴骤起，力拔大地上的一切。

天眼时睁时合，滂沱大雨倾盆而下，将他双手和双脚淌出的血冲走。

我也死了。

但是，我在记忆的尽头，听见他布道。他说：“主啊，宽恕他们吧！因为他们不知道自己的所作所为。”

耶稣的声音在寻觅我那溺水而死的灵魂，我被救上了岸。

我睁开眼，只见他那洁白的躯体悬在云中。我听他讲的道开始在我灵魂里渐而成形，继之变成了一个新人。我再不感到忧伤。

---

[1] 腓力，《圣经》中有四个腓力，此处的腓力是伯赛大城人，耶稣的十二使徒之一。他在加利利被耶稣收为门徒后，就向朋友拿坦业宣传耶稣之道，使拿坦业也成为耶稣的门徒。腓力和众使徒随耶稣上山讲道，听道的群众有五千人，耶稣考验腓力，如何为这些听众准备食物。腓力认为，拿二十块银币买饼，也不够这么多人吃。于是耶稣显神迹，用五个饼、两条鱼，使五千人吃饱后还有剩的。耶稣死后，腓力按照耶稣的指示，和众使徒一起，同心同德，四处讲道。

谁会为揭开自己面纱的大海而忧伤呢？谁会为阳光下笑容可掬的大山而忧伤呢？

一个人的心被刺穿时，他还会说出这样的话，有这样的事吗？

有哪一个被审判者曾这样为审判他的人开脱？

人间可有以更加自信的力量，向憎恶挑战的爱吗？

天地之间可听见过这样的号角吗？

被杀者同情杀人者的事，可曾听说过吗？

或者流星竟为了保护鼹鼠而停下脚步？

“主啊，宽恕他们吧！因为他们不知道自己的所作所为。”耶稣的这些话告结之前，季度将感到疲惫，岁月将为之衰竭。

我和你——即使一再降生——也要遵循这教导。

现在，我想进家了，站在耶稣的门前，做一个高尚的乞丐。

叶穆尼的白巴拉

谈耐性竭尽时的耶稣

耶稣对蠢汉愚夫是很有耐性的，就像冬天等待春天的到来。

他像风口上的大山那样能够忍耐。

他总是和颜悦色地回答敌对方提出的粗鲁问题。

面对争辩，他总是选择沉默，因为他坚强有力，只有坚强者才是最有耐性的。

但是，耶稣又是没有耐性的。

他不能容忍伪君子。

他既不屈服于诡计多端的人，也不顺从于花言巧语者。

他不想受制于人。

他厌恶那种明明生活在黑暗中，却不相信光明的人。

他厌恶那种对天上奇迹向往超过对他们自己心中奇迹向往的人。

他对于那些反复比较日夜，最后才把自己的梦托付给黎明或黄昏的人是没有耐性的。

耶稣是很有耐性的人。

然而他又是最无耐性的人。

他希望你织布，即使你在织机和亚麻之间磨蹭数年。

但他决不容许你从织品上扯下一寸布来。

彼拉多[1]之妻与罗马妇人谈话

丫头们陪着我在耶路撒冷城外的林间小路上散步时，我看见几位男女围着耶稣坐着。耶稣正给他们讲道，用的是我一知半解的语言。但是，人在辨别光柱或水晶山时，是不需要语言的，心能领会耳朵所听不到、口舌所讲不出的无声言语。

他正在向同伴们谈论爱和力量。我已经意会到他在谈爱，因为他的声音里有乐曲。

我意会到他在论力量，因为有的手势里有千军万马。他温文尔雅，即使我的丈夫讲起话来也不具有他的威力。

当他看见我走过他面前时，他一时中断了讲道，温情地望着我。我不由自主地低下头，相信自己在经过一位伟大灵魂的身边。

自那天起，每当我远避男男女女独处幽居时，耶稣的形象便出现在我的面前，他的眼睛寻觅我的灵魂，直到我双眼合上，他的声音便开始监护我夜下的寂静。

我永远地被他吸引住了，我在自己的痛苦中找到了宽舒，在哭泣里觅到了自由。

亲爱的朋友，你压根儿没看见过那位男子，你将永远看不到

---

[1] 彼拉多，罗马人，公元 1 世纪被罗马帝国委任为驻犹太等地总督。

他了。

他走到我们意识不到的地方去了，但他现在又是所有男子中离我最近的一位。

耶路撒冷城外一男子

谈犹大[1]

那是在礼拜五，逾越节的前夕，犹大来到我家，用劲儿敲击我的门。

他进了门，我一瞧他，发现他面呈灰土色，两手颤抖如同风中的枯枝，斗篷湿漉漉的，仿佛刚从河中上来。

那是个狂风暴雨的黄昏。

他望着我，他的两只眼好像两个黑窟窿，眼里布满血丝。

他说："我已把拿撒勒的耶稣交给了他的敌人和我的敌人。"

他蜷曲着双手，说："耶稣声称要征服他的所有敌人，还要征服他的民族的敌人。我相信了他，跟从了他。

"当初，他号召我们跟随他，答应我们建立一个幅员辽阔的强大王国，我们深信不疑，一心讨好他，以求在他的宫廷里谋个尊位。

---

[1]《圣经》中有十一个犹大，此犹大是犹太加略人，原为耶稣十二使徒之一，后为出卖耶稣的叛徒。起先，犹大跟随耶稣传播福音，后因贪财忘义，偷偷地去见祭司长，讲定以三十块银币出卖耶稣。在逾越节的筵席上，耶稣就对众使徒宣布："你们中间有一个人要出卖我了！"不久，犹大就领着一群带着刀的人来了，他用与耶稣亲吻作暗号，众人就下手拿住耶稣。后来，犹大听说耶稣被判死刑，后悔了，当着祭司长的面把三十块银币丢在圣殿上，跳崖自杀了。

“我们亲眼看到许多位小国君王，他们同我们打交道，就像我们同这些罗马人打交道一样。耶稣关于他的王国谈了很多。我猜想耶稣会选我做他的战车队队长和他的战士们的将领。我自愿跟从了他。

“但是，我发觉耶稣所寻求的，既非一个王国，又不想把我们从罗马人的统治下解救出来。

“他的王国只不过是心的王国。我听他谈到爱、行善和宽恕，妇女们站在路旁兴高采烈地聆听他讲道。然而我的心却变得辛酸，不为之所动。

“突然之间，在我看来，好像那未来的犹太国王变成了一个吹笛子的人，只是为了安慰流浪汉和漂泊者而已。

“我曾经像我的民族的其他人一样爱戴他。我曾从他的身上看到了摆脱外国人加在我们身上的枷锁的希望。但是，当他不肯说一句话或动一动手将我们从那种桎梏下解救出来，进而要我们把恺撒的东西全归还恺撒时，我心中充满绝望，希望完全破灭了。于是我说：‘这个抹杀了我的希望的人，理当被杀死。因为我的期待和希望比任何人的生命都可贵。’”

这时，犹大把牙咬得咯咯响，然后低下头去。他重新开口，说道：“我已把他交出去了，他今天被钉在了十字架上。但是，当他死在十字架时，却死得像国王，他像舍己救人那样死在了暴风中；他就像永生的伟大人物，虽然身裹殓衣，被墓石遮盖着。

“耶稣死时，依旧慈眉善目，和蔼可亲。他的心中充满忧伤，就连我这个出卖他的人，心中也感到难过。”

我说：“犹大，你犯下了一个大错！”

犹大回答道："但他死得像国王，却为什么不活得像国王呢？"

我又说："你犯下了一个大过！"

他在一条凳子上坐下来，纹丝不动，好像一块石头。

我在房间里踱来踱去，一次又一次地说："你犯下了一个大过！"

犹大只言未吐，默不作声，如同大地。

过了一会儿，犹大站起来，把脸转向我，仿佛他比原来更高大。当他开口说话时，声音就像破水罐子。

他说："我心里想的不是犯罪。今夜我要去寻觅他的王国。我将站在耶稣面前，求他宽恕。他死得像国王，我死得像罪犯。但是，我内心明白，他会宽恕我。"

说罢这些话，他把湿漉漉的斗篷披在身上。他又说："即使我的到来给你添了麻烦，但今夜来你这里，我是做对了。你也能够宽恕我吗？请对你的子孙说，加略人犹大把拿撒勒的耶稣交给了他的敌人，因为他认为耶稣是自己的民族的敌人。你还要对他们说，犹大在他大错铸成的同一天，跟随那位国王直到御座的台阶上，将自己的灵魂交出去，以便接受惩罚。

"我要对那位国王说，我的血殷切地期望洒在草地上，我那瘫痪的精神祈祷得到解救。"

犹大头靠着墙，大声喊道："主啊，任何人在死神的手指触摸他的双唇之前，都不会小声呼喊你的威名，你为何用无光之火灼烧我呢？

"你为什么给加利利人对未知土地的渴望，却让我背上离不开家眷和家庭的思念负担呢？这个手浸血中的犹大，究竟是个什么人？

“助我一臂之力，让我把他抛得远远的，就像丢掉破衣裳和烂马具那样吧！

“帮我一把，让我今夜就行动吧！让我再次站在那堵墙外。

“这种没有翅膀的自由使我感到厌恶。我宁愿坐在更大的监牢里。

“我多么希望我的眼泪流入苦海。主啊，我宁愿做一个受你怜悯的人，也不愿做一个叩自己心扉的人。”

犹大说着，转身拉开大门，投身到了暴风雨之中。

* * *

三天后，我去访问耶路撒冷，听到了发生的种种事情。我还听说犹大已从高山顶上跳悬崖自杀身亡。

从那天起，我沉思良久，终于理解了犹大。他那像飘浮在被罗马人奴役的国度上薄雾一样的小生命已告完结，而那位伟大先知正在升高。

这是一个渴望自当国王的王国的人。

那是一个渴望每个人都当国王的王国的人。

被称作“疯子”的希腊牧羊老人萨基斯
谈耶稣与潘[1]

一次梦中，我梦见耶稣和牧羊神潘一起坐在林中，相互笑谈着。小溪在他俩附近流淌。耶稣笑得更开心，之后谈了许久。

牧羊神谈到大地及其秘密，谈到他的长着蹄子的兄弟及长着长角的姐妹，还谈到梦。之后，他谈到树根及周围的根须，还谈及苏醒、上升、和着夏令歌唱的树的汁液。

耶稣则谈到林中的嫩芽、花儿和果实，还谈到尚待来临季节里发育的种子。

他谈到空中的飞鸟，在高天歌唱。他还讲到神在沙漠中牧放的白牧鹿。

牧羊神为新神的谈话而兴高采烈，因之鼻孔不住地扇动张合。

就在同一梦中，我梦见牧羊神潘和耶稣坐在浓荫下默不作声，纹丝不动。

牧羊神拿起排箫，开始吹奏给耶稣听，但见万木随声晃动，羊齿随物摇摆，我感到一阵恐惧。

---

[1] 潘，希腊神话中的牧羊神，人身兽足，头上生角，喜爱音乐，首创用芦苇制作的排箫。

耶稣说：“好兄弟，你的箫声中既有林中溪水流淌，又有崇山峻岭悬崖。”牧羊神把排箫递给耶稣，说：“现在轮到你吹奏一曲了。”

耶稣说：“吹奏排箫是我的嘴力不能及的。看哪，我的笛子在这里。”

耶稣拿起笛子，开始吹奏。

我从他的笛声中听到雨打树叶，山间溪水潺潺，高山顶雪片纷纷飞落。

我的心跳曾因气急而一度失常，又因气平而恢复了常态。那昨日的浪花全都集聚在我的岸边，我再一次变成了牧羊人萨基斯，而耶稣的笛子周围变成了无数牧羊人召唤数不清的羊群牧归的笛声了。

这时，牧羊神对耶稣说：“你青春少年，较之我久经风霜距笛子更近。

“在此许久之前，我在自己的静默中，曾听到你的歌声和细语者呼唤你的名字的低声。

“你的名字里有一种甜美的声响，必将与树汁一道上升到枝条，与蹄声一起奔跑在山间。

“你的名字在我并不感到陌生，尽管家父并没有用此名呼唤我。正是你的笛声把这个名字重新送入我的记忆之中。

“现在，就让我们一起吹奏我们的排箫吧！”

二人一起合奏起来。

闻听二人合奏乐声，天摇地动，世界生物为之震惊。

我亲耳听到，百兽闻之而咆哮，林间发出饥饿的叫声。我听到人们孤独时的呐喊，我听到那些渴望知所不知人们的殷切呼唤。

我听到女人们思念情人的急促呼吸，我听到猎人奋力追赶猎物的气喘吁吁。

后来，乐声渐次平缓，只听高天与大地一道合唱。

这都是我在梦境里看到和听到的。

祭司长亚那[1]
谈暴徒耶稣

他是一个暴徒，拦路抢劫者，惯于自吹自擂，以花言巧语惑众。只有那些心地肮脏和剥夺他人继承权的人才相信他，因此，他就不得不走上腐败堕落者和污染亵渎者的道路。

他拿我们和我们的法律开玩笑，嘲弄我们的地位和尊严。他甚而说他要毁坏神殿、亵渎圣地。他没有羞耻，因此他只能可耻地死去。

他是加利利人，那是非犹太人的土地。他是来自北方的一个异乡人；在那里，希腊的安东尼斯和腓尼基的阿什塔特，依然居于以色列人及以色列神之上。

他谈及我们先知们的训言时，便结结巴巴，而使用卑贱者和下流之辈的语言时，他声音很高，震耳欲聋。

我除了判他死刑，还有什么可选择的呢？

莫非我不是圣殿的卫士？难道我不是法律的维护者？我能够背对着他，心平气和地说：

“他是个疯子，神志不清，就让他把呓语吐完吧！凡疯癫狂妄、

[1] 亚那，耶路撒冷的祭司长，在镇压耶稣这一事件中，他起着幕后操纵的作用。

鬼魂俯身者，都将在以色列的道路上销声匿迹，被人遗忘吗？”

当他把我们称为骗子、伪君子、豺狼、毒蛇和蛇子蛇孙时，我能够捂上耳朵、装聋作哑吗？

我不能充耳不闻。因为他并不是疯子，而是一个沉着镇静的人。他神志清明，故意抬高声音，指责我们所有的人，向我们大家挑战。

因此，我决定把他钉死在十字架上，这也是对他这一类人的警告。

我自知因此会受人责备，甚而遭到犹太公会长老们的指责。我过去和现在仍然坚持这一点，与其让一个人把众平民引入歧途，不如让这个人为众平民而死去。

上帝许给的地方曾遭到外敌入侵，我不希望再看到它遭圣约的敌人征服。

我们不允许来自可诅咒的北方人进入我们的至圣之所，也不允许他的影子投在圣约柜上。

马利亚的女邻居

一曲哀歌

耶稣殉难后的第四十天，马利亚的女邻居们来到马利亚家里表示慰藉，献唱哀歌。

其中一女邻居唱道：

你去了哪里，我的春天，你去了哪里？
你的芳香升入了哪方天际？
你将在哪块田中漫步？
你将向哪重天抬头诉说你的心理？

这里的山谷行将荒芜，
我们的土地只有干旱光秃，
一切翠绿都将被太阳晒得焦枯。
果园里产生的将是酸苹果，
这里葡萄的味道也将变苦。
我们渴望喝到你的甘醇，
我们的鼻子期待闻到你的芬芳。
我们的报春花，你去了何方？

莫非你不再回返？
难道你的茉莉花不会重新来访？
你的樱花草不再簇拥在我们的路旁，
以便告诉我们：
我们也有根深入大地之中，
我们那不住气息永远升向天空。

你去了哪里，耶稣，你去了哪里？
我的邻居马利亚的儿子，
我的儿子的忠实伙伴，
你究竟去了哪里？
我们的早春，你去了哪里？
你到了哪块田地？
你可会再回到我们身旁？
你可会驾驭爱的高潮，
到我们荒芜梦岸探访？

旅馆胖老板阿哈兹

谈逾越节前夕的晚餐

我清清楚楚地记得最后一次见到拿撒勒人耶稣的情景。礼拜四的中午，犹大来到我这里，要我为耶稣及其同伴们准备晚餐。

犹大给了我两块银币，并且说："去买这餐饭需要的全部东西吧！"

犹大转身走后，我的妻子对我说："这确实是件体面的事。"因为耶稣已成了先知，而且显现出许多奇迹。

黄昏时分，耶稣及其伙伴们来了，在楼上的厅里围着餐桌坐了下来，厅中鸦雀无声，一片寂静。

去年和前年，他们也都来过，但当时他们人人欢天喜地，一起进餐饮酒，唱着我们的古老歌谣，耶稣与他们一直谈到半夜。之后，他们让耶稣独自留在楼上厅里，他们到另外一些房间睡觉去了；因为耶稣喜欢在后半夜独自待着。

耶稣一直醒着，我躺在床上，不时地听到他的踱步声。

然而这最后一次，耶稣及其伙伴们都不尽兴。

我的妻子备下加利利湖的鱼、豪兰[1]的野鸭、鸡肉米饭和石榴

---

[1] 豪兰，叙利亚西南部地区，在赫尔蒙山东南和约旦边界之间，为富庶农区，出产小麦、大麦、豆类和甜菜。

子，我还给他们送去一桶柏木酒。

我觉得他们喜欢独处，于是离开了他们。他们在那里一直待到夜幕降临，方才从楼上下来，但是耶稣在楼梯脚边停留了一会儿。他瞧着我和我的妻子，用手抚摩着我的女儿的头，说："祝你们晚安，我们还要回楼上去。不过，现在时间尚早，我们还不想离开这里。我们在这里一直要等到红日东升。

"过一会儿，我们就要回来，吃点儿面饼，喝点儿酒。你和你的妻子热情、慷慨款待我们，我们回到家中，坐在餐桌旁时会想起你来的。"

我说："先生，能为你们效劳，这是我们的光荣。你们光临我的旅馆，使得其他旅馆的老板都在嫉妒我。我在市场上自豪地向他们微笑，有时还向他们做个鬼脸哩。"

他说："所有旅馆的老板都应该以为顾客效力感到自豪。因为面饼和葡萄酒的提供者，是收割麦子并把麦子送到打麦场上去的人的兄弟，也是榨葡萄汁的兄弟。你们都是重情义的人，就连那些囊中空空、又饥又渴的人，你们也会慷慨款待的。"

他转过脸去，面对着掌管众同伴钱袋的加略人犹大，说："给我两个舍克尔[1]。"

犹大递给他两个舍克尔，并且说："这是钱袋里的最后两个舍克尔。"

耶稣望着犹大，说："很快，很快，你的钱袋里就要装满银币了。"

---

[1] 舍克尔，古希伯来银币。

耶稣把两个银币递到我的手里，说：“你去用这两个银币给你女儿买条绸腰带，嘱咐她在逾越节那天束在腰里，以便纪念我。”

之后，他再次望望我女儿的面孔，弯下腰去，吻了吻她的前额，然后说：“祝你们晚安。”说罢，转身走去。

听说他对我们说的话已由他的一位朋友记录在羊皮纸上了，然而我却是把自己亲耳听他亲口讲的重新说给你们听的。

我永远不会忘记他那句话：“祝你们晚安。”

如果你还想知道关于耶稣的更多情况，就请去问我的女儿。她如今已是妇人，但仍保存着童年的记忆。她会比我讲得更详细。

巴拉巴[1]

耶稣临终的话

他们释放了我，抓住了他；他站了起来，我却倒下了。

他们钉死了他，将之作为牺牲品和祭品献给逾越节。

我身上的锁链解去了，我跟着众人走在他的身后。但是，我是一个正在走向坟墓的活人。

我理应逃到沙漠中去，在那里，让灼热的太阳烧掉人的耻辱。

然而我却和众人一同走去，是他们让他承担了我的罪名。

当他们把他钉在十字架上时，我站在那里眼睁睁地望着。

我看到了，也听到了，好像看和听的不是我的躯体。

被钉在他右侧十字架上的盗贼对他说："拿撒勒人耶稣，你我的血将合滴一处？"

耶稣回答道："若不是这颗钉子钉住了我的手，我会伸出手去，紧握你的手。

"我们一起被钉在十字架上，但愿他们能把你的十字架支得离我

---

[1] 巴拉巴是一名囚犯，犯有叛乱和谋杀罪。耶稣被捕后，总督彼拉多负责审讯他。彼拉多审案有个惯例，即每逢节日，根据群众要求，释放一名囚犯。当他问人群：究竟释放耶稣，还是释放巴拉巴？群众在祭司长和长老们的煽动下，大叫释放巴拉巴，钉死耶稣。彼拉多只好释放巴拉巴，将耶稣鞭笞后叫人钉死在十字架上。

的十字架近些。”

随后，耶稣压低目光，望着母亲和站在母亲身旁的一个男子。

耶稣说：“母亲，看哪，你的儿子就站在你的身旁。

“妇人哪，你瞧瞧那位男子吧！正是他将把我的血滴带往北方。”

当他听到加利利妇女们的哭泣之声时，他说：“看呀，她们还在落泪，而我却干渴得厉害。

“我被置于高处，摸不到她们的眼泪。

“我不能用酸汁和苦液解渴。”

他睁圆眼睛，望着天空，说：“天父啊，你为什么将我们丢弃？”

他又温情地说：“天主啊，宽恕他们吧！他们不知道自己做了些什么。”

他说这些话时，我自以为看到所有的人都拜倒在神的面前，祈求神宽恕他们把这一个人钉死在十字架上。

旋即，他又用洪亮的声音说：“主啊，我再次把我的灵魂交给你。”

最后，他抬起头来，说：“现在，事情已经结束，但只是在这丘山上。”

随后，他闭上了眼睛。

闪电划破了长天，继之一阵雷声轰鸣。

我终于明白，这些让他替我伏法的人，在使我遭受没有穷尽的痛苦和折磨。

他在十字架上不过被钉了一个时辰。

而我将一生被钉在十字架上。

罗马卫队长克鲁迪尤斯
谈坚忍的耶稣

他们逮捕耶稣之后，将他交到我的手中。本丢 · 彼拉多总督命令我把耶稣投入监牢，看管到第二天清晨。

我的士兵们将他作为囚犯带走，他完全听从他们的指令。

夜半时分，我离开妻儿，去查看武库。我习惯于夜间巡视，以便查看与我的驻耶路撒冷守军有关的一切，让他们时刻处于最佳状态。那天夜里，我巡视了关押囚犯的武库。

我看到我的士兵和几个犹太人小青年正在拿他取笑。他们扒掉他的衣服，给他的头上戴了一顶去年留下的芒刺王冠。

他们让他靠着一根柱子坐着，便开始在他的面前跳舞呼喊。

他们给他一根芦苇，让他拿在手里。

我到那里时，几个人高声喊道："卫队长，你看哪，这就是犹太人的国王。"

站在他的面前，望着他，我自感害羞，但却不知原因何在。

我曾在高卢和西班牙打过仗，也曾与士兵一道面对死亡。但是，我从未害怕过，也从未有过胆怯感。而站在那个人的面前，他望着我时，我却心慌意乱，仿佛我的双唇紧闭，一句话也说不出来。

我很快离开了武库。

此事发生在三十年前。当年还是孩童的儿子们，如今都已长成男子汉，他们现在正为恺撒和罗马效力。

我常对儿子们谈起耶稣，拿耶稣作为范例教导他们：一个堂堂男子汉，用双唇上的生命之液面对死神，两眼里闪烁着对杀人犯的同情光芒。

如今我已年迈，但我的一生很充实。我确信，无论恺撒，还是庞贝[1]，其指挥才干都远远不及那个加利利人耶稣。

因为自打耶稣毫不抵抗地殉难以来，世界上已有一支大军为他而战……他虽已死去，而这支大军还在为他效劳，也远远超过了为庞贝或恺撒效劳，虽然后二者还活在世上。

---

❶ 庞贝，即格涅乌斯·庞培（Gnaeus Pompey，前 106—前 48），古代罗马共和国末期著名的军事家和政治家，与克拉苏、恺撒同为罗马三巨头，后在内战中败于恺撒，流亡中被刺死。

雅各[1]

谈最后的晚餐

我千百次地回忆起那一夜；我知道，这种回忆还要重复千百次。

我永远不会忘记那一夜，除非大地忘记犁杖开在自己胸膛上的犁沟，母亲忘掉自己分娩时的痛苦和欢乐。

那天下午，我们在耶路撒冷城墙外，耶稣对我们说："我们现在进城去，到旅馆吃晚饭吧！"

当我们到达旅馆时，夜幕已经降临。当时，我们都很饿。旅馆老板一番问候之后，便领我们上了楼。

耶稣吩咐我们围着餐桌坐下。然而他却独自站在那里，目不转睛地望着我们。

他对旅馆老板说："给我拿个盆，再拿一个水壶和一条手巾来。"

他又望着我们，温情地说："把你们的鞋脱下来吧！"

我们不知为什么，但还是按照他的嘱咐脱下了鞋子。

老板送来了盆和水壶。耶稣说："现在，我要给你们洗脚。因为我应该把你们的脚从老路上的尘土中解救出来，并让你们轻松踏

---

[1] 雅各，《圣经》中有六个雅各，此雅各乃亚勒腓的儿子，耶稣的十二使徒之一。他在紧跟耶稣传道的同时，还为百姓逐邪赶鬼，医治百病。耶稣死后，雅各和其他使徒一起四处积极传讲福音。

上新路。”

我们都感到羞涩与不安。

西门（彼得）站起来，说：“我主耶稣基督为我洗脚，我怎敢承受？”

耶稣回答道：“我为你洗脚，但期你牢牢记住：为众人服务者，便是众人中之伟人。”

之后，他望着我们每一个人，说：“选中你们的人之中，希望你们成为他的兄弟。昨天，他的双脚抹上了阿拉伯没药，并用一女子的头发将双脚擦干；现在，他要给你们洗脚。”

他拿起盆和水壶，双膝跪下，先从加略人犹大开始，给我们一一洗脚。

然后，他和我们一起围餐桌坐下。这时，他的脸就像黎明的曙光一样，刚刚升起在经过一夜搏斗和流血的沙场上。

旅馆老板端上来饭食和葡萄酒。虽然耶稣跪下来为我们洗脚之时我就饿了，然而此时此刻我却没有食欲。

我的喉咙里有一团火焰，我想用葡萄酒浇灭它。

耶稣拿起一张面饼，递给我们，并且说：“也许我们不能再次一起分食面饼了，就让我们吃上一块，以纪念我们在加利利的日子吧！”

耶稣随后斟满一杯酒，喝了一口，然后递给我们，并且说：“喝下这杯酒，以纪念我们共同尝过的干渴吧！喝下这杯酒，也包含着对新酒的希望。

“当我被绑去，不复出现在你们中间时，当你们聚会此处或另一地方时，你们要像现在这样分食面饼和痛饮葡萄酒，然后再朝四周望上一望，也许会看见我和你们一道围坐在餐桌旁。”

说罢，便把鱼和野鸡肉撕成一块块，分递给我们，就像鸟儿喂自己的雏鸟一样。

我们吃了一点点，却已饱了。我们只喝了一滴酒，因为我们觉得那酒杯就像这块陆地与另一块陆地之间的大海一样大。

耶稣说：“我们离开这餐桌之前，站起来，唱支加利利欢歌吧！”

我们一道站起来唱歌，他的声音高过了我们的声音，他唱出的每个字都是那样铿锵响亮。

之后，他逐个望望我们每个人的脸，说：“现在，我要对你们说告别了。我们到墙外，去朱斯马尼花园吧！”

西庇太之子约翰说：“主啊，你为何今夜对我们说告别呢？”

耶稣说：“你们不必心烦意乱。我离开你们，只是为了在天父家中为你们准备一个地方。你们需要我时，我会回到你们身边的。你们在哪里唤我，我都听得见；你们的灵魂在哪里找我，我都会应答。

“不要忘记，干渴将会把我们引导到葡萄酒榨汁坊。饥饿会把我们引导到婚筵上。

“渴望将引导你们找到人之子。因为渴望是激情源泉，又是通往天父之路。”

约翰又说：“如果你真要离开我们，我们又怎会高兴呢？再说，你为何说离别呢？”

耶稣说：“被捕的羚羊，在它的胸膛中箭之前，已经知道猎人的箭要冲它射来；河水在流到海岸之前，便已察觉到了大海。人之子已经踏上众人之路。在另一株巴旦杏树将自己的话赠与太阳之前，我的根就将到达另一块田地之心了。”

这时，西门（彼得）说：“主啊，你现在不要离开我们，也不要剥夺我们与你在一起的欢乐。你去哪里，我们也将去哪里。你住在何处，我也将住在何处。”

耶稣手搭西门的肩膀，对他微笑着说：“说不定今夜还未过去，你就不认识我了；我还没有离开你，你就离开我了。”

他突然又说：“现在我们就离开这个地方吧！”

旋即，耶稣离开旅馆，我们跟着他走去。但是，当我们走到城门时，我们回头一看，发现加略人犹大已不在我们中间了。我们越过吉罕努姆山谷，耶稣走在我们前头好远，我们互相扶着走去。

我们行至一橄榄树林时，耶稣停下脚步，回过头来对我们说：“在这里休息一个时辰。”

那是个冷飕飕的黄昏，虽然春天已经到来，桑树吐出嫩芽，苹果树也已开花，果园里一片生机勃勃景象。

我们每个人都走到一棵树干旁躺下，把披风裹在身上。我睡在一棵松树下。

然而耶稣离开我们，独自走进橄榄树林。我一直望着他，其他人都进入了梦乡。

他突然停下脚步，逗留片刻，然后再朝前走，时上时下，如此反复多次。

之后，我看见他仰面朝天，把双臂伸展向东方和西方。

有一次，他说：“天和地，还有地狱，均属于人。”现在，我想起了他的话，知道正在橄榄树林中漫步的他，就是人形的上天。我心想：大地之腹，既非起点，也不是终点，而是一辆车子，一次停顿，又是一个奇妙、惊异的瞬间。至于地狱，我则也已看到，就在那个被称为吉罕努姆的山谷中，即坐落在耶稣与圣城之间。

耶稣站在那里，我裹着披风躺在那里之时，听到他的话音，但他不是对我们说话。我听他三次重复说："主啊！"这便是我听到的一切。

片刻后，他双臂垂下，一直站着，就像一棵翠柏，高高挺立在我的双眼与苍天之间。

最后，他回到我们中间，说："醒一醒，起来吧！我的时辰已到，世人已把我们包围，准备对我们动武了。"

他又说："片刻前，我已听到主的声音。如果我再也见不到你们，就请你们牢记：征服者在自己被征服之前，他是得不到平静安宁的。"

当我们站起来，围在他身边时，只见他的面孔像挂满星斗的天空那样俯视着空旷沙漠。

他一一亲吻我们的面颊，只觉他的双唇滚烫滚烫的，酷似发高烧的孩子的小手。

突然间，我听到远处传来一阵高声喧哗，仿佛是许多人齐声呐喊。那声音刚一接近我，便见一帮手提灯笼拿着棍棒的大汉急速朝我们冲来。

他们来到篱笆墙外，耶稣离开我们，走上前去见他们。为他们带路的就是加略人犹大。

那是一群罗马士兵，手握利剑和长矛；还有一些耶路撒冷人，他们拿着棍棒和镐头。

犹大走近耶稣，吻过他，然后对那些全副武装的男子汉说：“就是这个人！”

耶稣对犹大说：“你对我倒是很能忍让的。你昨天就应该干今天要干的事！”

之后，耶稣望着那些武装人员说：“现在就抓我吧！但你们的监牢要宽大一些，能容下这些翅膀才好。”

他们把耶稣围住，抓住他，随后大喊大叫着将他带走了。但是，我们一个个心惊肉跳，远远躲开，寻找安全地方去了。我独自遁入橄榄林，无力观察周围情况，内心害怕得连一点儿声音都发不出来。

在那一夜剩下的两个或三个时辰里，我一直在逃跑、躲避；直到东方破晓之时，我才发现自己到了靠近杰里科的一个村子里。

我为什么离开了耶稣？我不知道。但是我——哎，多么可惜——我竟离开了他。我是个胆小鬼。我见了敌人，望风而逃了。

我深感内疚、痛苦、悲伤与羞愧，回到了耶路撒冷。但他已被投入监牢之中，任何一位朋友都不能和他说话。

他被钉在了十字架上，他的鲜血化成了大地的新泥土。

我仍在活着，我是靠着他的甜美生命遗留下来的蜜饼而活着的。

吉利奈人西门[1]

替耶稣背十字架的人

我正往田间走去的路上，看见耶稣背着十字架，后边跟着一大群人。

这时，我也向他的身边走去。

因为他精疲力竭，不堪重负，多次停下脚步。

一个罗马兵丁走近我，说："嗨，你过来！你的体格强壮，结实有力，替这个人背十字架吧！"

听兵丁这样一说，我的心中充满自豪，不禁得意扬扬。于是，走上前去，替他背起了十字架。

那十字架确乎沉重，不但因为那是用白杨木做的，而且已被冬日的雨水浸透。

耶稣望了我一眼，但见他额头上的汗正在往他的胡须上流淌。

他又望了望，说："你也喝这杯苦酒？你真要和我一道凑近杯边小口小口喝到永远了。"

说罢，他伸手搭着我那空着的肩膀，我们一起向髑髅山走去。

---

[1] 西门，《圣经》中有十一个西门。此处的西门在耶稣受难时，被兵丁抓去背着用来钉死耶稣的十字架。

当时，我并不感到十字架有什么沉重，而是感到他的手就像搭在我肩上的鸟翅。不久行至山顶，那便是他们将他钉上十字架的地方；那时，我才感觉到了十字架的沉重。

当他们将钉子砸进他的双脚和双手时，他既未说一句话，也没有吭一声。

在他们的锤子敲击时，他的四肢也不曾颤抖。

在我看来，好像他的双手和双脚已经死去；只有沐浴鲜血时，才会再活过来。在我的想象中，仿佛他像国王寻求权杖那样寻求钉子，一心向往登上山顶。

我的心并未因为怜悯他而悸动不安。因为当时我的惊异感超出了我的忍耐能力。

如今，这个我曾替他背十字架的人，变成了我的十字架。

如若有人再说“你替这个人背十字架吧”，我将一路替他背之，直至坟墓。

我也将要求他的手搭在我的肩上。

*　　*　　*

这事情发生在许多年之前，然而每当走在田间的犁沟中，或者入睡前的困倦时刻，我总是想起那个可爱的男子汉。

我仍感到他的手像鸟翅一样搭在我的左肩上。

犹大之母西博利亚

谈儿子犹大

我儿子是个善良的好人。他待我温和亲切，爱亲戚也爱同胞。他憎恶我们的敌人，即那些可恶的罗马人：他们不纺一线，也不织一寸布，却穿着紫锦袍；他们既不耕地，又不播种，却收获囤积粮食。

我儿子十七岁那年，他见一队罗马士兵穿行我们的葡萄园，便放箭射他们，结果被他们抓走。

就在他小小年纪时，他经常跟青年们谈到以色列的尊严，还向我讲了许多我本不知道的奇闻逸事。

他是我的儿子，我的独生子。

他吮吸我的乳汁长大，如今这对乳房已经干瘪。他在花园里学走路时抓的这手指，现在已像战栗在风中的芦苇。

我就是用这一双手给他穿上第一双鞋，当年这双手就像黎巴嫩的葡萄那样鲜嫩；那双鞋，我已用我的母亲给我的一块麻纱手帕包起来，妥善保存起来，如今依旧放在窗旁的那口木箱里。

他是我的头生儿。他开始迈步时，我也开始迈步。因为妇女们只有在孩子的引领下方才外出。

他们刚刚告诉我，我儿子自杀了；他后悔自己背叛，出卖了他的朋友拿撒勒人耶稣，因而跳崖自尽了。

我知道我的儿子死了。但是，我不承认他背叛过任何人。因为他热爱自己的同胞，只憎恨罗马人。

我的儿子一心谋求以色列的地位和荣誉；他的一切言行无不是与此目的相连。

他在大路上遇到耶稣时，便离开我，追随耶稣去了。我暗自思忖，他追随任何人都是错误的。他与我告别时，我对他说，他不应该那样行事，但他没听我的话。

我们的孩子不理会我们的心意，就像今天的大潮不听昨天的大潮的劝告一样。

我求你不要多问我儿子的事了。

我爱我的儿子，而且永远爱他。

假如爱居于肉体，我定会用火红的烙铁熨烫之，以获得安宁；可惜爱居于灵魂，我们无法触及它。

现在，我不想多说了。你去问比犹大的母亲更体面的女人吧。

你去耶稣的母亲那里吧！她也感到心似刀扎，她将谈到我；到那时，你将彻悟。

比布洛斯一妇女
一曲挽歌

阿施塔特的女儿们，和我一道哭吧，
塔穆兹[1]的爱女们，都与我一起悲泣吧！
令你们的心融化，溢出血的泪水，
因为金铸牙雕的他一去不再复返。
在黑暗林中，野兽袭击了他，猛兽的獠牙刺穿了他的肉体。
看哪，他躺下了，遗体被往年的枯叶遮蔽。
他的脚步再也不能唤醒安睡在春天怀里的种子，
他的声音也不再跟着黎明曙光进入我的窗子，
我将永远永远地独处幽居。

* * *

阿施塔特的女儿们，和我一道哭吧！
塔穆兹的爱女们，都与我一起悲泣吧！

---

[1] 塔穆兹，司农牧、植物之神，系司爱情与生育女神阿施塔特的情人。阿施塔特神秘地毁了他，又历尽千辛万苦深入地下，将他救出地面。因此，他的生命历程象征植物冬天死去，春天复生。

我亲爱的人已经离开我的身旁，
他的低声细语，如同河水淙淙流淌。
他的声音和时光好似孪生兄弟，
他的嘴是血色痛苦，转瞬化为甘甜，
他双唇上的苦涩顿时会变成蜂蜜。

* * *

阿施塔特的女儿们，和我一道哭吧！
塔穆兹的爱女们，都与我一起悲泣吧！
和我一起围着他的尸体，像繁星一样哭吧！
看哪，月光就像花瓣一样落在他那受伤的尸体上。
请用你们的泪水打湿我的绸被，
我亲爱的人曾在梦中睡在我的身边，
我醒来一看，他已离开我而去。

* * *

阿施塔特的女儿们，和我一道哭吧！
塔穆兹的爱女们，都与我一起悲泣吧！
袒露出你们的胸膛，用哭来安慰我，
因为拿撒勒人耶稣已经死去。

抹大拉的马利亚

三十年后谈灵魂复活

我再说一次，耶稣用死征服了死神，他从坟墓里站起来，成了一个圣灵和一种力量。他行走在我们中间，慰藉我们的孤独，造访我们的痛苦花园。

他并不睡在巨石后的有缝岩石里。

爱戴他的我们，用他使我们看得见的眼睛看见了他；用他教我们伸出的手抚摩了他。

我知道你们并不相信他。我过去是你们当中的一员，现在你们人数众多；但是，你们的人数会逐渐减少的。

莫非你们必须砸碎你们的四弦琴和竖琴，才能觅寻到琴中的乐声。

难道你们一定要伐倒树，才能相信它能结果?

你们之所以憎恶耶稣，原因在于有个从北方来的人说他是主的儿子。然而你们之间相互憎恶，原因在于你们每个人都以为自己伟大无比，别人不配做自己的兄弟。

你们憎恶耶稣，原因在于，有人说他系处女所生，并非男子汉的种子。

但是，你们既不了解处女时就被葬入坟墓的母亲们，又不了解因渴望而窒息被埋进土里的男子汉们。

你们不知道大家嫁给了太阳，而将我推上高山、送入荒原的却是大地。

在爱戴与憎恶、相信与不信他的人们之间确乎有一条鸿沟。

不过，当岁月在鸿沟上架起桥时，你们将知道，生活在我们中间的耶稣是不死的，他和我们一样，都是处女所生，就像我们是没有丈夫的大地所生一样。

奇妙的是，大地从来不给予不相信的人凭以吸收它的营养的根，也不给予他们凭以翱翔天空吮吸甘露的翅膀。

然而我知自己之所知，这也足矣。

黎巴嫩一男子

耶稣殉难十九个世纪后抒怀

主啊，歌唱者的主啊，
无声而言的主啊，
自打你匆匆来访，我们暂短欢迎以来，
我已生过七次，死过七次。
看哪，我又一次生了，
我带着在山间度过的一天一夜的记忆，
正是你的涨潮将我们高高涌起，
其后我越过许多陆地和大海，
不论在鞍上还是乘风帆，
你的大名总在我们的祈祷与朝拜之中。
人们会赞美你或咒骂你：
咒骂乃是对失败的愤怒；
赞美则是猎人口中的歌，
因为他从山冈上回返时，
有美食带给他的伴侣。

你的伙伴仍和我们在一起，
以求得快慰与安详。
你的敌人也和我们在一起，
依旧拥有实力和安稳。
你的母亲和我们在一起，
她脸上的光映到所有母亲面颊上。
她的手动情地晃动摇篮，
她的手从容地折叠殓衣。
抹大拉的马利亚依然在我们中间，
她喝过人生酸醋，而后饮人生美酒。
犹大是痛苦的人，微不足道的贪徒，
他也步行在大地上；
如今他饥无可食想吃自身，
正在寻觅“大我”中毁灭自己。

约翰——青春爱美的他啊——也在这里，
他放声高歌，却没有一个人听。
否认你的鲁莽西门（彼得），
也许在你身后为你而活着；
看哪，他也坐在我们的火旁取暖。
在另一天的东方破晓之前，
也许他会再次否认你；
但他想为你而被钉在十字架上，

自以为有愧于这份荣光。
该亚法和亚那仍像原来那样生活，
继续审判那些罪犯与无辜者。
他俩睡在自己的羽绒床上，
而被判鞭笞的人正在挨鞭抽打。

*　*　*

那个行淫时被抓的女人，
照旧蹒跚在我们城区的大街上；
她独自居住在空房子里，
一心向往着尚未开烙的面饼。
本丢·彼拉多也在此间，
恭恭敬敬地站在你的面前；
仍然在不停地审问你；
但他既不敢以自己的地位冒险，
也不敢向任何一个外族挑战。
他还在洗他的双手，
耶路撒冷为他端着脸盆。
罗马为他提着水壶，
成千上万双手想洗得干净圣洁。

* * *

主啊，诗人之主，
宣道、歌唱的主，
他们建造神殿供你的大名栖息。
他们把你的十字架遍插每一高岗，
作为路标指引他们迷途的脚步，
并非为了取悦于你。
你的欢乐是他们目光所及的一座丘山，
那里并没有属于他们神魂的快慰；
他们只想赞颂一位他们不认识的人。
一个像他们一样的人，
一个像他们一样和善的人，
一位与他们彼此间同怀一种爱的神，
一位与他们彼此间同怀一种怜情的神，
对于他们来说有何可安慰的！
他们不赞颂那个活人，
那个原来目不转睛凝视太阳的人。
是的，他们不了解他，不想做他那样的人。

* * *

他们宁可默默无名，走在无名行列里，

他们宁可忍受忧伤，忧心忡忡，
而不愿意在你的欢乐中寻求快乐，
他们痛苦的心不想在你的言词和歌曲里寻觅安慰。
他们的痛苦无声无形，
致使他们孤独生活，无人来访。
尽管他们在亲朋、同胞当中，
却生活在恐惧里，无人送来友情。
但是他们不想在孤独中活着，
甘愿西风吹来，弯腰向东。

* * *

他们把你称为国王，
都想进入你的宫廷。
他们宣布你就是盼望中的救世主。
他们都期望自己被涂上神圣香膏。
是的，他们都想依靠你的生命而生活。

* * *

主啊，歌唱者的主，
你的眼泪就像五月的阵雨，
你的笑声就像白海的波涛。

当人们双唇点燃烈火之时，
你的言谈就像溢于他们唇上的低语。
你的笑声已渗入他们的骨髓，
而他们还未对笑声做好准备。
你为他们的眼睛而哭泣，
而他们的眼睛尚未流泪。
你的声音是他们思想和智力之父，
你的声音是他们言谈和呼吸之母。

*　　*　　*

我已生过七次，死过七次，
我现在又生了，
看见你是斗士中的一位斗士，
现在你是诗人上的诗人，
见你是王者之王，
却又是赤身半裸地站在流浪汉当中。
主教每日呼唤你的名字时，
总是低下自己的头。
乞丐每天总是说：
“看在耶稣的面上，
给我们一角买面饼的钱吧！”
我们之间相互拜访，

其实是在拜访你。
在我们需求和愿望的春天，你像涌动的潮水；
当我们的秋天来临时，你又好似退潮。
你的名字总挂在我们唇边，声音或高或低，
啊，无限悲天悯人的主!

* * *

主啊，我们寂寞时刻的主!
这里那里，在摇篮和棺木之间，
我遇见你那默不作声的兄弟们，
他们是不受拘束的自由人，
那是你的母亲天地的儿子，
他们酷似天上的飞鸟，
又像是田野的百合花。
他们靠你的生命活着，
他们借你的思想思考，
他们反复重唱着你的歌。
但是他们两手空空如也，
并未被钉在更大的十字架上，
这其中有着他们的苦涩。
这世界每天都把他们钉在十字架上，
但是用的方法极为简单。

苍天并未为之震惊。
大地亦未因死者而遭阵痛。
他们被钉在十字架上，
无人为他们的愁苦做见证。
他们左顾右盼，
无人乐意在自己王国里为他们谋职，
但他们仍想一次又一次地被钉在十字架上，
以求你的神成为他们的神，
你的主成为他们的主。

*　　*　　*

主啊，至爱者的主，
等待你到来的有香闺里的公主，
孤灯下已婚而不见丈夫的女子，
大街上寻觅耻辱面包的娼妓，
修道院里没有丈夫的修女。
还有倚窗而站的不育妇女，
但见冰霜正在玻璃窗上涂画森林，
她在这图画中看到了你，
她想做你的母亲，从而得到安宁。

*　　*　　*

主啊，诗人的主，
我们的无声愿望之主，
世界的人随着你的心跳而搏动，
但它不伴着你的歌而燃烧。
世界在宁静的欢乐中聆听你的声音，
但它不从自己的座位上站起来，
更不会去攀登你的群山之脊。
人想做你做的梦，
但不愿伴着你的黎明苏醒，
因为黎明是他更伟大的梦。
他想用你的目光观看，
但不想拖着沉重脚步走向你的宝座；
虽然如此，却有许多人用你之名登上王位，
还借你的力量当上了主教，
并且把你那金子般的访问，
化成他们头上的王冠和手中的权杖。

*　　*　　*

主啊，光明之主，
你的眼睛居于盲人善摸的手指里，

而你依然被蔑视和嘲笑；
柔弱之人难以成神，
太像者不会被人们崇拜。
他们做弥撒、唱赞美诗，
他们献祭、祈祷，
全为了他们那被囚禁的自我。
你只是他们的遥远自我，
你只是他们的遥远呼声与苦涩折磨。

*　*　*

然而你，主啊，
有着天之心的主，
我们美妙梦中的骑士，
你仍然行进在我们的时代中。
弓与矛无法延缓你的脚步，
你能在我们的箭间穿行，
仍在高处向我们绽放笑颜。
虽然你比我们都年轻，
却成了我们众人之父。

*　　*　　*

诗人啊，歌唱家啊，

有着伟大之心的主，

让上帝为你的大名祝福，

让上帝为孕育你的子宫祝福，

让上帝为哺育你的乳房祝福！

让上帝宽恕我们所有人。